國家社會科學基金重大項目『中國古代文章學著述彙編整理與研究』（15ZDB066）階段成果

浙學經典文獻叢刊

陳繹曾集輯校

［元］陳繹曾 著

慈波 輯校

人民文学出版社

圖書在版編目(CIP)數據

陳繹曾集輯校/慈波輯校. —北京:人民文學出版社,2017
(浙學經典文獻叢刊)
ISBN 978-7-02-012913-3

Ⅰ. ①陳… Ⅱ. ①慈… Ⅲ. ①古典文學—作品綜合集—中國—元代②漢字—書法理論—研究—中國—元代 Ⅳ. ①I214.272②J292.1

中國版本圖書館 CIP 數據核字(2017)第 112185 號

責任編輯　葛雲波
裝幀設計　黄雲香
責任印製　王景林

出版發行　人民文學出版社
社　　址　北京市朝内大街 166 號
郵政編碼　100705
網　　址　http://www.rw-cn.com

印　　刷　三河市鑫金馬印裝有限公司
經　　銷　全國新華書店等

字　　數　330 千字
開　　本　880 毫米×1230 毫米　1/32
印　　張　12.25　插頁 4
印　　數　1—2000
版　　次　2017 年 6 月北京第 1 版
印　　次　2017 年 6 月第 1 次印刷

書　　號　978-7-02-012913-3
定　　價　47.00 圓

浙學經典文獻叢刊序

黃靈庚

夫浙居東南之隅，地緣水而剖兩路；野攝星紀之區，州據山而別七越。粤自宋鼎南移，杭爲京師，學術重心隨之播遷，文獻之家耀乎江南。於是乎學立三家：呂祖謙以『浙學』起家金華，朱晦庵以『閩學』設壇武夷，陸九淵兄弟以『心學』標榜金溪。全祖望云：『三家同時，皆不甚合。朱學以格物致知，陸學以明心，呂學則兼取其長，而復以中原文獻之統潤色之。門庭路徑雖別，要其師宿於聖人則一也。』善哉斯言！所謂『呂學』，即浙學之派。前此兩浙雖非無學人，終規模局狹，難成派別，是不可以『學』自炫也。

東萊爲浙學開山，自無可疑。宋孝宗時，金華學術鬱興，又有陳亮『事功』之學、唐仲友『經制』之學。唐氏自行其是，不與呂、陳相通，考其學理與陳氏及永嘉諸子相合。至於呂、陳互相討論，臭味契合，而陳服膺呂氏，折衷請益，無所不至，終身甘列門牆。故後世多祖述呂學，陳、唐皆其附庸。『永嘉之學』，以鄭伯熊、薛季宣、葉適爲最著，其學嗤黜空疏，以讀書經濟爲事，以隨人牙後談性命爲灰埃，至葉氏欲承呂氏衣鉢。理宗以後，朱子賢壻勉齋黃幹傳學於何基，何基傳王柏，王柏傳金履祥，金履祥傳許謙，人稱『北山四先生』，號爲浙學『中興』，則已涵藴朱學。『四明之學』多宗陸氏心學，而王應麟『從王子文以接朱氏，從樓迂齋以接呂氏』，和齊斟酌，不名一師，稱宋季浙學之殿，則已涵呂、朱、陸三家矣。

元明而下，浙學中心漸由婺轉徙紹、甬。先是甬上之學別有一支宗朱氏者，以黃震爲最。朱子雅不喜浙學尚史，然理宗以後，閩中、江右諸弟子支離其説。能振朱學者，四先生外，則爲四明黃震，皆浙人也。袁燮、戴表元、袁桷諸子繼起，通經服古，不空言德性，會同朱、陸，身體力行，髣髴鵝湖再現，則皆踐履浙學包容篤實之統矣。至陽明揭孟子『良知』，與朱學時相牴牾，然倡『知行合一』，則未盡墮空疏之病矣。明季蕺山劉氏起於稽山，本『良知』而明『慎獨』。梨洲黃氏，近出蕺山之門，遠宗東萊，開有清一代東浙經史之學。蓋浙學廣收博攬，統緒自成，淵源有自。由宋迄清，綿延千載，至今弗絶，不亦盛乎！

今之學者或爲侈炫，謂浙學上承上虞王充仲任，蓋以其勇於破舊立新故也。甚者謂源乎餘姚河姆渡。若此，視浙學爲踢踏浙東一隅之學術文化，豈足揚譽踵華？學之不明，莫大於此。夫仲任氏譏聖反儒，世目之以『異教』。而河姆渡處鴻蒙之世，無文可稽，何以承之接之？呂祖謙、范浚、陳傅良、陳亮、葉適、黃震、金履祥、許謙、袁桷、王守仁、劉宗周、黃宗羲、全祖望、邵晉涵、萬斯同、萬斯大、章學誠諸子，皆一代宗師，雖諸家之説不盡合，或明心見道，或統中原文獻，或罔揚事功，或彌綸經制，或專研史，或偏習文，然終以承六經爲旨，以弘聖學爲任，殊途同歸。故諸子言必舉堯舜，行必稱三王，正心修己，尊崇儒教，循規蹈矩，爲世之道德君子、正人楷模。黃溍、吳萊、柳貫文辭浸溉聖學，雅馴莊重，亦粹然醇儒。或謂『詞章雖君子之餘事，然而心氣由之以傳，雖欲粉飾而卒不可得』，知言者也。若宋濂、王禕，爲有明開國文臣，倡三百祀洪鐘大呂，蒼渾肅穆氣象，充沛楮墨之間，豈輕薄文人可同日而語哉！

浙學興於八婺。古學興復，浙江師範大學責無旁貸，是以創浙學研究院。立目標，規計劃，發凡例，選精要，陸續刊行浙學要籍，而顏之曰『浙學經典文獻叢刊』。冀此一編，庶可爲弘揚傳統文化芹獻其綿薄之力。敬請廣大讀者關注、指正。

目錄

前言

《元史》立有陳繹曾傳，稱『繹曾字伯敷，處州人。為人雖口吃而精敏異常，諸經注疏多能成誦。文辭汪洋浩博，其氣燁如也。官至國子助教』[一]。這一小傳頗為簡略，但正史有傳本身就是其人社會影響的反映。毋庸置疑，這位曾任教國子學，入直翰林國史院、校文科場、與修《遼史》的南人，屬於元代的文化精英。在當時他的著述得到廣泛的傳寫或刊刻，僅錢大昕《元史·藝文志》就著錄有《文說》一卷、《文筌》八卷、《古文矜式》二卷以及《翰林要訣》、《科舉天階》。王水照先生曾撰文揭櫫其價值，以為他『不但在元代是位居於領先地位的詩文批評大家（尤在古文理論方面），即在整個中國文學批評史上也是並不多見的』[二]，從而激發出學界的關注熱情。不過現存的陳繹曾著述多為珍本甚至孤本文獻而庋藏於域外圖書機構，零星散見的詩文更屬於吉光片羽，或者僅以石刻拓本形式傳藏。陳繹曾的聲名在後世晦跡不顯，未始不與此密切相關。若期待突破這一認知局限，推動相關領域的學術研究，則全面排查董理其詩文著述并加以輯考寫定，就是雖嫌棘手卻亟待開展的基礎工作。

〔一〕《元史》卷一百九十《陳繹曾傳》，中華書局二〇〇八年版，第四三四八頁。

〔二〕《陳繹曾：不應冷落的元代詩文批評大家》，見王水照先生《半肖居筆記》，東方出版中心一九九八年版，第七〇頁。亦收入王先生《鱗爪文輯》，陝西人民出版社二〇〇八年版。

一

陳繹曾出身於詩禮之家，這從其片段自述性文字中可以看出。在《文說》中他就引述了『先尚書』的觀點來闡釋文章立意之法，四庫館臣聲稱，『至其自稱先尚書者，則已失其世系，無可考矣』〔一〕，實屬失考。這位『先尚書』正是陳繹曾的曾祖陳存。

由於處在宋元易代的動蕩時代，陳存儘管仕宦通顯，其生平仍缺乏詳細的文獻載述。陳存以《春秋》為本經〔二〕，『太學上舍，淳祐七年（一二四七）第三人』〔三〕。及第後陳存長期任職州學教授〔四〕。多年淹滯之後，陳存得以入選清顯的館職。寶祐五年（一二五七）五月『以史館校勘召試，七月除正字』〔五〕；

〔一〕《文說》提要，《四庫全書總目》卷一百九十六。

〔二〕宋人《南宋館閣續錄》卷九載陳存『貫安吉州，習《春秋》，丁未（一二四七）進士』，見《南宋館閣錄續錄》，中華書局一九九八年版，第三五二頁。

〔三〕董斯張（崇禎）《吳興備志》卷十三陳存條，四庫本。

〔四〕牟巘《餞陳正則學錄長城》有句云『本翁十載郡博士』，見《陵陽集》卷四，民國吳興叢書本。陳正則為陳存孫，此句中之『本翁』當即陳存。《陵陽集》卷三《送陳正德長慈湖并叙》有『東澗送本齋教授金華詩』之語，而陳正德為正則之弟。據此可知陳存為州學教授甚至長達『十年』。

〔五〕《南宋館閣續錄》卷九，《南宋館閣錄續錄》第三五二頁。王柏《本齋箴》（《魯齋集》卷六）有『吾郡博士，齋以本名』、『三載一瞬，簡書有程』之語，此箴為『餞府博修史滎滿造朝』而作，則陳存任職婺州教授當為三年，任滿（轉接下頁）

很快外任淮東，至開慶元年（一二五九）十一月『以淮南東路制置大使司主管機宜文字除』秘書郎；景定元年（一二六〇）正月『時暫書擬侍右文字，二月兼景獻府教授』[一]；六月『除著作佐郎，兼職依舊』[二]。此後陳存出知衢州[三]。劉克莊景定三年（一二六二）草《陳存除尚左郎官》制，有云『皇祖有訓，非郡最不除郎，自乾淳至今未之有改。太末三輔之劇郡也，素難治；尚左列宿之長所也，尤遴選。爾由館閣出牧，憩棠有循吏之愛，拔薤有仁者之勇，二年而輿人歌之』[四]。太末為衢州之古稱，陳存由館職而治郡，顯示出卓異的吏治才幹。不過此後的仕履情況難以明晰。咸淳七年（一二七一）的科舉考試，陳存任同知貢舉，時為『朝散大夫起居郎兼權兵部侍郎』[五]。至咸淳九年（一二七三）已出知慶元府[六]。宋亡後隱居湖州，『極意經史，著述甚富』[七]，成為一名堅定的遺民。

（接上頁）後即入館選，并預修史。據《賀陳本齋》（《魯齋集》卷十七）『始參鵷序，即刪潤四朝之巨編』，可知所修為《中興四朝國史》。

〔一〕《南宋館閣續錄》卷八，《南宋館閣錄續錄》第三〇九頁。

〔二〕《南宋館閣續錄》卷八，《南宋館閣錄續錄》第三二三頁。

〔三〕（康熙）《衢州府志》卷二十，光緒增修重刊本。

〔四〕《陳存除尚左郎官》，《劉克莊集箋校》卷六八，中華書局二〇一一年版，第三一八六頁。從制詞中『二年』判斷，陳存知衢州或在景定二年（一二六一）。

〔五〕《前朝科詔》，劉壎《隱居通議》卷三十一，讀畫齋叢書本。

〔六〕參見袁桷（延祐）《四明志》卷十四《慈湖書院記》、卷十九《奉化縣忠節四公祠堂記》，宋元方志叢刊本。

〔七〕《書史》，周密《志雅堂雜抄》卷下，粵雅堂叢書本。

其傳世的文字中，有『至元甲申(一二八四)十一月』的《元湖州路報恩光孝禪寺置田山記》[一]，其卒年當在此後。馬廷鸞(一二二二—一二八九)有其挽詩，則下限為一二八九年。趙孟頫與陳存兩世交好，《本齋先生挽詩》有『遺言意更親』之句，小注：『臨終呼孟頫，多所囑，故云。』[二]如衆所知，忽必烈在至元二十三年(一二八六)三月命程鉅夫求賢江南，共推選二十餘人，趙孟頫居於首選，在此年十二月趙孟頫即已奉命赴京[三]。考慮到元廷多次徵召之舉，陳存或即由此而絶食全節，其卒年似可定於此年。趙詩有『德邵龜齡邁，神全鶴髮春』之句，則陳存必至老壽。牟巘與陳存在宋亡後唱和頻仍，曾盛讚陳存『七十八春華髮老，斡旋文鼎力猶堪』[四]；在挽詩中又説『天俾公多壽』[五]，結合起來看，陳存或許已進八秩[六]。

[一]《挽陳本齋》，《碧梧玩芳集》卷二十二，豫章叢書本。

[二]《本齋先生挽詩》之二，《松雪齋文集》卷四，四部叢刊本。

[三]《式古堂書畫匯考》(四庫本)卷十六《趙子昂書千文并題卷》有『吾有京師之行趣迎上道』之語，時為『至元丙戌(一二八六)十二月』。

[四]《次本齋韻》之一，《陵陽集》卷四。

[五]《挽陳本齋尚書》之一，《陵陽集》卷六。

[六]亦有不支持這一判斷的文獻存在。周密《癸辛雜識》續集下《天雨米豆》條記載：『至元丙申三月十八日，永嘉天雨黑米，粒小而多，飯可食。』其下小注提示『陳本齋云』。(中華書局一九八八年版，第二一一頁)不過至元並無丙申年，丙申當為元貞二年(一二九六)，其時改元已久。

陳存『平生雅善為詩』〔一〕，文獻可徵他與王柏、牟巘、趙孟頫等常有文字往還。《全宋詩》僅收録其詩五首，《全宋文》失收其人，《全元文》僅録入其《元湖州路報恩光孝禪寺置田山記》，《石渠隨筆》卷八《宋元遺牘冊紙本十一幅》存其劄子一篇，即今存於台北故宫博物院之《新秋帖》。

陳存子嗣情況不明，有孫多人，陳繹曾為其孫陳康祖無逸之子〔二〕。陳康祖曾在婺源任山長〔三〕，大德初年客寓杭州，以授徒為業〔四〕。大德末年任攸州博士〔五〕，於此作有《鳳山書院記》〔六〕。任滿後東還，似曾在杭州待選，郭畀客杭時與之多有往還〔七〕。至大二年十月，赴任澧州教授〔八〕。康祖善詩，

〔一〕戴表元《陳無逸詩序》，《剡源集》卷八，四部叢刊本。

〔二〕戴表元《八月十六日張園玩月詩序》稱『無逸之子繹曾』，見《剡源集》卷十。

〔三〕周密《癸辛雜識》續集卷下《馬相漂棺》云『陳無逸在婺源為山長』，周密卒於一二九八年，故其任當在此前。

〔四〕參見戴表元《陳無逸詩序》、《北山小序》、《城東倡和小序》、《客樓東冬夜會合詩序》、《陳無逸張仲實皆授徒城中相望遺悶小詩往問》、《十月廿二夜與方韶卿陳無逸顧伯玉客樓分韻得鐙字》等詩文。

〔五〕陸文圭《送陳無逸赴攸州博士序》云：『攸故長沙邑，賈太傅、褚都督之文風治績，意其猶有存者，近始陞州。陳君無逸為之博士。陳龍泉世家僑寓霅上，距長沙里數千。』見《墻東類稿》卷六，四庫本。

〔六〕（同治）《攸縣志》卷十五鳳山書院條載『大德九年攸州教授陳康祖有記』；劉將孫『大德之戊申』所作《攸州蘭溪鄴侯祠記》（《養吾齋集》卷十六）謂『會吴興陳無逸教兹州』，知陳康祖一三〇五至一三〇八年在任。

〔七〕參見郭畀《雲山日記》卷上之至大元年（一三〇八）十月初四日、初六日、十五日，宣統三年横山草堂刻本。

〔八〕郭畀此年十月二十六日記『陳無逸教授赴澧州新任』，《雲山日記》卷下。龔璛詩《次張菊存送陳無逸澧陽教場》即其赴任澧州教授時，澧陽為該路治所。繹曾《法書本象序》『延祐中先人之官澧陽』，似誤記。

為元初之際『吴興八俊』之一〔一〕，與牟巘、戴表元、方鳳、龔璛、陸文圭、馬臻、趙孟頫等人詩文流連。《全元詩》録其詩三首，實際上仍可據《吴興藝文補》卷六十九補入《碧筒》、《詠草》兩首。

陳康祖兄弟數人克承家學，皆有聲於時，宋季曾為陳存僚屬的牟巘對其家世頗為熟悉：『陳正德甫本齋端明公之孫，姿禀穎異而氣象峻整，與其二兄無逸、正則相後先，克持世業。蓋本齋師蔣實齋，友湯東澗，而聞之魏鶴山、真西山者也，師友緒言，講之甚悉。』〔二〕陳正則曾任長城學録〔三〕，牟巘有《陳正則問銓疏》，應是在他學録任滿後為之延譽而尋求選注，但此後其行實文獻乏徵〔四〕。陳潤祖『字正德，世為儒宗，習聞義訓』〔五〕，曾任常熟教諭〔六〕，也擔任過慈湖書院山長與丹陽書院山長〔七〕。元朝施行科舉考試後，他參加了江浙行省的鄉試，以《尚書》高中第一名。《新刊類編歷舉三場文選》甲集選録

〔一〕見《吴興備志》卷十二張復亨條，四庫全書本。
〔二〕牟巘《送陳正德長慈湖并敘》，《陵陽集》卷三。
〔三〕牟巘《餞陳正則學録長城》，《陵陽集》卷四。長城為元湖州路治下長興州舊稱。
〔四〕清卞永譽《式古堂書畫匯考》卷十《蘇文忠公書杜工部楷木詩卷》記載，此本後有『龍泉陳象祖』在『大德辛丑（一三〇一）冬日』的題記。陸心源《穰梨館過眼録》卷十一《郭氏詩翰卷》録有『吴興陳象祖』贈郭畀的五古一首。未知此陳象祖與陳正則是否為同一人。
〔五〕鄧文原《丹陽書院田記》，《巴西集》卷上，四庫全書本。
〔六〕牟巘《送陳正德教諭常熟》，《陵陽集》卷三。
〔七〕慈湖山長事見牟巘《送陳正德長慈湖并敘》，《陵陽集》卷三。丹陽山長事見鄧文原《丹陽書院田記》。

了他的經疑二問程文，名下注為『湖州人』；丙集又選入了他的《書》義程文。明人記載：『東遷人，宋沿海制置使陳存之孫。延祐甲寅（一三一四）江浙鄉舉第一，仕至崑山同知。以道德文章開發後進，若太平尉趙彥恭、松江教諭倪子遠、徽州推官吳本立、衢州推官張安國，皆其門人。孫曰鑾、曰禮，有詩名。』〔一〕不過隨著文獻的層累，相關記述卻有了較大不同，在清人筆下，『字德先，烏程人。十歲通《孝經》、《論語》。從牟應龍學，以博洽稱。領鄉薦第一，泰定四年（一三二七）成進士，為崑山州尹。又以博學宏詞薦，晉秘書少監。預修《經世大典》，書成轉肇慶判官。告歸，搆別業曰東溪書屋，教授生徒，遠近畢至，無何卒。兄康祖字無逸，亦有詩名。兄子繹曾』〔二〕。這一小傳中多處不確，如云『字德先』即於文獻無據，而元代也未聞開設博學宏詞一科，因而泰定進士云云大約也只能存疑〔三〕。潤祖詩文多已散佚。《全元詩》錄其《題趙子昂人騎圖》一首，可據《吳興藝文補》卷六十九輯入七律《水雲深處》。《全元文》僅錄《採菱渡石記》一篇，實際上揭程文皆可補入。潤祖另有《跋文向帖》，附於上海博物館藏魏了翁《文向帖》後，略云『先祖尚書公受之魏公門墻最深』，可見其家學端委。有意思的是，至正元年（一三四一）江浙鄉試，潤祖為考官〔四〕，繹曾校文江浙。對於這樣一個克持世業的詩文家族而

〔一〕明劉沂春（崇禎）《烏程縣志》卷六，明崇禎十年刻本。
〔二〕清羅愫（乾隆）《烏程縣志》卷五，清乾隆十一年刻本。
〔三〕蕭啟慶指出，『秘書少監秩正四品，潤祖不足適任』，見《元代進士輯考》，『中央研究院』歷史語言研究所二〇一二年版，第二五六頁。
〔四〕元周旉編輯的《皇元大科三場文選》中，江浙鄉試下董彝、陸以衡程文，皆有陳正德批語，見此書（轉接上頁）

言，叔姪同時得與科場評文，也是件值得榮耀的事情。

二

陳繹曾的生平，目前尚有很多未明之處。他本人的自敘提供了部分信息，但是多屬片段而難以貫串。早年的求學經歷，陳繹曾稱『余成童，剽聞道德之説於長樂敖君善先生』〔一〕。敖君善即敖繼公（一作敖繼翁），『福州人，寓居烏程。築一小樓，冬不爐，夏不扇，惟事經史，吴下名士與遊甚衆。浙西平章事高彦敬薦授信州教授，有文集二十卷。趙子昂亦出其門』〔二〕。敖繼公治學長於《禮》，大德辛丑（五年，一三〇一）成《禮記集説》十七卷，今尚有元刻本傳世。陳繹曾所述，大概就是指從敖繼公受《禮》。此後陳繹曾北遊大都，《文筌序》説『比游京師，東平王君繼志講論之隙，索書童時所聞筆札之靡者』，這時已經是『至順三年（一三三二）』。陳繹曾應該是受知於王士熙，他為王收藏的《蘭亭序》題詩，就自稱為『門下士』，而王士點繼志為士熙弟，從陳繹曾問學。根據他本人詩文的題署，可知在京師時，陳繹曾先任國子助教，後轉翰林國史院編修官。現結合已知文獻，對陳繹曾生平細節方面，如生卒年、舉進士、官京師諸端，加以考論。

（接上页）《易義》，元至正四年刻本。潤祖在至順三年（一三三二）已擔任江浙鄉試考官，此年雷杭經疑程文下即有『初考陳縣尹潤祖』批語，見《新刊類編歷舉三場文選》經疑七卷甲集，元刊本。

〔一〕《文筌序》，《文筌》卷首，元刻本。『成童』一般指年紀稍大的兒童，古注中有八歲、十五歲兩說。

〔二〕（崇禎）《烏程縣志》卷七，崇禎十年刻本。

胡助（一二七八—一三五五）『嘗著《大拙先生小傳》，寓言以自況』〔一〕。在此頗具排調性質的小傳後，有一簡短的附傳：『有小拙先生者，容貌性情學行，大抵與先生類。喜詩攻書嗜酒又同。不交權貴，不務貨利，不事莊飾，滋味亦同。稱胡公不知何許人，喉中作吳越聲。再官京師，秩三百石，官小史氏，舉相似。與先生處，淡然天遊，違去晨夕，夢想未嘗不神交也。慕魯連為人，頗憂人間事，願謹職業。年踰五十，鬚髮盡白。身長七尺，量差小。時人稱為小拙先生云。』〔二〕文中所稱的小拙先生，實即陳繹曾之暗寓。在《大拙先生小傳》中，胡助幻名為陳信，這是因為陳氏『與胡氏、姚氏同出虞舜』〔三〕。胡助『上世來自霅川』〔四〕，陳繹曾家族則自曾祖輩即定居湖州。這樣二人同樣北上大都，同為王士熙門客，姓氏同源，居處有聯，兩人交好而作文字遊戲，當屬比較自然的事情。張雨（一二八三—一三五〇）所言最為明晰：『大拙先生拙於官，小拙先生拙於言。拙官太常新致政，拙言文史工討論。陳信可名為大者，不能自比魯仲連。陳孚所以名為小，老死不得歸田園。』〔五〕正像此詩題目所明示的，小拙先生化名為陳孚，正對應於現實中的陳繹曾。詩中所說的『拙於言』，也與陳繹曾口吃相符。這篇小傳

〔一〕《純白先生自傳》，《純白齋類稿》卷十八，金華叢書本。
〔二〕《大拙先生小傳・附傳》，《純白齋類稿》卷十八。
〔三〕揭傒斯《題大拙先生傳後》，《純白齋類稿》附録卷二。
〔四〕《純白先生自傳》，《純白齋類稿》卷十八。
〔五〕《陳信大拙，陳孚小拙……陳孚，繹曾也》，《貞居先生詩集》卷三，武林往哲遺著本。此詩《純白齋類稿》附録卷二亦收録，題作《題大拙先生傳後》，無作者名，文字略不同。張雨各集收此詩，主名當無疑問。

在士人中傳播頗廣，一時題詩題跋者甚衆。《純白齋類稿》就附録了王士點、陳旅、揭傒斯、李好文、蘇天爵、周伯琦、吴師道、王守誠、趙亨、錢良右、張雨諸跋。錢跋作於『至正三年(一三四三)正月十九日』，其時胡助經由吴下，北上京師，故此傳當作於一三四三年之前，且應當以諸人為官京師時最具條件。蘇天爵至元六年(一三四〇)由『陝西行臺治書侍御史，復為吏部尚書，升參議中書省事。是時，朝廷更立宰相』〔一〕；陳旅『至元四年(一三三八)入為應奉翰林文字，至正元年(一三四一)遷國子監丞，階文林郎，又二年卒』〔二〕；李好文惟中『至正元年(一三四一)，除國子祭酒，改陝西行臺治書侍御史，遷河東道廉訪使』〔三〕；據吴師道記敘，『至元六年(一三四〇)秋某被國子助教之命，時李好文惟中自浙東憲僉入為司業，同北上。繼而惟中別除，一時同年多在成均者，司業王思誠致道、監丞司彦恭、典簿趙璉伯器。明年至正改元(一三四一)，惟中擢祭酒，某亦忝進博士，致道、彦恭皆以御史選出僉諸道憲，伯器遷刑部主事。又明年(一三四二)，惟中為西臺治書侍御史』〔四〕。因而諸人集中於京師的時間，只有至正元年(一三四一)最為可能。其時胡助年六十四，與《小傳》所説『年逾六旬』相合。陳繹曾『年逾五十』，則其生年當在一二八三年至一二九一年之間。張雨的題詩提供了陳繹曾卒年的下

〔一〕《元史》卷一百八十三《蘇天爵傳》，第四二二六頁。更立宰相即指此年伯顔敗死事。

〔二〕《元史》卷一百九十《陳旅傳》，第四三四七頁。據此傳陳旅當卒於至正三年，然吴師道《陳監丞安雅堂集序》稱其卒於『至正二年七月』。陳旅之跋當作於錢良右之前，故以吴説為是。

〔三〕《元史》卷一百八十三《李好文傳》，第四二一六頁—四二一七頁。

〔四〕吴師道《辛酉進士題名後題》之二，《禮部集》卷十八，四庫全書本。

限，由於張雨卒於一三五〇年，而詩中有『老死不得歸田園』之語，則陳繹曾必卒於此前。詩中又有『拙官太常新致政』，而胡助『秩滿，授承事郎、太常博士，年幾七十，竟告老於朝，致仕以歸，實至正五年（一三四五）也』[一]。這樣卒年可確定在一三四五年與一三五〇年之間。陳繹曾作《法書本象》，為弟子呂宗傑收入《書經補遺》卷二，呂序稱：『至正丙戌（六年，一三四六）余游太學，陳伯敷先生為胄子師。一日授吳郡時彥舉以《書法本象》』[二]據此，繹曾至正六年仍在國子學任上，他本人的敘述也與呂序相合：『吳郡時彥舉案書筆訣，年過知非，又加十載。』[三]『知非』即五十歲，典出《淮南子》『蘧伯玉年五十而有四十九年非』，『又加十載』，則此年六十歲，算其生年當為一二八七年[四]。考慮到為文之際或有取其成數的可能，呂序『後六年余再下第，為鎮之晉州學官，以公委購書之錢唐留潤』，則容易產生誤解。呂序作於『至正十一年歲在辛卯（一三五一）孟冬十月八日』，因此『後六年』只能是一三五一年。或以為『公委』之『公』即繹曾，意指繹曾委託呂氏赴錢唐購書，并據此推斷陳氏卒年在此之後，這

〔一〕《純白先生自傳》。四庫本此文，『至正五年』作『至正二年』，實誤。錢良右《跋大拙先生傳》明言『癸未（一三四三）初春，古愚父再游京師，道經吳下』，至正二年已經致仕，顯然就不會再有『再遊京師』。集卷十有《送巎子山平章赴杭省》，首句『公卿祖席上東門』，可知作於京師；據《元史》本傳康里子山任江浙行省平章政事為至正四年（一三四四），亦可證至正二年致仕之說不確。

〔二〕呂宗傑《書經序》，《書經補遺》卷首，涵芬樓秘笈本。序中『《書法本象》』，據後文當作『《法書本象》』。

〔三〕陳繹曾《法書本象序》，《書經補遺》卷二。此段文字中『案書』或為『索書』之訛。

〔四〕參黃麗、楊抱樸《陳繹曾生卒年、籍貫及仕宦考辨》，《社會科學輯刊》二〇〇七年第二期。

顯然屬於誤讀。『公委』實即今天所說的『公事』、『公幹』，不應分讀〔一〕。以此來推定他此時仍健在，似還需斟酌。目前可見文獻中，繹曾活動時間最晚而明確的就是上述的至正六年（一三四六）。元人黄溍為蔣葵作墓志銘，稱蔣氏『至元四年（一三三八）三月二十六日卒於正寢，享年七十有七』，『其年四月八日，與宜人合葬錢唐縣履泰鄉佛衙鴣口之原。葬後八年，宏等涉濤江，走金華山中，持翰林編修官陳君繹曾狀請銘』〔二〕，根據黄溍的行文習慣，至元四年之後八年為至正六年，可能正在這年，陳繹曾由翰林編修轉而任職國子學。綜合這些材料似可初步判斷，繹曾生年約為一二八七年，卒年在一三四六年與一三五〇年之間。

關於陳繹曾的仕宦經歷，情況也頗為複雜。萬曆《湖州府志》與雍正《浙江通志》都將他列入進士名録，但未載具體中舉年份。由於缺乏明確的文獻，他是否為進士，當存疑。許有壬薦表云：『竊見處士汴梁吴炳……忘情軒冕，守道衡茆……又江南陳繹曾……放志山林，富貴浮雲。』〔三〕可看出，此時他與吴炳一樣屬於徜徉山林的處士，不過上表的時間卻難以確考。吴炳在當時屬於名士，曾經多次被人薦舉。至治二年（一三二二），王結『除吏部尚書，薦名士宋本、韓鏞、吴炳等十餘人』〔四〕，這次聯名

〔一〕如元人王禮《麟原文集》中，『在職寬敏，屢以公委至京』、『沙君仲良往尉吾邑，時以公委至吾鄉』。
〔二〕黄溍《從仕郎紹興路諸暨州判致仕蔣府君墓誌銘》，《金華黄先生文集》卷三十七，四部叢刊本。
〔三〕許有壬《薦吴炳陳繹曾》，《至正集》卷七十五，四庫全书本。
〔四〕蘇天爵《元故資政大夫中書左丞知經筵事王公行狀》，《滋溪文稿》卷二十三，中華書局一九九七年版，第三八四頁。

推薦的還有董訥〔一〕。泰定年間，仇濬、宋本也加以推薦〔二〕。《元史》甚至還專門特筆記入，至順二年（一三三一）四月，『特命河南儒士吳炳為藝文監典簿，仍予對品階』〔三〕，但吳炳依然不赴。以致元統元年（一三三三）馬祖常再次推薦時，遭到了順帝的直接拒絕〔四〕。如果陳繹曾確因許有壬薦舉而出仕，那么時間應該在至順元年（一三三〇）左右，因為他在這年五月撰寫的《增修集仙宫記》已明確署銜『國子助教』，而此前他的詩文署名無一例外的都未具官名〔五〕。

也有看法認為陳繹曾參加過科舉考試，但是未能中選，故此後仍由薦舉出仕。這涉及對《遊鳳凰山尋唐狀元陸器讀書臺》一詩的解讀：『平生丘壑愛躋攀，此日披圖意任閒。江浙去題龍虎榜，海虞

〔一〕蘇天爵《故嘉議大夫江西湖東道肅政廉訪使董公行狀》記載，董訥『在吏部，嘗同尚書王公結薦紇石烈希元、張瓘、陳思謙、吴炳、歐陽玄、李好文等十餘人皆可大用』，《滋溪文稿》卷二十三，第三九〇頁。

〔二〕宋本薦舉吴炳堪任翰林編修，時在泰定三年（一三二六）；而仇濬言『處士吴炳、史約等當召赴館閣』，所言相似，或在同年。參看宋褧《大中大夫陝西諸道行御史臺治書侍御史仇公墓誌銘》，《燕石集》卷十四；《故集賢直學士大中大夫經筵官兼國子祭酒宋公行狀》，《燕石集》卷十五，四庫全書本。

〔三〕《元史》卷三十五《文宗本紀》四，第七八二—七八三頁。

〔四〕蘇天爵《元故資德大夫御史中丞贈攄忠宣憲協正功臣魏郡馬文貞公墓誌銘》，馬祖常『嘗擬進汴處士吴炳官風紀，上曰：「朕新擢炳為藝文簿，汝俟其至用之未晚。」』《滋溪文稿》卷九，第一四三頁。

〔五〕沈仁國認為『元三甲進士尚授將仕郎，陈繹曾的官階僅為將仕佐郎，說明他沒有登第』。見《元朝進士集證》，中華書局二〇一六年版，第六七二頁。

行看鳳凰山。鶴來華表千年後，雲在丹崖萬壑間。聞有青囊書卷在，訪仙求術待秋還。』或以為詩中的『江浙去題龍虎榜』一句，即指陳繹曾赴考而言。實際上此詩中間四句詠古，首尾四句吟今，此句應為陸器赴考高中而發，與詩題相互映發，屬於題中應有之義。以此詩來證明陳繹曾參加了科舉考試，并不具有太强的說服力。

陳繹曾任國子助教後，似一直居京。〔一〕元人筆記載他因口吃被諸生笑，而解官南還，似缺乏根據。因為至順四年（一三三三）陳繹曾作《致嚴堂記》，至元五年（一三三九）作《尼山書院碑銘》，署銜都是國子助教，而此後他已轉任翰林編修。有人因為其《文筌序》署『至順三年（一三三二）歲在壬申七月汶陽左客陳繹曾書』，而產生他貶官汶上的看法。但則此文明言『比游京師，東平王君繼志講論之隙，索書童時所聞筆札之靡者』，也就是王士點從他問學時，應還在國子助教的任上。其實『左客』並不一定意味著曾貶謫，四庫館臣指出『序末自稱「汶陽左客」，豈又嘗流寓齊魯閒，偶以自號歟』〔二〕，方始為通達的見解。

典教國學多年之後，陳繹曾開始出任館職，至元七年（一三四一）二月所撰的《鄒縣修學碑銘》，署銜已是『翰林院編修』。所謂的『再官京師，秩三百石，官小史氏』，正符合他的仕宦經歷。此年中斷的

〔一〕李材《解酲語》，叢書集成初編本。
〔二〕《文筌八卷附詩小譜二卷》提要，《四庫全書總目》卷一百九十七。陳繹曾為弟子李之英所撰墓誌中，稱李『從繹曾往來兗、揚、徐、冀間，受《詩》、《禮》、《河圖》為最久』，所說正是他流寓齊魯的經歷。

科舉又重新舉行。他任江浙鄉試考官。至正三年（一三四三）元廷詔修遼宋金三史，『翰林監修』陳繹曾與修《遼史》，『起至正三年四月，迄四年二月』。〔一〕據吕宗傑的説法，此後他重新回到國子監任職。按照元代官制，國子助教為正八品，而翰林國史院編修官同樣是正八品，十多年間他蹉跎於八品任上，正是元代南人仕宦艱難的表現。如果《元史》本傳所説的『官至國子助教』屬實的話，陳繹曾『老死不得歸田園』，應該就卒於任上。

三

《四庫全書》著録了陳繹曾《文筌》與《文説》兩種著述，但《文筌》被列為存目。從提要來看，此《文筌》應為元代坊刻本，並且與《策學統宗》合刻。關於這種編選者存有爭議的《策學統宗》，提要稱：『元譚金孫編……原本又以陳繹曾《文筌》、石桓《詩小譜》冠於卷首，而總題曰《新刊諸儒奥論策學統宗增入文筌詩譜》，文理冗贅，殆麻沙庸陋書賈所爲。今析《文筌》、《詩譜》別入詩文評類，而此書亦復其本名，庶不相淆焉。』〔二〕從這冗長的書名來看，也許是先刊行了論策的選本，然後再在卷首附入《文筌》與《詩小譜》。

遺憾的是館臣雖然將之析分卻並未予以收録。此後的阮元應是見到了同樣的元刻本，他詳細進

〔一〕歐陽玄《進遼史表》，《圭齋文集》卷十三，四部叢刊本。

〔二〕《殘本諸儒奥論策學統宗二十卷》提要，《四庫全書總目》卷一百九十一。

行了著録：『此書標題《新刊精選諸儒奥論策學統宗》，其下列名心易譚巽中叔剛校正、存理譚金孫叔金選次、桂山譚正叔孫端訂定，三譚皆冠以「古雲後學」。三人姓名既不經見，古雲亦不知其何地。書中采輯劉子翬、吕祖謙、陳傅良、楊萬里諸家之文，議論堯舜、三王、伊周、孔曾、顔孟、老韓者共三十三篇，為前集五卷。《四庫全書提要》載後集八卷、續集七卷、别集五卷，共二十卷，而闕其前集，今從元板影録以成完書。』[一]根據葉德輝的看法，古雲即茶陵之别名，而這位譚金孫還刊刻過《淮南鴻烈解》二十一卷[二]。阮元將他所見的前集五卷進行了影刻，這就是今天所能見到的宛委别藏本《諸儒奥論策學統宗》。不過他似乎忽略了《四庫全書》只是著録而未收録的事實，因而此書的後、續、别集都付之闕如，從而造成了新的遺憾。

在這種情況下，臺灣『國家圖書館』收藏的元刻本就顯得尤其珍貴。此書四周雙框，前有《新刊諸儒奥論統宗文筌序》，每半葉十行十七字，序題頂格，序文皆空一格；正文每半葉十一行，行二十一字。正文前半部分為《古文小譜》、《四六附説》、《楚賦小譜》、《漢賦小譜》、《唐賦附説》、《詩小譜》六個部分；首行頂格題『新刊諸儒奥論策學統宗增入文筌詩譜』，末行頂格題『新刊增入文筌諸儒奥論策學統宗』。接下來為後半部，即《精選增入文筌諸儒奥論策學統宗》，分為前集五卷、後集三卷。通過比對阮元所刊刻的《諸儒儒林策學統宗》前集，可以發現與元刻本前集版式相同，但兩者字體不類，或

〔一〕《策學統宗前編五卷提要》，《揅經室集》外集卷三，四部叢刊本。

〔二〕參見葉德輝《書林清話》卷三《宋私宅家塾刻書》，民國郎園先生全書本。

許阮刻並非嚴格的影寫； 而且元刻本的前集第五卷最後一文為誠齋的《韓子》，阮刻本無此篇。最大的不同在於阮刻本前有『新刊諸儒奧論策學統宗目録』，後分三行刻寫上述古雲三譚姓字，而元刻本付之闕如。這樣的結果當然就是，元刻本會使人産生後半部分的文選也是陳繹曾編選的認識。筆者傾向於認為文選是三譚所編，但是由於阮刻本與元刻本似乎並非同一版本，因而難下斷語。更複雜的是，筆者獲見另外一種元刻本《重刊大字單篇策學統宗》八卷，四周雙框，黑口，雙魚尾，正文十行二十一字。此書殘損較多，所選文章與前兩書相近，但分卷明顯不同。書前有陳繹曾序，顯然是以此書為陳所編。明人重刻此書，同樣以為是『勝國時汶陽陳君所纂』〔一〕。在文獻不足的情況下，對於文選的纂者，暫時還是存疑較為穩妥。

臺灣藏元刻本《文筌》是目前可見的最早版本，其價值毋庸置疑。儘管由於是坊刻本而有個別文字的錯訛，體例上也並不嚴格劃一，但後出各版本皆以此為祖本，顯然是利用時首先需要關注的文獻〔二〕。版本的優劣，通過比勘具體文字上的區別可逐一看到。這裏可舉出一個明顯的例子，即《詩小譜》的合著者問題。陳繹曾在《序》中提示『亡友石桓彦威嘗共為《詩小譜》二卷』，提要以為是獨撰並

〔一〕秦一鵬《諸儒奧論序》，《諸儒奧論》卷首，明萬曆丁巳刊本。

〔二〕李長波以為此書『雖是元刊本，書名和序都經過書賈篡改，且刊刻欠精，訛誤頗多，難稱善本』，『只有朝鮮刊本堪稱善本。李氏鈔本次之』，見《〈文筌〉的朝鮮本、和刻本的版本及其在中國文學批評史上的地位和影響》，收入《風起雲揚——首屆南京大學域外漢籍研究國際學術研討會論文集》，中華書局二〇〇九年版，第七〇頁。筆者並不認同，而且李氏顯然未能利用明刻本。

不準確。而『石桓』在元刻本之外的所有《文筌》版本中，都寫作『石栢』，由此造成了是該相信提要轉述還是相信存世版本記載的疑惑。此前由於學界未能利用元刻本，這一問題長期懸疑。『桓』有『威武』意，宋人為避欽宗諱改齊桓公為齊威公，即為顯證。根據古人名字相應的原則，既字『彥威』，名當作『桓』。而元刻本正作『石桓』，自明刻本開始方作『石栢』。故除了元刻本之外，他本皆誤。四庫館臣由於見到過元刻本，他們的轉述并無問題。即此可見元刻本版本價值之一斑。

元刻《文筌》屬於孤本文獻，降至明初遂有重刻本，這就是今藏於山東省圖書館的《文章歐冶》二冊。此書四周雙框，大黑口，雙魚尾，正文每半葉十一行，行二十四字。書前有不具撰名《文章歐冶序》，稱『汶陽陳繹曾演先聖之未發，泄英華之秘藏，撰為是書，名曰《文筌》，可謂奇也』，頗見欣賞之意，不過對於此書的部分觀點也抱有不同意見：『但繹曾所評諸賢皆出於一己之見，故不足以公天下，若評李白之才，變化不及子美之類是也。予以為不然，乃重判二賢之體而正之。然其書有可法者，故取之。乃命壽諸梓，以示後學，使知夫文章體制有如此法度，庶不失其規矩也。更其名曰《文章歐冶》，以奇益奇，不亦奇乎？』[一]序文雖未署名，但序末刻有『昭回雲漢之章』，并書押一『神』字，此為明初寧獻王朱權（一三七八—一四四八）刻書的特殊標誌，故知此書為朱權重刻[二]。朱序後為陳繹曾

〔一〕《文章歐冶序》，《文章歐冶》卷首，明刻本。按明刻本書根有殘損，所闕文字據朝鮮本補入。

〔二〕關於印章與朱權主名的論斷，參考杜澤遜《明寧獻王朱權刻本〈文章歐冶〉及其他》，《文獻》二〇〇六年第三期。另上揭李長波文也指明了此點。

《文筌序》，文字略有差異，比如署款的『汶陽左客』，此書作『汶陽老客』。

從朱序來看，朱權明顯對原書進行了改動。書名中的『歐冶』，應指越國的鑄劍良工歐冶子。正如《呂氏春秋》所說『得十良馬不若得一伯樂，得十良劍不若得一歐冶』，以此命名，新奇之中又不乏『文章指南』之類的自負。總的來說，明刻本對元刻本中明顯的誤字進行了糾正，格式上不統一之處進行了劃一處理，并根據自己的理解增删了部分文字，《古文小譜》、《詩小譜》等名稱中的『小』都被省去。但也有不少地方不必改動而徑改，或原本無誤更動之後卻出現了問題的現象。這些更動互有得失，在疏通文本、明晰格式方面有所貢獻，而在缺乏文獻根據的情況下憑己見改竄原書，則顯得過於主觀。

現存明刻本中未見明確的刊刻時間，應該是卷末有闕頁；而朝鮮本末頁附長條形牌記，標注『洪熙乙巳（一四二六）仲春之二日刊行』，提供了可貴了版本信息。仁宗洪熙在位僅一年，刊刻於此年的《文章歐冶》因而更極為罕見。不過自朱權刊刻之後，此書在國内就迄未重版，甚至連文獻中也少見提及，反而是在域外的漢文化圈，得到了更多的傳布，上述朝鮮本就是兩國文化交流的生動體現[一]。

朝鮮本由尹春年（一五一四—一五六七）刊刻，尹氏推崇《文筌》，以為『欲求詩聲，當從《文筌》而入』。他還介紹了刊刻此書的緣起：『《文筌》者，元人陳繹曾伯敷氏之所著也。余於庚戌歲（一五五

[一]據明宗室朱謀𡐓的記載，朱權的『所著書目』中就列有《文章歐冶》，此處的『著』應該包含了編刻，見《續書史會要》寧獻王條，四庫全書本。

〇)請之於全羅監司南宮公淑，開刊於光州矣。而庶欲發明伯敷之遺意，乃敘其與客問答之語而遂為之序。』[一]此序作於嘉靖壬子(一五五二)，應該是書籍刊成之後所作，距離朱權刊本已有一百餘年。朝鮮刊本是明刻的忠實覆刻本，除在卷首增加了尹序外，版式、內容、字體一仍其舊。尹春年雖然明知此書原名《文筌》，卻並未輕加改動，而是依明刻本的原貌來重刻。此書韓國延世大學圖書館與日本國會圖書館各藏有一部。

《文章歐冶》此後繼續東傳，到一百多年之後的元祿元年(一六八八)，又出現了日人伊藤長胤(一六七〇——一七三六)校訂的和刻本。據其後序，『予嘗獲朝鮮寫本，然文字漫漶，魚豕相望，殆不可讀焉。乃不自揣，為校讎參訂，略得緒正，不敢自私，因壽諸梓，欲與四方之士共焉』[二]，可見底本為朝鮮本，而經過他本人的校勘。和刻本卷首依次為(朱權)《文章歐冶序》、尹春年《文筌序》、陳繹曾《文筌序》，卷末為伊藤長胤的《文章歐冶後序》。與朝鮮本最大的不同在於正文末附刊有『嘉靖庚戌歲暮初吉光州牧刊行』一行，後附校正官名錄，并續刊尹春年《古文譜體制法注》等注解。目前尚難確知導致這一差別的原因。和刻本傳世較廣，但文字錯訛嚴重。

上述各種版本都不常見，較便利用的有李士棻(一八二一——一八八五)鈔本《文筌》，已收入《續修四庫全書》與《四庫存目叢書》。李鈔本卷首僅有陳繹曾《文筌序》，後接正文。雖然題為《文筌》，但實

[一]尹春年《文筌序》，《文章歐冶》卷首，朝鮮刊本。
[二]伊藤長胤《文章歐冶後序》，《文章歐冶》卷末，和刻本。

際上鈔本除了將書中各處『文章歐冶』改換成『文筌』，并隱去了朱權序之外，與明刻本並無差別，因而其底本當即為朱權刻本。

從文獻價值來看，諸版本中當然以元刻居先。不過明刻本有一處明顯的增補，卻是元刻本未能提供的。在《唐賦附説》與《詩譜》之間，明刻本增刻了《古文矜式》，并為此後的版本所沿襲。《古文矜式》一書，（崇禎）《吴興備志》、焦竑《國史經籍志》、朱睦㮮《萬卷堂書目》皆有著録，楊士奇（一三六六—一四四四）稱他十六七歲時曾經借録一部，當時就已經被認為是『秘傳希有之書也』〔一〕，可見其罕覯之狀。此書又有與曾鼎《文式》之明代合刻本，《續修四庫全書》已經收録，可惜後半殘逸。《文式》二卷有嘉靖八年（一五二九）刊本，《古文矜式》或即刊於此時。這兩種明刻本文字略有差異。另外日本公文書館又藏有明曆寫本、江戶寫本《古文矜式》兩種，皆為全本且與《文式》合編。細核文字，知其與續修四庫本同源。

明代梅純所輯《藝海彙函》卷六論文類亦收録《古文矜式》。《藝海彙函》是梅純效法左圭《百川學海》編輯而成的叢書，在正德二年（一五〇七）的序中，梅純交代了編纂經過：『竊念所集之外放逸固多，而繼作者亦不加少，及今而不為重收，則孤前功而棄後進，殆猶有不可勝恨者。故以區區不肖，自登仕途，南北往返三十餘年，凡有所見輒手録之，日藏月增，積逾百卷。』《彙函》有明棉紙藍格寫本，每半葉十行，行二十字，以樸茂魏碑字體書寫，為海内孤本文獻。此本《古文矜式》雖與續修四庫本有文

〔一〕楊士奇《東里續集》卷十八《古文矜式》，四庫全書本。

字差異，但内容基本相同，兩者當屬同源。

陳繹曾的另一種詩文評著述《文説》，因爲被收入《四庫全書》而較常見。此書爲館臣根據《永樂大典》輯佚而成，版本情況較爲單一。民國時期周鍾游輯《文學津梁》也收録了《文説》，未交待版本來源，當亦出自四庫本，但文字小有差異而並不見佳。元明之際趙撝謙《學範》、徐駿《詩文軌範·文範》皆引録《文説》，文字頗有不同，這應與古人引書參以撮述的習慣有關。《藝海彙函》卷六收入的《文説》，同樣屬於節本，内容爲『養氣』至『下字』，相當於四庫本的前半。就文本而言，《藝海彙函》本與曾鼎《文式》所節録的《文説》最爲接近，兩者有明顯的同源關係。或以爲《文説》中『讀諸經』、『讀《書》』、『讀《易》』等文字，見於《學範》之『經範』且題爲『韓氏』，故而認爲『《永樂大典》中的《文説》已經摻入了别人的文字，而且數目頗多，相當於整篇《文説》的一半左右』〔一〕。實際上《文説》中這部分文字前有一個總題，即『答韓莊伯讀書説』，《學範》徑題爲『韓氏』並不準確，而據此懷疑輯佚的準確性，就更無從説起了。

三

陳繹曾擅長書法，『真草篆隸俱通習之，各得其法』〔二〕，同時也是一位書法理論家。這方面與其家

〔一〕高洪巖《元代文章學》附録二《陳繹曾〈文説〉考辨》，上海三聯書店二〇一四年版，第二四〇頁。此書附録部分對陳繹曾生平、著述進行了較詳細的考辨，并附行年簡譜，可以參看。不過在具體判斷上，筆者與之多有差異。

〔二〕陶宗儀《書史會要》卷七陳繹曾條，武進陶氏逸園景刊明洪武本。

學有關，陳存、陳潤祖就都有書法作品傳世，陳繹曾本人傳世的書跡如小楷《靜春先生詩集後序》、章草《跋唐人臨黄庭經》，也都造詣不凡。陳繹曾自述其書學淵源，由宋代大家張即之而溯及唐代，且説『繹曾童年羸疾，先人慮其夭折，禁絶群書，惟許游心書翰。以此研究積年，頗能記憶。嘗為學者述《法書要訣》，又述《禁經提要》。』〔一〕可見他不僅精勤於書翰，而且在理論上具有根柢〔二〕。這些不留家稿的書學著述，在友朋門生間遞相傳寫，從而幸運地得以部分留存。

《翰林要訣》一卷十二章，由朱升（一二九九—一三七〇）在至正二年（一三四二）抄録整理而成，其命名當與陳繹曾任翰林編修有關。此書有明新安程榮校刻本，左右雙框，白口，每半葉九行，行二十字。《佩文齋書畫譜》卷四收録此書，與程刻本同源。民國間鄧實、黄賓虹主編之《美術叢書》三集第五輯也予收録，其底本則為《佩文齋書畫譜》本。實際上陶宗儀《書史會要》卷九早就收録了《翰林要訣》，趙撝謙《學範·書範》也有引録，不過文字有所節略而且並非全本。清代馮武《書法正傳》卷一收録此書，間有馮氏注語，版本與上述諸本明顯不同，本文多有逸出以上諸本者。馮氏此書之編纂，據其門人所言，『夫子晚歲博採歷代諸名家要訣，參以己見，勒成十冊，曰《書法正傳》』〔三〕，可知文字有馮氏修潤的成分。特别是第十二章《法書》中，列出了《真賞齋帖》，注明『錫山華氏刻，此明碑之最精者』，

〔一〕陳繹曾《法書本象序》，《書經補遺》卷二，涵芬樓秘笈本。
〔二〕楊士奇就對《翰林要訣》評價頗高，見《東里續集》卷二十《翰林要訣》，四庫全書本。
〔三〕譚紹隆《跋》，《書法正傳》卷末，四庫全書本。

此帖成於嘉靖元年（一五二二），當然不可能是陳繹曾的原文。因而從版本角度來看，馮武所録已非陳氏之舊。

陳繹曾另有《法書本象》一卷，由弟子呂宗傑録藏并刻入《書經補遺》卷二。此書有涵芬樓秘笈本，爲孫毓修據黄丕烈所藏元人鈔本收録，又有阮元所刻之嘉慶宛委别藏本，前者較善。明人王肯堂之《鬱岡齋筆塵》也收録了《法書本象》的大部分文字，細核可知與涵芬樓秘笈本當屬同一版本系統。

至於《書史會要》、《六藝之一録》等書中引録的陳繹曾《法書論》，實際上就是《翰林要訣》的最後一部分《法書》，並非另有一書。而清人戈守智《漢溪書法通解》卷六所收録的『陳繹曾《爲學綱目》』，則爲周伯琦《書法三昧》中的片段，不屬於陳繹曾的著述。

四

學界對陳繹曾著述的整理與研究已有一定基礎。《歷代文話》收録了《文筌》與《文説》，是整理篇幅最多的一次。張健《元代詩法校考》對《詩譜》進行了校訂。不過由於版本普查與蒐輯的困難，整理研究中有一明顯特徵，即版本信息鏈的斷裂，從而在成果質量上存在遺憾。《歷代文話》僅利用了和刻本與李鈔本，而在當時和刻本也屬於罕覯之列。《校考》利用了明刻本，卻不知有元刻本的存在，因而合撰者的名字仍沿誤作『石栢』。明人梁橋《冰川詩式》與周履靖《騷壇秘語》都收録了《詩小譜》，學界充分利用這種轉述文獻，甚至有人發現『明初刻本《詩小譜》與《騷壇秘語》之《詩小譜》兩者文字各有優長，且後者並非直接從前者而來，周履靖編輯《騷壇秘語》時所參考的《詩小譜》為明初刻本以外的版本』〔一〕，卻因寓目版本的限制，而未能發現這些轉述文獻與元刻本的淵源。

鑒於以上情況，本書著意於對陳繹曾著述進行全面徹底清理校訂。共收錄詩文評著述四種：《文筌》、《古文矜式》、《詩小譜》與《文説》； 收錄書法理論著作兩種：《翰林要訣》與《法書本象》。以上各書，凡見於著錄的版本，已盡數蒐輯利用，涉及中國大陸與臺灣地區以及日本、韓國、美國各相關圖書收藏機構。校勘方面，除罕見版本出異文校，以期約略呈現版本樣貌外，力求明了簡慎，以免滋蔓。

陳繹曾詩歌與文章未見纂為別集。此次整理，詩歌方面在參考已有成果基礎上，較《全元詩》增輯逸詩一聯。《全元文》未立陳繹曾條目，此次蒐輯文章近二十篇，大致按照文類列序。這其中《錦州同知李君墓志銘》、《致嚴堂記》據石刻拓本錄文；《鄒縣修學碑銘》見嘉靖本《鄒縣地理志》，是藏於臺灣的稀見方志；《東吳小稿序》利用了元人寫本；《程文批語》則從日藏珍本《皇元大科三場文選》輯入。雖然篇帙無多，但得來殊非易易。至於至元二年（一三三六）二月時為國子助教的陳繹曾所撰《敕仙人萬壽宮碑》（碑陰文字），因殘泐過甚而難於錄文，只能割愛〔二〕。

〔一〕趙樹功、陳元鋒《〈詩譜〉本名、作者及其與〈騷壇秘語〉關係考辨》，《文獻》二〇一一年第二期。

〔二〕關於此碑情況及相應殘存文字，參見杉山正明《元代蒙漢合璧命令文の研究（一）》，《内陸アジア言語の研究》第六號，一九九一年三月。

本書收錄各部分情況不同，故全書不統一設凡例，分别撰《例言》於各部分之前。

本書的整理，得到多位師友的指教與幫助。跟隨王師水照先生從事《歷代文話》的編校工作，是我接觸陳繹曾著述的緣起。近十年來，筆者時時致力於相關文獻的搜羅與考訂。不意機緣湊泊，諸多善本竟得悉數經眼，遂使此集藉予手而成。限於學力與聞見，疏失難免，期待讀者的不吝賜教。

文筌

例言

一、《文筌》現存最早刻本為元刻本，藏於臺灣『國家圖書館』，取作底本。

二、明初寧獻王朱權改刻此書，題作《文章歐冶》，藏於山東省圖書館。簡稱明刻本。

三、明刻本有朝鮮尹春年覆刻本。簡稱朝鮮本。

四、日本伊藤長胤據朝鮮寫本重刻此書。簡稱和刻本。

五、清末李士棻有鈔本，所據底本為明刻本。簡稱李鈔本。

六、明刻本、朝鮮本、和刻本、李鈔本皆取作校本。各本皆罕覯，故異文出校。

七、各版本前序彙輯於正文之前，分別出校說明。

文筌序

文者何？理之至精者也〔一〕。三代以上，行於禮樂刑政之中；三代以下，明於《易》、《詩》、《書》、《春秋》之策。秦人以刑法爲文，靡而上者也；自漢以來，以筆札爲文，靡斯下矣。嗚呼〔二〕！經天緯地曰文，筆札其能盡諸？戰國以上，筆札所著，雖輿歌巷謡、牛醫狗相之書，類非漢魏以來高文大策之所能及，其故可知也。彼精於事理之文，假筆札以著之耳。非若後世置事理於精神之表，而唯求筆札之華者也。余成童〔三〕，剽聞道德之説於長樂敖君善先生，痛悔雕蟲之習久矣。迺得《諸儒奥論統宗》觀讀，議論精當，文章有法，手録以還〔四〕。比游京師，東平王君繼志講論之隙，索書童時所聞筆札之靡者，以爲不直則道不見，直書其靡，使人人之感於是者〔五〕，曉然知所謂筆札之文不過如此〔六〕，則靡者不足以玩時愒日，而吾道見矣。因感其言，悉書童習之要，命曰《文筌》焉。夫筌，所以得魚也〔七〕，得魚則忘筌矣〔八〕。文，將以見道矣〔九〕，豈其以筆札而害道哉？且余聞之：《詩》者，情之實也；《書》者，事之實也。《禮》有節文之實，《樂》有音聲之實。《春秋》有褒貶，《易》有天人。莫不因其實而著之筆札。所以六經之文不可及者，其實理致精故耳。人人之好於文者求之此〔一〇〕，則魚不可勝食，何以筌為？亡友石桓彦威嘗共為《詩小譜》二卷〔一一〕，因以附於其後云〔一二〕。至順三年歲在壬申七月〔一三〕，汶陽左客陳繹曾書〔一四〕。

校記

〔一〕至，和刻本作『致』。
〔二〕嗚呼，他本皆作『烏乎』。
〔三〕余，他本皆作『予』。
〔四〕『迺得』四句，他本皆無。
〔五〕感，他本皆作『惑』。
〔六〕知，他本皆作『知之』。
〔七〕得魚也，他本皆作『得魚器也』。
〔八〕得魚則忘筌，他本皆作『魚得則筌忘』。
〔九〕矣，他本皆作『也』。
〔一〇〕人人，他本皆作『人』。
〔一一〕石桓，他本皆作『石栢』。
〔一二〕因以附於其後云，他本皆作『因附其後』。
〔一三〕歲在壬申，他本無。
〔一四〕左，他本皆作『老』。

文章歐冶序〔一〕

朱權

世之奇者，奇莫奇於是書，而所奇者幾近道矣〔二〕。汶陽陳繹曾演先聖之未發，泄英華之秘藏，撰為是書，名曰《文筌》，可謂奇也。然出乎才學，見乎制作，規模又可謂宏遠矣。孟子所謂『能使人規矩〔三〕，不能使人巧』，要在天性明哲之何如耳。得之者可以宣天地之化育，拯綱常以匡道德之學，安世治民，以明仁義之教，方謂之文。不知體製，不知用字之法，失於文體，去道遠也。孰不知文章製作五十有一，各有體製，起承鋪敘過結，皆有法度，稍失其真，則不為文。其間取捨輕重之法，囊括蘊奥精微之旨，有不可形容而舉者。若海天澄徹，萬象倒影，仿乎其有形，擴乎其無跡。看周秦漢之文章，則得之矣。有只用一字以明萬世之功、一字以正萬世之罪者，有下一字不言罪而莫大乎罪、不言功而莫大乎功，有諸中而不形諸外，若此者，皆作文之法。能知此者，可以語於文矣。嘗謂《國語》不如《左傳》，《左傳》不如《檀弓》『晉獻公申生』之章，蓋其文混涵，『申生辭狐突』數句，反覆救互，義理極切，便可見用文之法。如《老子・謙德章》云『或下以取，或下而取』，『以』字是上取下，『而』字是下取上。此二字乃用字之法，妙在入神，是謂『一夫當關，萬夫莫敵』。故《檀弓》内有『君安驪姬』之句，『安』字乃是用字之玅，其用法與《老子》同，非有眼力者莫能見。是以古人作文，一篇之中，有關鍵縝密、理固而不可攻者，有作六七段拆開、不失義理者，有只以一字生出百千字者，是知作文難而用字尤難。與夫《文章精義》校而論之：彼以宏辯而簡，此則矜式太隆。但繹曾所評諸賢〔四〕，皆出於一己之見，故不足以公天下。若評太白之才，變化不及子美之類是也。予以為不然，乃重判二賢之体而正之。然其書有可法者，故取之，乃命壽諸梓，以示後學，使知夫文章体製有如此法度，庶不失其規矩也。更其名曰《文章歐冶》，以奇益奇，不亦奇乎？

校記

〔一〕此文为明刻本、和刻本首序，朝鮮本第二序，撰者朱權。據明刻本錄入。

〔二〕而，和刻本作『兩』。

〔三〕使，和刻本作『與』。

〔四〕但，和刻本作『但』。

文章歐治後序〔一〕

伊藤長胤

輪扁之作輪也，規矩準繩以為之法，刀鋸椎鑿以為之用，而至於其所以不徐不疾、不甘不苦者，則在得之於其心也耳。蓋得之於心者其本，而得之於器者其末也。不得之於器則無以致其巧，而不得之於心則無以造其妙。其得之於心者既至，得之於器者亦精，而後可與言妙矣。技術之賤猶然，況於文乎？日月星辰森列乎上者，天之文也；山川草木參錯乎下者，地之文也；道德仁義施於其身者，人之文也。故和順積乎中，英華發乎外，足以贊化育，足以拯綱常，而後始可謂之文也已矣，豈組織雕蟲云乎哉？豈袞冕黼裳云乎哉？《文章歐治》者，作文之規矩準繩也。凡學為文者，不可不本之於六經，而參之於此書。本之於六經者，所以得之於心也；參之於此書者，所以得之於器也。窮經雖精，譚理雖邃，苟不得其法焉，則不足為文。然則欲作文者，舍此書其何以哉？此書簡袠雖少，然作文之法悉矣。若吳氏《辨體》、徐氏《明辨》，其論體製雖頗詳備，然至於作文之法，則未若此書之纖悉無遺也。予嘗獲朝鮮寫本，然文字漫漶，魚豕相望，殆不可讀焉。乃不自揣，為校讎參訂，略得緒正。不敢自私，因壽諸梓，欲與四方之士共焉。其未及是正焉者，竊竢後之君子云。

校記

〔一〕自和刻本錄入。原在《文筌》卷末，末署『元祿元戊辰歲黃鍾梓洛陽書林唐本屋又兵衛永原屋孫兵衛』。

文筌序〔一〕

尹春年

或問余曰：『子論詩專以聲為主，其說可得聞乎？』曰：『天下之物，莫不有氣。天下之氣，莫不有聲。聲因氣而動，氣因聲而彰。此乃本然之理也，何足怪哉？今夫以吾之一身驗之。心感於物則必宣於言，既宣於言則必形於聲，天下安有無聲而有言者哉？言猶若是，況詩者乃人言之最精者乎？是故古人論詩，皆以聲為主，故以楊伯謙《唐音》論之。其曰「始音」、「正音」、「遺響」者，豈無謂歟？況李西涯《詩話》曰：「李太白、杜子美為宮，韓退之為角，劉長卿為商。」又曰：「予欲求聲於詩，心口相語。」且以陳公父論詩專取聲為最得要領也。則西涯豈欺我哉？至於《唐詩鼓吹》之以「鼓吹」為名，《雅音會編》之以「雅音」為號者，亦皆主聲也。又何疑乎？但聲音之道，極玄極妙，故世人未之知而皆以詩為無聲，何不思之甚耶？夫瞽者不能見文章，聾者不能聽鐘鼓，遂以為無文章、無鐘鼓，可乎？世未嘗無文章而瞽者自不見，世未嘗無鐘鼓而聾者自不聽爾。然則詩果無聲乎？特世人未之知耳。』曰：『然則知詩之聲，其有道乎？』曰：『不難也。勿聽之以耳而聽之以心，則可知之矣。世之人徒聽之以耳，此所以不能知者也。』曰：『然則聽之以心之說，可得聞乎？』曰：『心者，本虛靈湛寂之物也，而眾欲蔽之，使虛靈者昏昧，湛寂者汩亂也。故凡天下之聲，外雖應於耳而內不屬於心矣。是故《大學》曰「心不在焉，聽而不聞」，其斯之謂歟？然則不能正心，則凡天下之聲尚不能聽，況詩者無聲而有聲者乎？其曰無聲者，外之聲也；其曰有聲者，內之聲也。此即嚴滄浪所謂「空中之音」也。然苟能正心，則亦何難乎能聽之乎？』曰：『然則欲求詩聲，當從何入？』曰：『余自十年以來，欲求詩聲，其於《詩》傳、《楚辭》、《選》詩，莫不推之。至於《詩人玉屑》、《詩家一指》及凡古人論詩之書，亦莫不探之。然未得要領。其後幸得《文筌》，反覆參究，積有歲月，怳然有悟，雖不及於古之人，然亦不可自謂全無所得也。然則欲求詩聲，當從《文筌》而入。』問者唯唯而退。《文筌》者，元人陳繹曾伯敷氏之所著也。余於庚戌歲請之於全羅監司南宮公淑，開刊於光州矣。而庶欲發明伯敷之遺意，乃敘其與客問答之語，而遂為之序。嘉靖壬子仲夏下澣，通政大夫司諫院大司諫坡平尹春年謹序。

校記

〔一〕此文為朝鮮本首序，和刻本第二序。據朝鮮本錄入。

文筌目録[一]

陳繹曾集輯校

詩譜

校記

〔一〕此目錄僅和刻本、李鈔本附，兩本文字相同，和刻本題作『文章歐冶目錄』。目錄具體内容與底本正文文字有所出入，不另統一。

古文小譜一〔一〕

汶陽左客陳繹曾撰〔二〕

養氣法

一　澄神

屏慾棄染，息慮澄神，静定瑩徹。此心光明普徧，如青天白日，上也。虚明圓瑩，如澄秋皎月，次也。清泠淵靜，如萬頃寒潭，又其次也。如清池，如明鏡，則可小用而已。以此照物，何物不照〔三〕？以此照理，何理不明？以此役神，何神不妙？以此屬辭，何辭不精？上智君子，敬之敬之。

欲如要好求麗、求勝求工〔四〕、干名效諂之類皆是。

染如習韓、習柳、習歐、習蘇，執一偏而不圓通皆是。

慮身事、家事、國事不可撥置，則勿作文。必須作文〔五〕，便當撥置。

神妙萬物而生吾心〔六〕，須先識此，須令屬我，須令我與之為一，須令不復有我而我即神。弟一工夫也〔七〕。

校記

〔一〕古文小譜，他本皆作『古文譜』，以下各卷同，不另出校。

〔二〕汶陽左客陳繹曾撰，明刻本、朝鮮本無此行，和刻本作『元陳繹曾著』，李鈔本作『陳繹曾撰 忠州李士棻采錄』。

〔三〕照，他本皆作『燭』。

〔四〕求麗求勝求工，他本皆作『求勝求工求麗』。

〔五〕必須，他本無此兩字。

〔六〕生，他本皆作『主』。

〔七〕弟，他本皆作『第』。

二 養氣

肅　朝廷題　聖賢題

壯　河嶽題　武功題

清　山林題　仙隱題

和　宴樂題　通人題〔一〕

奇　神恠題〔二〕　豪俠題

麗　園樹題　美人題

古　上古題　雅勝題

遠　登眺題　功業題

澄神矣，將此題中此景此事、此情此意，一一由根生幹，由幹生節，由節生枝，生葉生花，枝枝葉葉。無則不可强生，有則不可脱漏。一一將此題此景此事、此情此意〔三〕，如青天白日照燭纖悉，明白淨盡；却將此景此事、此情此意都埽除，無纖毫存於心目之間。只有此題此氣，肅者凛然，壯者巍然，清者泠然〔四〕，和者温然，奇者屹然，麗者爛然，古者澹然，遠者廓然，一片真境，存於胸中；而此景此事、此情此意，融化於其中，變態邃生〔五〕，取其精者、切者、要者而用之〔六〕。須是自然存於胸中，不可着想。想之即入客氣〔七〕，徒勞終日，無所用之。

料景是題中實有本身及相連諸物。〔八〕

事是題中用處。　**動用**。〔九〕

情是題中喜怒哀樂愛惡欲之情狀。

意是題中事物及情合該意思及吾所以處置之意〔一〇〕，與古人曾有處之意〔一一〕。

取理是理之至者〔一二〕。

切是辭之切慮者〔一三〕。

要是事之要領也。

妙是意之高妙者。

存養是真題中自然於胸中生出此景此事、此情此意。〔一四〕

想是看題浮沉，却於自胸中别生出他景他事、他情他意也。

校記

〔一〕宴樂題通人題，原作『神恠題豪俠題』，與下文『奇』條重，據明刻本改。

〔二〕神恠題，他本皆作『恠神題』。

〔三〕此意，他本皆奪此兩字。

〔四〕泠，原作『冷』，據明刻本改。

〔五〕巉，原作『嵾』，據明刻本改。

〔六〕要者，他本皆作『要者妙者』。

〔七〕想之，他本皆作『着想之』。

〔八〕他本皆以『料景』單獨為一行，另起一行作『景　是題中實有本身及相連諸物』，則『料景』實統領下述『景、事、情、意』四項。據元刻本版式，雖『料景』下直接『是題中實有本身及相連諸物』一句，但『景、事、情、意』四字平齊而低『料』一格，故當亦以『料』總領四字。

〔九〕此處他本皆合為一句，作『是題中動用處』。

〔一〇〕該，他本皆作『說』。

〔一一〕處，他本皆作『處置』。

〔一二〕取理，他本皆作『取精』，且單獨一行，另行作『精　是理之至者』。

〔一三〕切慮，他本皆作『切題』。

〔一四〕存養，他本皆作『養存』，且單獨一行，另行作『存　是真題中自然於胸中生出此景此事、此情此意』。

三　立本

○經書　子書　性書〔一〕　禮書　樂書　○政術書　兵書　法律書　天文書　地理書　姓氏書〔二〕　小學書　名物書　圖譜書　史書〔三〕　傳記書　○草木蟲魚書　醫書　卜筮書　陰陽家書〔四〕　古緯書　器物書　百工書　○雜藝書　異端百家書　小説雜書　○總集　別集

右諸書皆須以先秦為本〔五〕，其百家又各有源流〔六〕，致精於其源而無泥於其流可也。其法先立題目粘壁間〔七〕，求有精力好學用數人〔八〕，分題立限，相與一一勾銷之。不為則已，為則必要其精；不精則已，精則必歸於正。實用工夫，亦不過數年耳。但初用工時，頗覺事多。其後工夫積累漸廣，彼此更互自相解釋，初無多也。

右諸書前五件當專精，次十一件當博習〔九〕，又次七件當旁通，又次三件當汎覽，末二件當鈎玄〔一〇〕。盡心曰專精，考索曰博習，摘要曰旁通，涉獵曰汎覽，遴選曰鈎玄〔一一〕。

校記

〔一〕性書，他本皆作『性理書』。

〔二〕姓氏書，和刻本、李鈔本同，明刻本、朝鮮本作『性氏書』。

〔三〕他本此後皆增『道書』一項。

〔四〕陰陽家書，他本皆作『陰陽書』。

〔五〕本，他本皆作『根本』。
〔六〕各，原作『合』，據明刻本改。
〔七〕粘，他本皆作『貼』。
〔八〕求有精力好學用數人，他本皆作『求其精力好學朋友數人』。
〔九〕十一，他本皆作『十二』，蓋因增入『道書』所致。
〔一〇〕鈎，和刻本作『鈞』，誤。
〔一一〕鈎，和刻本作『鈞』，誤。

四　清識

天理須精究二典、三謨、《大雅》、《周頌》、《易·繫辭》、《大學》、《中庸》、《論語》、《孟子》、《通書》、《太極》、《西銘》、《經世書》。心得其妙，方為真識。

物理眼前物理，須一一就眼前窮究，不可專倚書籍，如馬之理當問牧、園菜之理當問老圃之類。〔一〕眼前所無物理，則須博采古譜今書以考諸言傳〔二〕，求圖譜以詳其形，方為真識。

事理今事須於自家身心歷練處〔三〕，體驗人情事理，要十分切實老成〔四〕，即以此心去量度它家事理，雖不中，不遠矣。古事只看它來蹤去跡〔五〕、言行着實處，休聽它古議論〔六〕，休據古人字樣，常懷洗千古冤抑、照百代奸欺之心以臨之，自家端的見識定〔七〕，然後看古人議論，商確之可也〔八〕。如此則方為真識〔九〕。

神理自家先澄吾神，明明白白，見此主宰妙理，則其它天神地示〔一〇〕、人鬼物恠，有者無者，是者非者，可得而照矣。自家不識自神，而欲妄意窺測，政恐魑魅罔魎輩竊笑耳〔一一〕。識自家神，以照彼神，一也，方是真識。

右萬理不同，同歸於是，謂之至理。至理一本〔一二〕，其變無方，謂之衆理。至理唯當心解，更不可以言求〔一三〕。以言求者，是謂無識。衆理必須根幹枝葉、脈絡紋理，纖悉推究，目無不真見〔一四〕，心無不真知，口無不可以真言〔一五〕，可謂真識〔一六〕。真識之目四：一曰其然目可見、耳可聞之實體〔一七〕，二曰當然心可知、身可行之正理，三曰所以然口不可言、心不可思，而理勢自然之所必至，四曰不然正理之外百種邪僻、所當防戒者是也〔一八〕。每題中景、意、事、情〔一九〕，皆當分四目推研之，庶幾可以見理矣。

校記

〔一〕『如馬』句，他本皆無。
〔二〕古譜今書以考諸言傳，他本皆作『古今書以考諸言將』。
〔三〕身心，他本皆作『自心』。
〔四〕要，他本皆無此字。
〔五〕看它，他本皆作『要看』。
〔六〕休，他本皆作『体』。
〔七〕端，他本皆無此字。
〔八〕商確之可也，他本皆作『以商榷之可也』。
〔九〕方，他本皆無此字。另，此條中『它』字，他本皆作『他』。
〔一〇〕地示，他本皆作『地祇』。
〔一一〕罔魎，他本皆作『罔兩』。

〔一二〕一本，他本皆作『本一』。

〔一三〕更，他本皆作『處』。

〔一四〕真，他本皆作『知』。

〔一五〕他本此句下有『之方』二字。

〔一六〕可謂，他本皆作『可謂之』。

〔一七〕實體，他本皆作『實理』。

〔一八〕百種邪僻所當防戒，明刻本、朝鮮本、李鈔本皆作『所當防戒百種邪僻』，和刻本誤作『所當防戒有種邪僻』。

〔一九〕情，他本皆作『理』。

五　定志

心情必欲通神明〔一〕。　度量必欲包宇宙〔二〕。

聰明必欲察毫釐。　裁處必欲合聖賢。

識趣必欲度先秦。　變化必欲該百家〔三〕。

體製必欲象韓柳。　格力必欲造屈馬。

右志於其上，猶恐不及其中；　志於其中，終亦卑下而已矣。須是自心斷定不回，不顧世俗之毀譽，不憚心力之勞瘁，勇往直前，不讓第一等與他人，方可與言文矣。

陳繹曾集輯校

校記

〔一〕心情，他本皆作『心性』。

〔二〕度量，他本皆作『量度』。

〔三〕該，他本皆作『備』。

古文小譜二

識題法

一　虛實

虛題

實題

右古文一主於實，實題實做，虛題亦實做。叙事則實叙，議論則實議是也。時文則主於虛〔一〕，虛題虛做，實題亦虛做。只此是古文、時文分別處也〔二〕。

校記

〔一〕則，他本皆作『一』。

〔二〕分別處，明刻本、朝鮮本同，和刻本作『分別』，李鈔本作『分處』。

二　抱題

開題　盡開題中景、意、事、情，而悉區分用之。

合題　收斂題中景、意、事、情，合為一片而融化其精英用之。

超題　超出題中景、意、事、情之外，而外取一片清虛玄妙之氣用之〔一〕。

引題　先説別事，忽入題中。

張題　小題張而大之。

蹙題　大題蹙而小之。

影題　別把他物，影見本題。

摘題　摘取題中緊要精切者〔二〕，而用其景、意、事、情之一端。

縋題　別立説話〔三〕，却不離題，直至結尾，方見本題。

撇題〔四〕　先説本題〔五〕，撇入別事〔六〕。

校記

〔一〕外，他本皆作『別』。

〔二〕緊要精切，他本皆作『緊切要精』。

〔三〕説，原作『訖』，據明刻本改。

〔四〕撇，原作『椒』，據明刻本改。

〔五〕說，李鈔本同，他本皆作『設』。

〔六〕撇，原作『椒』，據明刻本改。

三　斷題

推鞠

來蹤　題中景、意、事、情，各各來由。

去跡　題中景、意、事、情，各各去處。

本宗　直下本原。

旁枝　牽連枝節。

證佐　聞見可徵。

隱匿　隱匿情節，一一照破〔一〕。

形似　偽造形似，實非本真，尤須詳察。

磨勘

罅漏　景、意、事、情，直須磨勘，盛得水住，稍有滲漏，便是病根〔二〕。

擬斷

原情　原以人情，而以恕度之。

據理　據其天理，而以正折之。

按例　史子比例〔三〕。

奉勑　本朝典故。

准令〔四〕　聖賢格言。

依律　經書正例。〔五〕

斷決　明正功罪。

赦宥　赦過宥罪。

詳審

人名　稱呼歸一，雖變不差。

地名　地名各須明白，認歸宿處。

歲月　歲月先後，須要來歷分明。

宫室　宫室制度及遷改，不可混雜。

器仗　器仗制度及陳設，不可虚妄。

服色　服色制度及變易，須有緣故〔六〕。

辭令　辭令謙倨，須有等級〔七〕。

容貌　容貌常變〔八〕，各合威儀〔九〕。

右以題目作考功問罪之人，一一磨勘分明，方可運意下筆。

校記

〔一〕照，他本皆作「點」。

〔二〕根，他本皆無此字。

〔三〕例，他本皆作「則」。

〔四〕准，他本皆作「唯」。

〔五〕他本此條下另起一行作「處置」，以統領「斷決」、「赦宥」兩項。

〔六〕有，他本皆作「要」。

〔七〕有，他本皆作「要」。

〔八〕常變，他本皆作「變常」。

〔九〕各合，他本皆作「各各」。

古文小譜三

陳繹曾集輯校

式

一　叙事

叙事　依事直陳為叙。叙貴條直平易〔一〕。

記事　區分類聚為記。記貴方正潔淨〔二〕。

校記

〔一〕平，據明刻本增。

〔二〕正，他本皆作『整』。

二　議論

議　切事情之實而議其可行者。

論　依事理之正而論其是非者。

辨〔一〕　重復辨析〔二〕，以析是非之極致〔三〕。

説　平説其事可否，是非自見言外。

解　解析其理，明白則已，不勞論辨〔四〕。

傳　傳述所聞，不敢增減〔五〕。

疏　條陳其事，逐一分明〔六〕。

箋〔七〕　捨古人虚缺之處而補正之〔八〕。

講　解析其理，究研詳盡。

戒　正辭嚴色，規儆於人。

喻　和顔温色〔九〕，曉喻於人〔一〇〕。

校記

〔一〕辨，和刻本同，他本皆作『辯』。

〔二〕辨，和刻本同，他本皆作『辯』。

〔三〕析，他本皆作『決』。

〔四〕論辨，和刻本同，明刻本、朝鮮本作『論辯』，李鈔本作『辯論』。

〔五〕聞，原作『問』，據明刻本改。

〔六〕逐，他本皆作『晝』。

〔七〕箋，他本皆作『牋』。

〔八〕拾古人虛缺，他本皆作『拾古人非缺』。

〔九〕色，他本皆作『辭』。

〔一〇〕喻，他本皆作『諭』。

三　辭令

禮辭　尊卑上下，禮法之辭。貴高下中節。

使辭　使命往來，傳命致事之辭。貴簡要而動中事情。

正辭　法語禁人之辭。貴嚴峻切至，凜然可畏。

婉辭　巽與諷人之辭〔一〕。貴辭寬意切，使人自然動心，如不激怒〔二〕。

權辭　權謀機警，務以成事之辭。貴得其愛之情而逆取順導之〔三〕。

右三綱十八目，斷題之後，以此法隨宜議擬，諸文體中皆通用之。

校記

〔一〕巽與，他本皆作『巽語』誤，巽與，順從、附和之意，見《論語·子罕》。

〔二〕如不，他本皆作『而不可』。

〔三〕愛，他本皆作『畏愛』。

古文小譜四

製

一　體段六〔一〕

起　貴明切〔二〕，如人之有眉目。

承　貴疏通，如人之有咽喉。

鋪　貴詳悉，如人之有心胸。

敘　貴轉折，如人之有腹臟。

過　貴重實，如人之有腰膂。

結　貴緊切〔三〕，如人之有足〔四〕。

右六節，大小諸文體中皆用之。然或用其二，或用其三四，以至於五六。〔五〕皆可隨宜增減〔六〕，有則用之，無則已之，若强擺布〔七〕，即入時文境界矣。其間起結二字，則所必不可無者也〔八〕。起、結二法，在作文家最爲難事，須將韓、柳二家諸體文字，摘出起、結，觀其變化手段，當自得之，非可言傳也。

校記

〔一〕六，他本皆無此字。
〔二〕貴，底本起、承、鋪、敘、過、結之下共用一『貴』字，現據明刻本增。『如人之有』同。
〔三〕緊切，他本皆作『緊快』。
〔四〕足，他本皆作『手足』。
〔五〕以至於五六，他本皆作『不可以至於五六七』。
〔六〕皆，他本無此字。
〔七〕擺布，他本皆作『布擺』。
〔八〕所，他本皆無此字。

二　體式四〔一〕

敘事	敘事	敘言
記事	記言	記事〔二〕
議論	論事	論理
辭令	應辭問	應對〔三〕

校記

〔一〕四，他本皆無此字。
〔二〕記言記事，他本皆作『記事記言』。
〔三〕問應對，他本皆作『問對』。

三　體製

製法〔一〕　製法九十字。改潤法十字〔二〕。

製	叙論辭注〔三〕		起承鋪 叙過結
引	○○○	先爲虛詞〔六〕 引出本題〔七〕	○●○ ○●○
入	○○○	直入本題	○○○ ○○○
承	○○○	承接上文	●●● ●●●
製	叙論辭〔四〕注〔五〕		起承鋪 叙過結
出	○○○	說出題外 或生意外	○○○ ○○○
歸	○○○	復歸題中 或生意中	●○○ ○○○
設	○○○	本非事實 假設立言	○○○ ○○○

起	○○○	忽然而起	○●○
		詞意響拔	○○○
挫	○○○	挫而下之	●○○
		入於黃泉	○○●
頓	○○○	頓而升之〔一三〕	●○○
		升於青天	○○○
激	○○○	噫笑怒罵〔一一〕	○●○
		激烈之語	○○○
過	○○●	詞源浩汗〔九〕	●○○
		過而後激	○○●
歇	○○●	辭意少歇	●●○
		以養文力	○●●
送	○○○	辭意未斷	●●○
		送之即止	○○○
粘	○○○	辭意斷處	●●○
		略粘綴之〔八〕	○○●
呼	○○○	設事於前〔一五〕	○●○
		以呼後意	○○○
應	○○○	前語既遠	○○○
		後必照應	○○○
點	○○○	主意既立	●○○
		時復點掇〔一四〕	○○○
躝	●○○	萬鈞之力	●○○
		蹄所難矣〔一二〕	○○○
警	○○○	驚天動地	○●○
		峻拔之語〔一〇〕	○○○
折	○○○	因上所言	●●○
		轉深兩重	○○●
轉	○○○	因上所言	○○○
		轉深一重	○○○
影	○○○	假他事物	○○○
		言外影見	○○●

伏	○○○	倏然而伏　辭意沉降〔一六〕	○○○ / ○○○
提	○○○	千鈞之力　扶所難起	○○○ / ○○○
抑	○○○	抑而下之	○○○ / ○○○
揚	○○○	揚而高之	○○○ / ○○○
開	○○○	分爲兩股〔一九〕	○○○ / ○○○
合	○○○	合爲一意	○○○ / ○○○
收	○○○	緝而斂之〔二〇〕	○○○ / ○○○
縱	○○○	放而肆之	○○○ / ○○○
喚	○○○	屬辭於後　以喚前因〔一七〕	●○○ / ○○○
排	○○○	整齊排比	○●○ / ○●●
援	○○○	泛引古事〔一八〕	○○○ / ○○○
證	○○○	泛引古語	○○○ / ○○○
按	○○○	的按經律　本條	○○○ / ○○○
據	○○○	的據本事　根源出處	○○○ / ○○○
撒	○○○	撒開散語	●●○ / ○●●
伸	●○○	前意已舉　從而申之〔二一〕	●○○ / ○○○

衍	○○●	片言一字〔二二〕	●●○
		衍而多之	○○●
掉	●○○	兩字掉轉	○●○
		鼕鼓自擊	○○○
纏	○○○	首尾二字	○○○
		聯如績麻〔二四〕	○○●
甓	○○○	事辭衆多	○○○
		甓而具之	○○○
疊	○○○	疊語諄複	○○○
		以見深意	○○○
難	○○○	設爲問難〔二五〕	●○○
		欲不可解	○●●
願	○○○	願望其然	○○○
		所主在彼	○○○
欲	○○○	願望其然〔二八〕	○○○
		所主在此	○○○
辨	●○○	辨其所難	●●○
		使無可疑〔二三〕	○○○
解	●○○	依理解義	○○○
			○○○
規	○○○	箴已著之罪	○○○
			○○○
戒	○○○	戒未來之失	○○○
			○○○
勸	○○○	誘使爲善	○○○
			○○○
頌	○○○	誇使爲善〔二六〕	○○○
			○○○
破	○○○	盡見底蘊〔二七〕	○○○
			○○○
露	○○○	微露上意	○○○
			○○○

許	○○○	可是而是之	○○○ / ○○○
鄙	○○○	當否而否之	○○○ / ○○○
正	○○○	明述正理	○○○ / ○○○
反	○○○	反言不然	○○○ / ○○○
感〔三一〕	○○○	有所感動	○○○ / ○○○
嘆	○○○	嗟嘆不足〔三二〕	○○○ / ○○○
劇	○○○	空中劇下 無根蒂語	○○○ / ○○○
拙	○○○	句句相累 各各自成	○○○ / ○○○
蓄	○○○	包含在内〔二九〕	○○● / ○○○
含	○○○	引而不發	●○○ / ○○○
疑	○○○	設爲疑辭〔三〇〕	○○○ / ○○○
斷	○○○	必然斷之	○○○ / ○○○
敘	○○○	直敘其事	○○● / ○○○
陳	○○○	陳設事理 之所當然〔三三〕	○○● / ○●○
錄	○●○	實錄所有	○○○ / ○○○
述	○○○	述已往之 事意	○○○ / ○○○

覆	○○○	又有不然者〔三四〕	●●○ ○○○
鋪	○○○	列鋪其事	●●○ ●●●
留	○○○	留連事情未即斷遣	○●○ ○○○
翦	○○○	翦取一枝	○○○ ○○○
超	●○○	超出常情迴然物表	○●○ ○○○
跳	○○○	語意隔越	●●○ ○○○
驀	○○○	事理隔越	●●○ ○○●
撇	○○○	撇入一物	○○○ ○○○
探	○○○	探本來之事情	○●○ ○○○
斡	○○○	斡復敘事	○●○ ○○○
鈐	●○○	兩股鈐斷	○●○ ●●●
分	○○●	細分條目	○●○ ○●●
總	○○○	總約大綱	○○○ ○○○
括〔三五〕	○○○	一言蔽之	○○○ ○○○
兜	○○○	散漫衆言一語兜住	○●○ ○○○
繳	○○○	繳結斷結〔三六〕	○○○ ○○○

截	○○○ 截斷衆流 ●●○ ○●○		結	○○○ 結尾中篇〔三七〕 ●●● ●○○
貶	○○○ 結正其罪 ○○○ ○○○		褒	○○○ 明賞其功〔三八〕 ○○○ ○○○

校記

〔一〕製法，他本皆無此二字。
〔二〕改潤法十字，他本皆無此五字。
〔三〕注，此字他本皆無。
〔四〕製叙論辭，底本作『叙論製辭』，據明刻本改。
〔五〕注，此字他本皆無。
〔六〕先，明刻本、朝鮮本、李鈔本同，和刻本作『洗』。
〔七〕出，他本皆作『入』。
〔八〕綴，和刻本同，他本皆作『級』。
〔九〕汗，明刻本、朝鮮本、李鈔本作『瀚』，和刻本作『翰』。
〔一〇〕語，他本皆作『作』。
〔一一〕噫，他本皆作『嘻』。

〔一二〕升之，他本皆作『高之』。

〔一三〕蹄所難矣，他本皆作『蹐所難伏』。

〔一四〕點掇，明刻本、朝鮮本、李鈔本作『檢點』，和刻本作『撿點』。

〔一五〕事，他本皆作『詞』。

〔一六〕沉，明刻本、朝鮮本同，李鈔本作『沈』，和刻本作『疏』。

〔一七〕喚，明刻本、朝鮮本、李鈔本同，和刻本作『興』。

〔一八〕事，明刻本、朝鮮本、本鈔本作『肆』，和刻本作『書』。

〔一九〕股，明刻本、朝鮮本、李鈔本同，和刻本作『段』。

〔二〇〕緝，他本皆作『撮』。

〔二一〕從，他本皆作『泛』。

〔二二〕一，他本皆作『隻』。

〔二三〕聯如績麻，明刻本、朝鮮本、李鈔本作『聯如績麻』，和刻本作『輅如績麻』。

〔二四〕可，他本皆作『其』。

〔二五〕問難，底本作『商難』，他本皆作『問難』，據改。

〔二六〕使為善，他本皆作『功獎德』。

〔二七〕見，他本皆作『其』。

〔二八〕望，他本皆作『欲』。

〔二九〕含，和刻本作『蹁』，他本皆作『涵』。

〔三〇〕辭，明刻本、朝鮮本同，和刻本作『解』，李鈔本作『詞』。

〔三一〕感，他本皆作『憾』。

〔三二〕足，和刻本作『已』。

〔三三〕又，他本皆作『反』。

〔三四〕陳設事理，他本皆作『陳説其理』。

〔三五〕括，他本皆作『拾』。

〔三六〕斷結，他本皆作『斷節』。

〔三七〕中篇，他本皆作『終篇』。

〔三八〕賞，底本作『當』，他本皆作『賞』，據改。

改潤法十字，連上製法共一百字。〔一〕

翻　辭理已具，重新翻段〔二〕。

融　意有斷窒〔三〕，融而通之。

點　質勝於文，點以字樣。

瑩　意有未清，磨而瑩之。

插〔四〕　失枝脱節，安插無迹〔五〕。

變　段語近排〔六〕，加之變態。

化　理有查滓〔七〕，化而去之。

割　可愛而汎〔八〕，痛割棄之。

平〔九〕　突兀不安，熨而平之。

掇　前後失次〔一〇〕，貴在移掇。

校記

〔一〕此處他本皆有『改潤法十字，連上製法共一百字』一行，據增，李鈔本『改潤法』作『收潤法』。

〔二〕段，他本皆作『改』。

〔三〕窒，他本皆作『續』。

〔四〕插，和刻本作『補』，他本皆作『插』。

〔五〕安插無迹，和刻本作『安補無踪』，他本皆作『安插無迹』。

〔六〕排，底本作『徘』，他本皆作『排』，從之。疑當作『俳』。

〔七〕查滓，他本皆作『滓渣』。

〔八〕汎，他本皆作『冗』。

〔九〕平，他本皆作『熨』。

〔一〇〕次，李鈔本作『序』，他本皆作『次』。

古文小譜五

體

一　文體三

敘事		變	原	流
序	序其始末以明物事	小序　大序　後序	書小序　易序卦　詩大序　荀子後序	韓
記	記其事物必具始末	事記　物記　雜記	左傳　禮記	柳
傳	傳述其事以示後人	本傳　附傳　合傳	史記	西漢書
紀	紀年　紀事	二典　武成　春秋	史記本記	五代史本記
錄	實錄其事	總錄　附錄　雜錄	金縢　顧命	國語　國策

志	記載故實	史志 雜志	禹貢 洪範 周官 周禮 呂刑 周髀 司馬法	史記八書 西漢
碑	歷代封禪石刻 石鼓 秦碑	刻石紀功 五品已上墓誌	記功碑 墓碑 述德碑	韓 歐
誌	記載行實	壙誌 墓誌	郭有道碑 曹娥碑	韓
述	述先人之行實	行術 事術	孔子家語	柳
碣	記述小事六品以下墓誌	墓碣 雜碣	文範先生碑 崔府君碑	柳
表	或列表以明事 或樹表以題墓	年月日 世表 墓表	史記 孔子書季子墓 西漢書	歐
狀	實錄 事狀	行狀	穆天子傳 議禮 古今法	韓 柳 歐
譜	列具其詳 以明事物	世譜 人譜 事物譜	世本 世繫 姓爾 甘石星經 山海經 七十二子記 考記	柳 歐
注	詳其事實	起居注 義注 雜注		

議論

		變	原	流
議	切事而議	奏議　雜議	三謨	漢議　文粹 陸宣公集 宋諸臣奏議
論	窮理之論		荀子　呂不韋	蘇
說	明說　其事	雜說	孟子　列子	韓　柳　歐
解	解釋義理	解書　解難	經解　管子解　韓非 淮南　解嘲	韓
辨	辨析事理		孟子　莊子	荊公
議	解說經義　箴刺過惡	經義	禮記　白虎通	劉原父
贊	贊美功德	史讚　讚	史記　西漢	文選
箴	箴刺過惡		虞人箴	楊子雲　韓
銘	名器自警	碑銘　器銘	湯盤　武王踐阼	文粹
戒	豫設儆戒	戒諭　雜喻	伊訓　無逸	柳

約	約信之辭	規約 契約	高祖三章約 王子淵僮約	
規	規諫過失		詩沔水 書太甲	文粹
喻	曉喻之文		書訓誥	司馬相如 陸宣公
題	題於圖籍之首〔二〕		孟子題辭	柳 蘇
跋	跋於圖籍之後		劉歆七略〔三〕	柳 歐 曾
奏	奏事天子	疏 劄	三謨 五誥〔四〕	漢疏 文粹 陸宣公 宋奏議
彈	臺評彈劾〔五〕		漢書	文選 文粹 文鑑
表	明情陳事	上表 陳表 請表 勸表 諫表	文選	韓 陸宣公 蘇
狀	奏狀公狀			韓 陸
劄	直劄奏事	奏劄 公劄	陸宣公 歐 蘇	

		變	原	流
書	攄寫事情		君奭　呂相絕秦　戰國策	韓　柳
對	答問之辭	對策　對問	左傳　家語　孟子　董仲舒	文選　文粹　韓　柳
連珠	屬辭托諷		文選	
原	原理之本		淮南	韓
箋	上太子箋		文選	
辭令				
		變	原	流
詔	詔示天下	詔　赦　勑	湯誥　盤庚　周誥	詔　陸宣公
啓	陳事上官〔六〕		左傳	文選
誥	命官之辭	內制　外制	舜典　微命　畢命　周命　祭仲　君陳	陸宣公　蘇
簡	簡牘傳情		法帖	蘇　黃　孫覿

冊	冊命之辭		文侯之命　三王冊	文選　文粹　陸宣公
檄	軍書示威		胤征　高祖出關告喻	文選
牓	示衆之辭		象魏　管子　幼官〔七〕	
露布	軍捷播告〔八〕		多方	文苑英華
教	大臣告衆之辭		多士　左傳　諸葛孔明〔九〕	文選
祝	告神之辭		武成　少牢　特生　左傳	
誓	誓衆之辭		苗誓　商誓　周誓　魯誓	甘誓　秦誓
盟	神明之辭	左傳　孟子　葵丘盟〔一〇〕		
右二體製，先認本色，次知變化。				

校記

〔一〕此部分文字，元刻本與他本差異明顯，因表格形式不便出校，故於此處仅列元刻本文字，抵牾難通處據他本改訂。他本內容，詳見此後之附錄。

〔二〕於，底本作『喻』，據明刻本改。
〔三〕劉歆，底本作『劉讓』，誤。
〔四〕謨，底本作『模』，據明刻本改。
〔五〕彈劾，底本作『彈劾』，據和刻本改。
〔六〕上官，底本作『上宫』，據明刻本改。
〔七〕象魏管子幼官，原本作『象媿官子幼宫』，據明刻本作『相魏管子幼官』。『象魏』見《周禮》，據改。
〔八〕捷，底本作『截』，據明刻本改。
〔九〕左傳，底本作『右傳』，據明刻本改。
〔一〇〕葵丘，底本作『蔡丘』，據和刻本改。

二　家法

經		
易	禮記	大學
書	周禮	中庸
詩	儀禮	孟子
春秋	論語	

史

國語　　國策　　西漢

史記

子

山海經　　周髀

九章　　素問

考工記　　管子

老子　　列子

莊子　　荀子

穰苴　　吳起

孫子　　韓非

呂覽　　賈子

淮南子　　新序

說苑	楊子
世說	
總集	
文選	古文苑
文粹	文鑑
別集	
韓文	
陸宣公文	柳文
荊公文	歐文
曾文	三蘇文

右一一家數，各知其所不同，各知其所以不同，而知其所同。取其所長，棄其所短，融化自成一家。各以其似而不摹擬，各變其本而不相錯雜。

右一百字，作文活法，變化之妙，盡在是矣。此譜不可以言傳，而可以心得。當於先輩作文時，觀其用處而默識，所謂千學不如一見者也。

附錄　古文譜五[一]

體

一　文體

○敘事		
敘		
	變	序其始末　以明事物
	原	小序　大序　書小序　易卦　後序　詩大雅　荀子後序
	流	韓
錄		
	變	實錄　總錄　附錄其事　雜錄
	原	金縢　顧命
	流	國語　國策

傳	傳述其事 以示後人	本傳　附傳 合傳	史記　西漢書
述	述先人之 行實〔三〕	行述　事述 孔子家語	柳
表	或列表以明事 或樹表以題墓	年月日　世繫 墓表　孔子 書季札墓 史記	西漢書　歐
譜	列具其詳 世譜　人譜 以明事物 事物譜〔四〕	世本　世繫 姓　爾雅 二十五星經 山海經 七十二弟子記 考工記〔五〕	柳　歐

碑	刻以紀功五品 以上墓誌	紀功碑　墓碑 歷代封禪石刻 述德碑　石 鼓　秦碑〔二〕	韓　歐
紀	編年　記事	二典　武成 春秋　禮記 左傳	史記本紀 五代史本紀
志	記載　故實	史志　禹貢 洪範　周官 吕刑　周髀 司馬法　雜志	史記八書 西漢十志
誌	記載　行實	壙志　郭有道 碑　墓誌　曹 娥碑	韓
碣	記述小事 六品以上墓誌	墓碣文　范先 生碑　雜碣 崔府君碑	柳

記	記其事理 必具始末	事記 物記 雜記	柳	狀	實錄 事狀	行狀	韓 柳 歐
注	詳具事實	起居注 穆天子傳 儀注 儀禮 雜注 古今注〔六〕					
○議論	變	原	流		變	原	流
議	切事而議 奏議雜議	三謨	漢議 文粹 陸宣公集 宋諸臣奏議	贊	贊美功德	史贊 贊 史記 西漢書	文選
說	明說其理	說 雜說 孟子 列子	韓 柳 歐	銘	銘器自警	碑銘 湯盤 器銘 武王踐祚	文粹

辯	辯析事理	孟子　莊子	荆公
喻	曉喻之文	書訓誥	司馬相如　陸宣公
跋	跋於圖籍之後	劉歆七略〔七〕	柳　歐　曾
彈	臺平彈劾〔八〕	漢書	文選　文粹　文鑑
狀	奏狀　公狀		昌黎　宣公
書	抒寫事情	君奭　呂相絕　秦　戰國策	韓　柳
約	約信之辭　規約契約	高祖三章約　王子淵僮約	
連珠	屬辭託諷		文選
牋	上太子牋		文選
論	窮理之論	荀子　呂不韋〔九〕	蘇
解	解釋義理　解書　解　難〔一〇〕	經解　管子　韓非　淮南子　解嘲〔一一〕	韓
義	解說經義	經義　禮記　白虎通	劉原父

箴	箴刺過惡	虞人箴	楊雄　韓
戒	豫説　儆戒　戒喻　雜喻	伊訓無逸	柳
規	規諫過失	詩沔水　書太甲	文粹
題	題於圖籍之首	孟子題辭	柳　蘇
奏	奏事天子　疏　劄	三謨　五誥	漢書　文粹　陸宣公　宋奏議
表	明情　陳情　上表　陳表　請表　勸表　諫表	文選	宣公　昌黎　東坡
劄	書劄　奏事	奏劄　公劄	宣公　六一　東坡
對	答問之辭〔一二〕　對策　對問	左傳　家語　孟子　董子〔一三〕	文粹　柳　文選　韓〔一四〕
原	原理之本	淮南	韓

○辭令

	變	原	流
詔	詔示天子　詔 赦　勑〔一五〕	湯誥　盤庚 周誥	漢詔　陸宣公
誥	命官之辭 內制　外制	舜典　微子 畢命　冏命 蔡仲　君陳	宣公　蘇
冊	冊命之辭	文侯之命 六王之冊	文選　文粹 宣公
榜	示衆之辭	相魏 管子幼官	
檄	軍書示威	胤征　高祖出 關告諭〔一七〕	文選
露布	軍捷播告	多方	文苑英華

	變	原	流
教	大臣告衆 之辭〔一六〕	多士　左傳 武侯	文選
誓	誓衆之辭	苗甘商周 魯秦六誓	
啓	陳事上官	左傳	文選
簡	簡牘傳情	法帖	蘇　黃　孫覿
祝	告神之辭	武成　少牢 特牲　太傳	
盟	盟神之辭	左傳　孟子 葵丘之盟	

右一一體製，先認本色，次知變化。

校記

〔一〕此部分文字，明刻本及此後諸本與元刻本差異明顯，因係表格形式，難於出校，故別作『附錄』綴於此處。附錄部分以明刻本為底本，校以朝鮮本、和刻本、李鈔本。元刻本已見於前，故不列為校本。

〔二〕和刻本闕『碑墓碑』、『禪石』五字。

〔三〕行實，和刻本作『行述』。

〔四〕事物譜，和刻本作『事物』。

〔五〕姓爾雅二十五星，和刻本作『爾雅平童』。

〔六〕穆天子傳，底本、朝鮮本、李鈔本皆作『傳天子傳』，據和刻本改。

〔七〕劉歆，諸本皆作『鎦讓』，誤。

〔八〕彈劾，底本、朝鮮本、李鈔本皆作『彈勑』，據和刻本改。

〔九〕呂不韋，底本、朝鮮本作『呂不違』，據和刻本、李鈔本改。

〔一〇〕解難，和刻本作『口難』。

〔一一〕此條和刻本作『經解經解韓非淮南子』。

〔一二〕辭，朝鮮本同，李鈔本作『詞』，和刻本作『解』。

〔一三〕和刻本此條作『家語文選董子韓』，而將『左傳孟子』屬上條。

〔一四〕和刻本此條作『文粹柳』，而將『文選韓』屬上條。

〔一五〕示，和刻本闕。

〔一六〕告衆，朝鮮本同，李鈔本作『教衆』，和刻本作『告口』。

〔一七〕諭，和刻本作『論』。

二　家法

〇經

《易》、《書》、《詩》、《春秋》、《禮記》、《論語》、《孟子》

〇史

《國語》、《國策》、《史記》、《西漢》

〇子書

《山海經》、《周髀》、《九章》、《素問》、《考工記》、《管子》、《老子》、《列子》、《莊子》、《荀子》、《穰苴》、《吳起》、《孫子》、《韓非》、《吕覽》、《賈子》、《淮南子》、《新序》、《説苑》、《揚子》、《世説》

〇總集

《文選》、《古文苑》、《文粹》、《文鑑》

〇别集

韓文　柳文　宣公文　歐文　荆公文　三蘇文　曾文

右一一家數，各知其所不同，各知其所以不同，而知其所同。取其所長，棄其所短，融化自成一家。各似其似而不摹擬，各變其本而不相錯雜。

古文小譜六

格

未入格〔一〕

布置　布置事理，各得其所。

順鋪　鋪陳事意，順其次序。

直叙　直敘其事。

縋後　直至結尾，方見本題。

滑稽　題有礙理，以戲出之。

頓挫　着力頓挫，頗見精神。

校記

〔一〕未入格，他本前有序號『一』。

正格〔一〕

玄　精神極至，洞然無迹。

圓　辭情理趣，圓美粹然。

右上上

妙　神功詣極〔二〕，重重入妙。

適　情趣自然，從容中度。

右上中

沉　力可迴天，不動聲色。

雄　氣葢天下，渾然雄風。

右上下

清　乾坤清氣，徹底泠然。

婉　理嚴辭巽，唯恐傷人〔三〕。

閑　優游塵外，真趣怡然〔四〕。

典　言語步趍，俱中典則。

雅　臺閣氣象，正大從容。

深　極深研幾〔五〕，不易窺測〔六〕。

覈　言言有據，字字真實〔七〕。

精　思精聖則〔八〕，幾於入神〔九〕。

嚴　法度森嚴〔一〇〕，動中規矩。

偉　氣象弘大〔一一〕，偉然可觀。

絶　辭理俱到，令人擊節。

卓　有意卓然，高出衆表〔一二〕。

高　情理傑特，下視羣才〔一三〕。

遠　理致攸長〔一四〕，宛在言外。

大　籠天絡地，未能無迹。

瑩　表裏無瑕。

古　辭理淵奥，大古之音〔一五〕。

逸　超出常情〔一六〕，飄然天趣。

右中上

重　力量萬鈞〔一七〕。

奇　出人意表。

老　見識老成。

健　骨氣矯健。

簡　辭意簡當。

遒　遺辭清快。

勁　骨力剛正。

壯　氣力沛然。

峭　辭意峻拔。

活　意思活動。

和　氣宇恬和。

肅　氣象整肅〔一八〕。

正　辭理端正〔一九〕。

秀　辭意穠秀。

縝　法度縝密。

潤　意味有餘〔二〇〕。

新　掃盡陳言。〔二一〕

右中中

響　音吐洪暢。

亮　辭音並皎〔二二〕。

緊　節節抱實。

謹　謹守繩墨。

平　畧不廢力。

實　辭理皆實。

俊　翩翩意氣。

温　慈祥可愛。

潔　畧無瑕纇。

緻　工夫潔密。[二三]

右中下

富　事料飽滿。

密　文辭緊密。

右下上

險　語意陟峻[二四]。

流　務為波瀾。

穩　字字不差。

淡　不務華飾。

麗　務為藻麗。

直　直而不俚。

贍　才思有餘。

詳　事理詳具。

明　辭意顯白〔二五〕。

易　省力通快。

快　開口見心。

滑　辭響活溜〔二六〕。

工　工夫苦到〔二七〕。

　右下中〔二八〕

恠　常理之外。

巧　組織小巧。〔二九〕

　右下下〔三〇〕

校記

〔一〕正格，他本前有序號『二』。

〔二〕功，他本皆作『工』。

〔三〕唯，他本皆作『惟』。

〔四〕真，底本作『直』，據明刻本改。

〔五〕研，底本作『嚴』，據明刻本改。

〔六〕不，他本皆作『未』。

〔七〕真，他本皆作『精』。

〔八〕聖則，他本皆作『理到』。

〔九〕幾於入神，他本皆作『幾入於神』。

〔一〇〕森嚴，他本皆作『森森』。

〔一一〕氣象弘大，他本皆作『氣相宏大』。

〔一二〕衆，他本皆作『相』。

〔一三〕下視，原作『不視』，據明刻本改。

〔一四〕攸，他本皆作『悠』。

〔一五〕大，他本皆作『太』。

〔一六〕常，他本皆作『長』。

〔一七〕量，他本皆作『重』。

〔一八〕氣象整肅，他本皆作『氣相肅整』。

〔一九〕理，他本皆作『意』。

〔二〇〕意味有餘，他本皆作『辭氣溫潤』。

〔二一〕他本下尚有一條『華　富麗榮華』。

〔二二〕皎，他本皆作『皦』。

〔二三〕工夫，他本皆作『功夫』。另，和刻本無『潔』、『緻』兩條。

〔二四〕陟，底本作『涉』，據明刻本改。

〔二五〕白，李鈔本作『明』。

〔二六〕活，他本皆作『滑』。

〔二七〕工，他本皆作『功』。

〔二八〕按，下中格元刻本順序底本作『險、流、穩、淡、麗、快、滑、工、直、贍、詳、明、易』，『工』後注『此三字在後』，『易』後注『此五字在前』，可知實為刊刻時淆亂，正確順序當作『險、流、穩、淡、麗、直、贍、詳、明、易、快、滑、工』，現已據正。他本皆承明刻本，作『險、穩、流、麗、淡、贍、直、明、詳、快、易、工、滑』。

〔二九〕他本此後尚有『熟 陳辭熟語』（李鈔本『辭』作『詞』）一條。

〔三〇〕右下下，底本無『右』字，考其體例，據明刻本增。

病格〔一〕

晦不明。　浮不沈。　澁不滑。　淺不深。　輕不重。　率不止。　汎不切。　俗不雅。　略不詳。　輭不勁。　訏不婉。　短不遠。　穢不潔。　胖不遒〔二〕。　俚不典。　虛不實。　排不活。　踈不密。　嫩不老。　散不緻。　枯不潤。　緩不謹。　寬不緊〔三〕。　麤不細。　尖不圓。　嵬婢作夫人〔四〕。　瑣淺中狹量。　碎不成片段。　猥全無可用。　冗玉少石多〔五〕。　憊精神倦憊〔六〕。　陳不新。　庸凡下之談。　雜不精。　陋聞見可鄙。

低志氣不揚〔七〕。

右或兼兩格〔八〕，或專一格，變化無方而深戒病格〔九〕。

校記

〔一〕病格，他本前有序號『三』。各本順序不同，明刻本、朝鮮本、和刻本作『晦、浮、澀、淺、輕、率、泛、俗、略、輭、訐、短、穢、胖、俚、虚、排、疎、嫩、散、枯、緩、寬、粗、尖、巍、瑣、碎、猥、冗、憊、陳、庸、低、雜、陋』，李鈔本作『晦、浮、澀、淺、率、泛、俗、略、訐、短、穢、胖、輕、虚、排、疎、輭、嫩、散、枯、俚、緩、寬、粗、尖、巍、瑣、碎、猥、冗、憊、陳、庸、低、雜、陋』。

〔二〕胖不遒，底本作『不遒』，他本皆作『胖不道』，和刻本作『胖不遒』，『胖』同『胖』，據改。

〔三〕緊，他本皆作『潔』。

〔四〕嵬，他本皆作『巍』。

〔五〕玉少石多，明刻本、朝鮮本、李鈔本作『來占多』，和刻本作『承占多』。

〔六〕精神倦憊，和刻本同，明刻本、朝鮮本、李鈔本作『精神倦』。

〔七〕氣，他本皆作『意』。

〔八〕兼，他本皆作『無』。

〔九〕深戒病格，原作『深戒病格格』，衍一『格』字。他本皆作『戒病格』。

古文小譜七〔一〕

律

一　音聲

宮穩　商響　角起　徵細　羽嗢

右五聲，於讀先秦古文時，以穩、響、起、細、嗢五字調切之〔二〕，久當心解矣。

校記

〔一〕底本無『七』字，核其體例，據明刻本增。

〔二〕穩，他本皆作『平』。

二　律調

黄鍾　十一月聲　嗢中〔一〕

太簇　正月聲　起上

姑洗　三月聲　起上〔二〕

蕤賓　五月聲　細中

夷則　七月聲　響下

無射　九月聲　響上

大吕〔三〕　十二月聲　嗢下

夾鍾　二月聲　起中

中吕　四月聲　細上

林鍾　六月聲　細下

南吕　八月聲　響中

應鍾　十月聲　嗢上

右於夜中静虚時，聽十二月律地本然之聲〔四〕，聽真耳熟〔五〕，則文中之律自然能辨矣。若有風聲間之，則驗八方來處而定十二辰之方位，以還宫法推之，便知是本律中何調。若不應還宫法，即是姦聲也。知此〔六〕，則文中之調可識矣。

校記

〔一〕中，他本皆作『下』。

〔二〕上，他本皆作『下』。

〔三〕大呂，原作『太呂』，據明刻本改。

〔四〕律地，他本皆作『天地』。

〔五〕聽真，他本皆作『聽其』。

〔六〕知此，他本皆作『如此』。

四六附說〔一〕

一　法

四六之興，其來尚矣。自典、謨、誓、命，已加潤色，以便宣讀。四六其語，諧協其聲，偶儷其辭，凡以取便一時，使讀者無聱牙之患，聽者無詰曲之疑耳。故為四六之本，一曰約事，二曰分章，三曰明意，四曰屬辭，務欲辭簡意明而已。此唐人四六故規，而蘇子瞻氏之取則也。後世益以文華，加之工緻，又欲新奇，於是以用事親切為精妙，屬對巧的為奇崛。變而為法凡二，一曰剪截，二曰融化。能者得之，則兼古通今，信奇法也。〔二〕此宋人四六之新規，而王介甫氏之所取法也。不能用之〔三〕，則貪用事而晦其意，務屬對而澁其辭〔四〕，四六之本意失之遠矣，又何以文為哉？今開具二法於後。

校記

〔一〕底本前有『文筌第五』一行，核其體例，據明刻本刪。

〔二〕『變而』六句，他本無。

〔三〕不能，他本皆作『不能者』。

〔四〕屬對，底本作『屬辭』，據明刻本改。

○古

約事　將開說之事〔一〕，沙汰其枝葉而約取其本根〔二〕，則辭旨簡明〔三〕，讀者不煩而聽者易解也。

分章　將事中節目分開，各為一段以陳述之，則事意分朗〔四〕，聽者無雜亂之患。

明意　於各段中發揮其意，使之明白洞達，無少晦澁，則聞者朗然入耳而喻心矣〔五〕。

屬辭　每一段中以一隔聯包括其意，前後随宜，以四字六字散聯彌縫其闕。

所以然者，事分則明〔六〕，既以約事分章取之矣；　意分則朗，故又以明意屬辭取之也。　凡意或有首尾，或有主客，或有對待，混而言之則昏晦，分而言之則明朗。　故四六屬辭之法〔七〕，必分事、意為兩璧〔八〕，而以對偶明之也。　又一意之中，必分主從。　從者常多而意短，主者常少而意長。　若不為法以明之〔九〕，則主從混淆而輕重不分矣。　故少其隔聯以明主意〔一〇〕，多其散聯以明從意。　此四六屬辭，所以用四六限段、節拘對偶、分散隔聯之本意也〔一一〕。　欲讀者便於聲音〔一二〕，故切平反；　欲聽者不至迷誤，故平易其辭。　此又四六屬辭，所以定粘律、明句讀、易文辭之本意也〔一三〕。　但明此旨，則四六之作，自然合轍矣。

校記

〔一〕將開說，他本皆作『將當開說』。

〔二〕取，他本皆無此字。

〔三〕辭旨簡明，他本皆作『辭簡意明』。

〔四〕分朗，他本皆作『分明』。

〔五〕喻心，他本皆作『心喻』。

〔六〕分，此字原缺，據明刻本增。

〔七〕四六，和刻本同，明刻本、朝鮮本、李鈔本皆作『六』。

〔八〕壁，和刻本同，明刻本、朝鮮本、李鈔本皆作『璧』。

〔九〕法，底本無，據明刻本增。

〔一〇〕隔聯，他本皆作『偶聯』。

〔一一〕隔，他本皆無此字。

〔一二〕聲音，他本皆作『音聲』。

〔一三〕易，他本皆無此字。

〇今

剪截　事意有深長〔一〕，而非片言所可明白者〔二〕，於是作者取古人事意與此相似者〔三〕，點出處數字〔四〕，而以今日事串〔五〕，便成聯〔六〕，使人聞之，不可盡言之深意，朗然可見於言外，此四六之妙用也。

其法凡三：　一曰熟，二曰剪，三曰截。

熟　用衆所共知之事〔七〕，則人人耳熟而易曉。

剪　兩句出處，各剪出本處屬對字樣，以備采用。

截　以所剪屬對字樣，截取其聲律諧順、語意明白、字樣穩切者而用之。

融化　剪截既定，融以神思，化以筆力，而四六之文成矣。其法凡三：一曰融，二曰化，三曰串。

融　截取所剪字樣，以神思融會之，使與題中本事相合為一，朗然可見〔八〕。或析碎本語以融之〔九〕，或點掇上下以融之，或合取事意融參〔一〇〕，或貼以己字以融之〔一一〕，皆是也。

化　融會字意既定而後〔一二〕，以助語呼喚字化為渾成之語〔一三〕，使古事與今意並行不悖，昭然明白，是也。

串　聯中兩句〔一四〕，融化明白；一段數聯，又須融化相串；篇中數段〔一五〕，仍須融化照應，脉絡貫通，語意溜亮〔一六〕，渾然天成，則式雖四六，文與古文不異矣。

校記

〔一〕有，他本皆無此字。

〔二〕而非片言所可，他本皆作『有非片言可』。

〔三〕事意，李鈔本作『事』。

〔四〕處，明刻本、朝鮮本、李鈔本皆作『取』，和刻本作『所』。

〔五〕事，他本皆作『事意』。

〔六〕便，他本皆作『使』。

〔七〕知，他本皆奪此字。

〔八〕他本後有『矣』字。

〔九〕析，他本皆作『折』。

〔一〇〕事意融参，他本皆作『筆意以融之』。

〔一一〕字，他本皆作『事』。

〔一二〕字意，他本皆作『事意』。

〔一三〕呼喚字，李鈔本作『呼喚』。

〔一四〕中，他本皆作『串』。

〔一五〕中，他本皆作『串』。

〔一六〕溜亮，他本皆作『瀏亮』。

二　目

臺閣　詔　誥　表　箋　露布　檄　牒〔一〕

通用　青詞　朱表　功德疏〔二〕　致語　上梁文　寳瓶文

應用　啓　疏　劄

校記

〔一〕牒，他本皆無此目。

〔二〕功德疏，他本皆無此目。

三　體

唐體　蘇頲　張説　常袞　白居易　陸贄〔一〕　元稹

右唐體四六，不拘粘段〔二〕，中用對偶而段尾多以散語襯貼之，猶古意也。

宋體　楊大年〔三〕　歐陽脩　王安石　蘇軾　邵澤民　邵公濟　汪藻

右宋體，拘粘拘對偶，格律益精而去古益遠矣〔四〕。

凡唐體四六，《文苑英華》最為詳贍；宋體四六，唯蜀本《四六適用集》，皆南渡以前精選之文，格律渾厚，辭氣雄雅，無後來雕鐫之弊，餘不足觀也。

校記

〔一〕白居易陸贄，他本皆作『陸贄白居易』。

〔二〕拘，他本皆作『俱』。

〔三〕楊大年，明刻本、朝鮮本、李鈔本皆作『楊太平』，和刻本作『楊太年』。

〔四〕益，李鈔本作『亦』。

四　製

起　破題
承　解題
中　述德　或在作入事〔一〕。
過　自敘〔二〕　或在述德之前〔三〕。
結　述意

右四六製，大槩此其準也。其餘各具於式，變换為之〔四〕，或不用解題，或不用自叙，或變自叙而叙他人，此又隨題變换者也〔五〕。

校記

〔一〕在，他本皆無此字。
〔二〕敘，他本皆作『述』。
〔三〕在，和刻本同，他本皆作『有』。
〔四〕為之，他本皆作『之為』。

〔五〕題，明刻本、朝鮮本、和刻本同，李鈔本作『願』。

五　式

詔　多用散文，亦有用四六者〔一〕。今代四六詔書、赦文，多作三段。一破題，二入事，三戒勑，或獎喻〔二〕，或獎勸。

誥　多用散文，亦多用四六。今代詞頭、宣命〔三〕，多三段。一破題，二褒獎，三戒勑，或奨喻〔四〕。封贈則用慰喻〔五〕。

表　諫表、論事表、請表、勸表、陳情表〔六〕、陳乞表〔七〕、薦表，皆用散文。賀表、謝表、進表，皆用四六。賀祥瑞表四段，一破題，二解題，三頌聖，四述意。〔八〕賀正旦〔九〕、冬至、聖節、登極、冊后〔一〇〕、建儲等表皆三段，一破題，二頌德，三述意。謝官、謝賜、雜謝表皆四段〔一一〕，一破題，二自述，三頌聖，或頌聖後自述〔一二〕，四述意。進書表，一破題，二解題，或自述〔一三〕，三頌聖，四述意。進貢物表，一破題，二頌聖，三入事，或先入事，四述意。

牋　諫箋〔一四〕、論事牋皆散文〔一五〕，賀牋皆三段，進書、進物牋皆四段。大略如表而字樣不同，於皇太子用之。

露布　出師勝捷播告之文。一冒頭，二頌聖，三聲罪，四叙事，五宣威，六慰喻。〔一六〕出師喻衆之文。一冒頭，二聲罪，〔一七〕三頌功，四論理，五宣慰，六招慰〔一八〕。

青詞　方士懺過之辭。一籲天，二懺過，三祈禱。

朱表　方士告天之辭。一破題，二籲天，〔一九〕三述意。

功德疏　釋氏禱佛之辭。一破題，二自述，三祈禱。〔二〇〕

致語　樂工開白之辭〔二一〕。一破題，二頌德，三入事，四陳詩。

上梁文　匠人上梁之辭〔二二〕。一破題，二頌德，三入事，四陳抛梁東西南北上下詩各三句。

寶瓶文　圬者鏝棟脊之辭〔二三〕。一破題，二頌德，三入事，四陳詩。

啓　人間通問之辭〔二四〕。謝啓，一破題，二自叙，三頌德，四述意。通啓，一破題，二頌德，三自叙〔二五〕，四述意。陳獻啓，一破題，二入事，三頌德，四述意。定婚啓，一合姓，二入事，三述意。聘婚啓，一破題，二入事，三述意。賀啓，一破題，二入事，三頌德，或後入事〔二六〕，四述意。小賀啓，一破題，二頌德，三述意。

疏　請疏，一破題，二頌德，三述意。勸緣疏，一破題，二入事，三述意。

校記

〔一〕用，底本缺，據明刻本增。

〔二〕喻，他本皆作『諭』。

〔三〕詞頭，他本皆作『詞命』。

〔四〕喻，他本皆作『諭』。

〔五〕喻，明刻本、朝鮮本、和刻本同，李鈔本作『諭』。
〔六〕陳情表，他本皆無此條目。
〔七〕陳乞表，他本皆作『乞陳表』。
〔八〕他本此後皆有『賀尅捷表亦四段，一破題，二入事，三頌聖，四述意』一句。
〔九〕賀正旦，他本皆作『賀正旦表』。
〔一〇〕冊后，和刻本同，他本皆作『冊名』。
〔一一〕雜謝表，他本皆作『雜表』。
〔一二〕或頌聖，他本皆作『或先頌聖』。
〔一三〕自述，底本作『自術』，據明刻本改。
〔一四〕諫箋，他本皆作『諫戒』。
〔一五〕論事牋，他本皆作『論事』。
〔一六〕此處他本皆有『檄』字。
〔一七〕聲罪，他本皆作『頌聖』。
〔一八〕招慰，他本皆作『招喻』。
〔一九〕一破題二籲天，底本作『二籲天一破題』，據明刻本改。
〔二〇〕他本皆無『功德疏』一條。
〔二一〕開白之辭，他本皆作『間白』。
〔二二〕辭，他本皆作『文』。
〔二三〕圬，底本作『汚』，據明刻本改。

〔二四〕人間，底本作『人問』，據明刻本改。
〔二五〕三，底本奪，據明刻本補。
〔二六〕後，底本作『從』，據明刻本改。

六　格

上渾成格　辭意明白，渾然天成。
中精嚴格　法律精嚴，妙入規矩。
下功窬格　用事巧中〔一〕，無少疎漏。
凡四六諸格，變化無方，已具《古文小譜》中〔二〕，其尤切者則在此三格而已。

校記

〔一〕巧，李鈔本作『功』。
〔二〕古文小譜，他本皆作『古文譜』。

楚賦小譜〔一〕

一　楚賦法

楚賦之法，以情為本，以理輔之。先清神沉思，將題目中合説事物，一一瞭然在心目中，却都放下，只於其中取出喜怒哀樂愛惡欲之真情，又從而發至情之極處，把第一第二重易得之浮辭〔二〕，一切革去，待其清虚玄遠者至，便以此情就此事此物而寫之。寫情欲極真，寫物欲極活，寫事欲極超詣。以身體之則情真，以意使之則物活，以理釋之則事超詣。

清神法見《古文小譜》。○沉思即沉抑兩重浮辭而不用之，是也。〔三〕

校記

〔一〕楚賦小譜，他本皆作『楚賦譜』。

〔二〕把，他本皆作『把出』。

〔三〕『清神法』二句，明刻本、朝鮮本、李鈔本為章題下小字注文。沉思，他本皆作『曰沉思』。

二　楚賦體

屈原《離騷》為楚賦祖，只熟觀屈原諸作，自然精古。宋玉以下，體制已不復渾全，不宜遽讀，徒為雜亂耳〔一〕。今具屈原賦十一篇目於左，變化之妙備於此矣。

離騷〔二〕　遠游　惜誦　涉江　哀郢　抽思　懷沙　橘頌　思美人　惜往日　悲回風

校記

〔一〕不宜遽讀徒為雜亂，他本皆作「不宜遽雜亂」。

〔二〕離騷，他本皆作「離騷經」。

三　楚賦製

起端

一、原本〔一〕　推原本始，或原理，或原事，或原物，〔二〕或原情，或原古。

一、叙事　直叙事實〔三〕。

一、抒情　抒寫至情。

一、設事　假設而言。

一、冒頭　立説起端。

一、破題　説破本題。

鋪叙

一、抒情

一、況物〔四〕　借指它物〔五〕，實言人事。辭欲不通，而意初不悖。大概以草木況人品，以鳥獸況人物，以天宫況朝廷，以風雲況號令，以弓劍況才用，以車馬況行藏，以寶玉況德行〔六〕。

一、設事

一、叙事〔七〕

一、論事　論説事情。

一、論理　直論至理。

一、比物　以物比事，辭通而意露，與況物絶不同。

一、用事〔八〕

一、少歌　間以短歌。

一、倡　激以高辭。

結尾

一、述意　陳述己意。

一、論事

一、設事

一、抒情〔九〕

一、超絶　超玄入妙。

一、亂辭　結以至切之辭〔一〇〕。

右楚賦段法之變，盡於此矣。體認而善用之，不言之妙用當自得。凡楚賦正變之製，每以四句為小段。

校記

〔一〕一，提示條目之用，他本此小章皆無此體例，下同，不一一出校。

〔二〕他本此後有『或原景』。

〔三〕事實，底本作『自實』，據明刻本改。和刻本作『宜敘事實』。

〔四〕一況物，底本作『二沉物』，據明刻本并參底本體例改。『二』字，他本皆無。

〔五〕它，他本皆作『他』。

〔六〕德行，他本皆作『德性』。

〔七〕敘事，他本皆作『序事』。

〔八〕他本下有『引用古事』四字。

〔九〕他本此下有『論理』一目。

〔一〇〕至切，他本皆作『切至』。

四　楚賦式

句法

一、六言長句式〔一〕

正上一字單　體狀字。呼喚字。作用字。虚字。實字。

次二字雙

中一字單　之、乎、而、以、於、于、其、與、余、吾、我、爾、以〔二〕、曰、夫、又、孰、惟、焉、乃。

下二字雙

變上二字雙

次一字單

變中二字雙

下一字單

變中不用單字

變七言　變八言　變九言　變五言　變四言　變三言

凡楚賦以六言長句為正式，其間變化無方，始舉其要如右。詳見《楚賦緯》。

一、四言兮字式

正上一句四言，下一句三言兮字。韻在兮字下。

變上一句四兮字，下一句四言。韻在句下。

凡四言中，亦間用五言、六言，但以四言為主耳。

一、六言短句式〔三〕

正上一字單〔四〕　次二字雙　中兮字　下二字雙

變上二字雙　變五言　變七言

此本楚歌句法〔五〕，後人有用為賦者，非屈原之正式也。〔六〕

一、四言只字式〔七〕

正上一句四言，下一句三言只字。

變五言。

此景差《大招》格〔八〕，句法可用。宋玉《招魂》用『些』字〔九〕，惟哀辭、祭文得用耳，不入賦式也。

一、雜言式

此始於宋玉《九辨》，極於淮南《招隱》，非屈原之正式也。〔一〇〕

校記

〔一〕一六言長句式，他本皆作『六言長句兮字式』。
〔二〕以，他本皆作『汝』。
〔三〕言，他本皆作『字』。
〔四〕字單，和刻本同，他本皆作『單字』。
〔五〕楚歌，他本皆作『題歌』。
〔六〕屈原，底本無，據明刻本增補。李鈔本無『正』字。
〔七〕一四言只字式，和刻本作『四言只字式』，他本皆作『四言只字』。
〔八〕格，他本皆無此字。
〔九〕些，和刻本作『此』。
〔一〇〕屈原，底本作『屈言』，據明刻本改。

五　楚賦格

上　清玄《離騷經》〔一〕　神清思精，意真語超〔二〕。

中〔三〕　清逸〔四〕《遠遊》　超出常度，別發其文。〔五〕

壯麗格〔六〕　奮厲辭氣，不拘調度。

清麗格　專練辭情〔七〕，略具首尾。

典雅格　立意高平，造語醇古。

奇麗格　運意險絶，造語精神。

頓挫格　立意跳盪，措辭起伏〔八〕。

縋後　前但汎言，後當著題〔九〕。

布置　拆繁衍略〔一〇〕，間架整齊。

順鋪〔一一〕　自首至尾，順文鋪叙。

右楚賦格，變化無方，其詳已具《古文小譜》中。今取屈原十一篇，具列於後〔一二〕。

凡楚賦格，短篇以格為主，中篇以式為主，大篇以製為主，而法一也。

校記

〔一〕離騷經，和刻本作『騷短』，他本皆作『騷經』。

〔二〕超，明刻本、朝鮮本、和刻本作『起』，李鈔本作『趣』。

〔三〕他本中格第一目為『清婉　寓意深遠，遣辭粹雅』。

〔四〕清逸，他本皆作『超逸』。

〔五〕其，他本皆作『奇』。

〔六〕格，他本皆無此字，下同。

〔七〕綀，他本皆作『煉』。

〔八〕起伏，原作『超伏』，據明刻本改。

〔九〕當，他本皆作『方』。
〔一〇〕繫，底本作『繋』，據明刻本改。
〔一一〕順鋪，他本皆作『順布』。
〔一二〕具列於後，他本皆作『格具列於右』。

漢賦小譜〔一〕

一　漢賦法

漢賦之法，以事物為實〔二〕，以理輔之。先將題目中合說事物，一一依次鋪陳，瞭然在心〔三〕，便立間架，構意緒，收材料，措文辭〔四〕。布置得所則間架明朗，思索巧妙則意緒深穩，博覽慎擇則材料詳備〔五〕，煅煉圓潔則文辭典雅。寫景物如良畫史，制器物如巧工，說軍陣如良將〔六〕，論政事如老吏，說道理如神聖〔七〕，言鬼神極幽明之故。事事物物，必須造極。處事欲巧，造語貴拙。

校記

〔一〕漢賦小譜，原本前尚有一行，作『文筌第七』。明刻本、朝鮮本、和刻本皆作『漢賦譜』，李鈔本作『漢賦格』。

〔二〕事物，底本作『事理』，據明刻本改。

〔三〕瞭然，明刻本、朝鮮本、和刻本作『時然』，李鈔本作『時默』。

〔四〕措，底本作『借』，據明刻本改。

〔五〕詳備，底本作『備』，據明刻本增。

〔六〕陣，他本皆作『陳』。

〔七〕如，他本皆作『通』。

二　漢賦體

宋玉、景差、司馬相如、枚乘、楊雄、班固之作，為漢賦祖。見《文選》者，篇篇精粹可法，變化備矣。《文粹》、《文鑑》諸賦〔一〕，多雜唐宋人新體，少合古制，未宜輕覽。

大賦〔二〕

高唐　神女　招魂　大招　子虛　上林　七發　長楊　羽獵　西都　東都　靈光殿　文賦〔三〕

閑居　籍田〔四〕　長笛　琴　舞〔五〕

中賦〔六〕

風　月　雪　赭白馬　鸚鵡　長門　登樓　嘯賦〔七〕

小賦〔八〕

荀卿五賦出《荀子》　宋玉大小言賦出《古文苑》〔九〕　司馬相如哀二世賦　孔臧諸賦出《孔叢子》　梁孝王諸大夫分題賦出《西京雜記》

校記

〔一〕文粹，和刻本同，他本皆作『文精』。

〔二〕大賦，他本皆作『大體』。

〔三〕文賦，和刻本同，他本皆作『文賨』。

〔四〕籍田，明刻本、朝鮮本同，和刻本、李鈔本作『藉田』。

〔五〕琴，原本與下文『舞』合為一目，作『琴舞』，據明刻本改。

〔六〕中賦，他本皆作『中體』。

〔七〕嘯賦，他本皆作『嘯』。

〔八〕小賦，他本皆作『小體』。

〔九〕出，他本皆無此字。下同。

三　漢賦製

起端

此段是一篇之首〔一〕。

一、問答　設為問答以發端。〔二〕

一、頌聖　頌美聖德以發端。

一、敘事〔三〕　次序事實以發端。

一、原本　或原理之本，或原事之本，或原古始。

一、冒頭　或就題立說。〔四〕

一、破題　或見題字，或切題意。

一、設事　本無實事〔五〕，假設次序。

一、抒情　抒其真情，以發事端。

鋪叙

此段是一篇之實。物理為鋪，事情為敘〔六〕。體物七〔七〕，體狀物情〔八〕，形容事意，正所以為賦也〔九〕，尤當極意模寫。〔一〇〕

實體惟天文題以聲色字為實體〔一一〕。

體物之實形，如人之眉目手足、木之花葉根實、鳥獸之羽毛骨角、宮室之門墻棟柱是也〔一二〕。

虛體

體物之虛象，如心意聲色、長短動靜之類是也。心意聲色為死虛體，長短高下為半虛體，動靜飛走為活虛體〔一三〕。

象體

以物之象貌形容其精微而難狀者。縹爛熳乎〔一四〕、浩然皇矣、赫兮巍哉、翼如也、申申如也、峩峩巍巍〔一五〕、崔嵬之類皆是也。有碎象體、扇象體、排象體，變化而用之。

比體

設比似以體物〔一六〕。如賦雲言羽旗，賦雪言璧玉是也。

量體

量物之上下、四方、遠近、久蹔、大小、長短、多寡之則而體之〔一七〕。其體有量本、量枝、量連、量形、量態、量時、量方，其法有數量、排量、總量〔一八〕。

連體

體物之相連及者。有近連，如賦人言衣冠宫室、賦馬言鞍轡廐輿之類是也。有遠連〔一九〕，如賦人言風雲、賦馬言舟海之類是也。

影體

不著本物，汎覽旁觀，而本物宛見於言外。

校記

〔一〕此段，底本作『此篇』，據明刻本改。
〔二〕以，底本作『一』，據明刻本改。
〔三〕敘事，他本皆作『序事』。
〔四〕他本此後有『或題外生意』一句。
〔五〕實事，他本皆作『事實』。
〔六〕敘，底本作『□』，據明刻本改。

〔七〕七，蓋指下文『實體』、『虛體』等七目而言，他本皆無此字。

〔八〕狀，和刻本同，他本皆作『壯』。

〔九〕正所以為賦也，他本皆作『正所謂賦』。

〔一〇〕他本此後尚有『其目凡七』四字。

〔一一〕小字注，他本位於『實體』一目之末。明刻本、朝鮮本、李鈔本、和刻本『題』作『惟題』，和刻本無『體』字。

〔一二〕柱，他本皆作『宇』。

〔一三〕活，和刻本此字奪。

〔一四〕爛熳，他本皆作『爛煥』。

〔一五〕巍巍，他本皆奪。

〔一六〕比似，原作『比是』，據明刻本改。

〔一七〕多寡，和刻本同，他本皆作『多寬』。

〔一八〕總量，原作『脫量』，據明刻本改。

〔一九〕遠連，和刻本同，他本皆連下作『遠如連』。

一　叙事〔一〕

正叙　叙事得文質、詳略之中。

總叙　總事之繁者約言之〔二〕。

間叙　以叙事為經而緯以他辭，相間成文。

引叙　篇首或篇中因叙事以引起它辭〔三〕。

鋪叙　詳析事語〔四〕，極意鋪陳〔五〕。

略叙　語簡事略，備見首尾。

列叙〔六〕　排列事物〔七〕，因而備陳之。

直叙　依事直叙，不施曲折。

婉叙　設辭深婉〔八〕，事寓於情理之中。

意叙　略覩事迹，度其必然，以意叙之。

平叙　在直婉之間。

校記

〔一〕一叙事，他本皆無『一』字。明刻本、朝鮮本此後有『或全篇，或篇中，或首尾，次序事以寓賦辭，其目凡一十一』一句，和刻本、李鈔本『一十二』作『十一』。

〔二〕約言之，他本皆作『而約言之』。

〔三〕因叙事以引起它辭，他本皆作『用叙事以引起他辭』。

〔四〕詳析，原作『詳祈』，據明刻本改。

〔五〕極意，他本皆作『極深』。

〔六〕列敍，原作『別敍』，據明刻本改。

〔七〕排列，原作『排別』，據明刻本改。

〔八〕設辭，李鈔本作『說辭』。

一　引類十七〔一〕

篇內汎覽羣物，各以類聚，此賦之敷衍者也。務欲包括無遺而辭不冗〔二〕。

天文　地理　時令　鳥獸魚蟲　草木竹菓　穀粟菜藥　人物　鬼神　宮室　舟車　服飾　寶玉　飲食聲色　器用　兵仗　文物　聖德〔三〕

校記

〔一〕十七，底本作『十六』，據下文實際條目數改。他本皆無。

〔二〕包括，底本作『已結』，據他本改。辭不冗，他本作『群不冗』，並且下有『其目凡十九』一句。

〔三〕各本條目分析不同，明刻本、朝鮮本、李鈔本作『天文　地理　時令　鳥獸　魚蟲　草木竹　果穀粟菜藥　人物　鬼神　器用　宮室　兵仗　舟車　文物　服飾　寶玉　飲食　聲色　聖德』，和刻本『草木竹果穀粟菜藥』合為一目。

一　議論七〔一〕

一篇之內〔二〕，或首尾之際，立為議論，以明剖析決斷之機。〔三〕

正論　依正理而論之。

切論　切本事而論之。

廣論　備推題理而悉論之〔四〕。

玄論　詣極超玄之論。

比論　二事相比而論。

難論　辨言相難而論〔五〕。

譬喻　引事物以喻論〔六〕。

校記

〔一〕一議論七，他本皆作『議論』。

〔二〕內，他本皆作『中』。

〔三〕他本後有『其目凡七』一句。

〔四〕悉，他本皆作『析』。

〔五〕辨，他本皆作『辯』。

〔六〕喻論，他本皆作『喻理』。

一　用事十三〔一〕

正用　本題的正，必用之事。〔二〕

歷用　歷用故事，排比先後。

列用　廣引故事〔三〕，鋪陳整齊。
衍用　以一事衍為一節而用之。
援用　順引故事，以原本題之所始。
評用　引故事，因而評論之。
反用　引故事，反其意而用之。
活用　借故事於語中，以順道今事。
設用　以古之人物，而設言今事。〔四〕
借用　事與本説不相干，取其一端近似而借之〔五〕。
假用　故事不盡如此，因取為根，別生枝葉。
藏用　用事而不顯其名，使人思而自得之。
暗用　用古事古語暗藏其中，若出諸己。

結尾〔六〕

一問答　問答起伏，折而終之。〔七〕
一張大〔八〕　題之約者，張而大之。
一收斂　題之多者〔九〕，收而斂之。
一會理　規步矩行〔一〇〕，確然正理。
一敘事　敘事起，敘事終之。

一設事　設事起，設事終之。

一攄情　攄其至情〔一一〕，以終不盡之意。

一要終　要事之終，以結篇意。

一歌誦〔一二〕　或為亂辭，或為歌詩。

校記

〔一〕一用事十三，底本作『一用事十四』，他本皆作『用事』，且此後有『引用古事，以證題發意，其目凡十三』一句，據改。

〔二〕他本此後皆有小注『「正」一作「證」』。

〔三〕廣引，他本皆作『廣用』。

〔四〕古，底本作『相』，據明刻本改。此條他本皆在『借用』條後。

〔五〕底本『近似』後有『旨』字，他本皆無，疑當作『者』字。

〔六〕他本此後有『此段是一篇之終，收意結辭』一句。

〔七〕起伏折而終之，底本作『起折伏終之』，據明刻本改。

〔八〕張大，底本作『張六』，據明刻本改。

〔九〕多，他本皆作『侈』。

〔一〇〕規步矩行，他本皆作『矩步規行』。

〔一一〕攄，他本皆作『抒』。

〔一二〕歌誦，他本皆作『歌頌』。

四　漢賦式

設問　設事　六言　四六言　四言　散韻語　兮字

五　漢賦格

上壯麗　中典雅　下布置

右漢賦格〔一〕，變化無方，其詳已具《古文小譜》中，此三格乃其正體，故特著之。

凡漢賦〔二〕，短篇以格為主；　中篇以式為主；　大篇以製為主，而法一也。

校記

〔一〕漢賦格，和刻本同，他本皆作『漢格』。

〔二〕凡漢賦，和刻本同，他本皆作『凡賦漢賦』。

唐賦附説〔一〕

漢賦至齊梁而大壞，務為輕浮華靡之辭，以剽掠為務，以俳諧為體，以綴緝餖飣小巧為工〔二〕，而古意埽地矣。唐人欲變其弊，而或未能反本窮源也〔三〕。乃加之以氣骨，尚之以《風》《騷》，間之以班、馬，下視齊梁，亦已卓然。楚、漢不分，古今相雜，謂之自成一家則可，謂之追配古人未可也〔四〕。其法浮其體，漓其製，雜其式，亂其格，則有絕高者〔五〕，難以譜定也。因為之説，以附楚、漢賦譜之後〔六〕。

校記

〔一〕底本『唐賦附説』之前尚有『文筌第八』四字，他本皆無。
〔二〕餖飣，底本作『飷飣』，據明刻本改。
〔三〕源，他本皆作『原』。
〔四〕謂之，他本皆無此兩字。
〔五〕絕高，他本皆作『高』。
〔六〕賦譜，他本皆無此兩字。

一　唐賦法

以意為本〔一〕，以辭附之。將題中合説事皆撇過，自成一種簡便輕浮之意，就立間架而敷衍之。發意欲巧而新〔二〕，間架欲明而簡，措辭欲切而研〔三〕，如斯而已〔四〕。

校記

〔一〕意，他本皆作『唐』。

〔二〕巧而新，原作『考而新』，據明刻本改。

〔三〕研，妍好意，他本皆作『妍』。

〔四〕如斯而已，和刻本同，他本皆作『如斯而已矣』。

二　唐賦體

鮑照、陳子昂、宋之問、蕭穎士為唐古賦之祖。江淹、庾信、王勃、盧照鄰、楊炯、駱賓王為排賦之祖〔一〕。唐古賦見《文粹》，排賦見《翰苑英華》〔二〕。

校記

〔一〕排賦，他本皆作『唐排賦』。

〔二〕翰苑英華，他本皆作『文苑英華』。

三　唐賦製

一、古賦〔一〕

一、起端　破題　冒頭

二、承接　入題

三、鋪叙　叙事　議論　用事

四、承過　歌詠　用事　議事　敘事〔二〕

五、結尾　歌亂〔三〕　優劣　議論　抒情

一、排賦

一、虚排　取虚體中字，立柱排之。

一、實排　取實體中字，立柱排之。

一、用事排〔四〕　用古事立柱排之

一、請客排〔五〕　請題外事，外立柱排之。

右四法排賦之用〔六〕。

一、碎排　或一句中排二三事，或句中排一事是也。〔七〕

一、疊排　二句三句四句或五句六句以上排一事〔八〕，長短參差相疊是也〔九〕。

一、扇排　三句以上，樹扇排之。

一、衍排　一事衍作一段排之〔一〇〕。

一、間排　碎、疊、扇、衍，相間排之。

右五法排賦之體。〔一一〕

校記

〔一〕一，他本皆無，下同。

〔二〕敘事，他本皆作『序事』。

〔三〕歌亂，他本皆作『歌辭』。

〔四〕一用事排，他本皆作『用事』。

〔五〕一請客排，底本作『一情客排』，他本皆作『請客』，據改。

〔六〕之用，底本作『用之』，參下『右五法排賦之體』及明刻本改。

〔七〕或一句中排二三事或句中排一事是也，他本皆作『或一句中排二三事是也，或一句中排一事是也』。

〔八〕五句六句，他本皆作『五六句』。

〔九〕是也，他本皆無此兩字。

〔一〇〕衍作，底本作『衍排』，據明刻本改。
〔一一〕此句他本皆無。

四　唐賦格〔一〕

上　壯麗
　清麗
　立意〔二〕　自立新意，以為機軸。
　布置
下　體貼　結構古語，體貼題字。

右唐賦格，變化亦無方〔三〕，已見《古文小譜》，此五格是其尤多者也，故特附〔四〕。

右唐賦外有律〔五〕，始於隋進士科，至唐而盛，及宋而纖巧之變極矣。然賦本古詩之流也〔六〕，律賦巧，或以經語為題，其實則押韻講義〔七〕，其體則押韻四六〔八〕，名雖曰賦〔九〕，實非賦也。孔子所謂『觚哉觚哉』者，今不復附於賦譜之後。

校記

〔一〕四唐賦格，原本無，據明刻本增。

〔二〕立意，他本皆作『中　立意』。

〔三〕亦，他本皆無此字。

〔四〕故特附，他本皆作『故特附之』。

〔五〕右，他本皆作『凡』。

〔六〕本，他本皆無此字。

〔七〕講義，他本皆作『講議』。

〔八〕四六，原作『四卞』，據明刻本改。

〔九〕名，他本皆無此字。

古文矜式

例言

一、《古文矜式》首見於明寧獻王朱權所刻《文章歐冶》，居《詩譜》之前。本次整理，即以此為底本，簡稱明刻本。

二、《文筌》版本衆多，凡朝鮮本、和刻本、李鈔本，皆用作對校。諸本不易覯，故凡異文皆出校。

三、明寫本《藝海彙函》收録《古文矜式》，為孤本文獻，取作重要參校，異文盡量出校。簡稱彙函本。

四、《續修四庫全書》第一七一三册收録《文式》、《古文矜式》之明刻本，兩書合刻而《文式》前闕，《古文矜式》後闕。兹作參校，簡稱續庫本。

五、日本國立公文書館藏有《古文矜式》明曆寫本、江戶寫本兩種，皆為全本，且與《文式》合編。細核文字，知其與續庫本同源。因和刻本與續庫本多同且寫手錯訛較多，故列作參考，不盡出校。所用為明曆寫本，簡稱明曆本。

古文矜式[一]

一 培養[二]

○養心[三]

地步高則局段高

六經之文，諸子不能及者[四]，聖人也。諸子之文，史不能及者[五]，賢人也。六經之中，《周書》不及《商》[六]，《商書》不及《夏》[七]，《夏書》不及《虞》[八]，世降也。《風》不及《小雅》，《小雅》不及《大雅》，《大雅》不及《頌》，位殊也。由是言之，在我所立。地步不高而欲文章高，猶坐井而窺天，無是理也。欲地步高，何法而可？曰：立伊尹之志，為顔子之學。立脚峻絶，操心誠至，自然高出千載。舍是則偽而已，何益？

見識高則意度高

文者，言之精也。天下精妙之言，非識見高者，能之乎？鄉社之士，不可與語城郭；城郭之士，不可與語都邑；都邑之士，不可與語朝廷。見識卑下[九]，雖欲為高上，無是理也。欲識見高，何法而可？

曰：此心之靈，與神明通〔一〇〕。默而識之，游於造化之祖，天機出入，陟降左右，則妙與神明通矣。神慮周密，照物精切，纖毫曲折，必盡其情，則與神明通矣。清圓妙用，與造化者為一，然而識見不高者，吾未之見也。

氣量高則骨格高

文章與人品同。自古大聖大賢，非有英雄氣量者，不到也。英雄之氣，擔負天地；英雄之量，包含古今。擔負天地之至重，包含古今而有餘。氣量如〔一一〕，立天下之道德，成天下之事業，無不可，況區區古文，而有不高者乎？欲氣量高，何法而可？曰：熟讀《孟子》以昌吾氣，細看《堯典》以恢吾量，參以《史記》諸紀、世家、列傳以博其趣。大要只是要有英雄擔負天地之氣，要有英雄包含古今之量。

右三者，須樸實用工夫〔一二〕，自得於心，而實踐於身。生乎由是，死乎由是〔一三〕。雷霆震於上而不為之動，山岳壓於前而不為之變。牢立脚跟，淨洗眼睛。所謂有諸内必形諸外者，不可以聲音笑貌為之也。

校記

〔一〕彙函本、續庫本此下有『汶陽陳繹曾述』字樣。

〔二〕一培養，彙函本、續庫本作『培養法』。

〔三〕養心，彙函本、續庫本無此兩字。

〔四〕能，李鈔本奪。
〔五〕能，李鈔本奪。
〔六〕商，彙函本作『商書』。
〔七〕夏，彙函本作『夏書』。
〔八〕虞，彙函本作『虞書』。
〔九〕卑下，彙函本作『卑』。
〔一〇〕神明，彙函本作『神之』。
〔一一〕氣量如，此處各本皆同，疑當作『氣量如此』。
〔一二〕工夫，李鈔本作『功夫』。
〔一三〕生乎由是死乎由是，此處兩『乎』字，彙函本無。

○養力

讀書多則學力富

古文者，古人之文章也。不得古人之心，不知古人之事，不明古人之天文、地理、萬物之變，不辯古人之城郭宮室〔一〕、車旂器物之制，乃欲操而為古人之文，無是理也。欲讀書多，何法而可？曰：讀經以明聖人之用，讀子以擇百家之善，讀史以博古今之變〔二〕，讀集以究文章之體。讀其實，無讀其虛。三才，萬物之體用〔三〕，謂之實；議論，文章之末流〔四〕，謂之虛。今人讀書，多忽其實而取其虛，是倒置也。夫議論文辭，末也。苟得其實，則變化在我，何必資於彼哉？資於彼，是乃蹈襲而已。韓子唯

陳言之務去，此之謂也。〔五〕

歷世深則材力健

文，所以記事也。自家涉歷世故不深，則於人情事理不諳練，發之筆下則淺近陳腐〔六〕，不足以警世動物。文人傑作，往往出於幽憂患難之餘。文王之《易》，孔子之《春秋》，屈原之《楚辭》，司馬遷之《史記》，皆是歷練艱難，深造事情，所以高出萬古也〔七〕。不曾深涉世故而欲為古文，有是理乎？欲涉世深，何法而可？曰：毋偷安一室〔八〕，而有營天下之心；毋閉户讀書，而有擔笈萬里之益〔九〕；毋老為蠹魚，而實為家國通濟之用。茹荼如飴，履嶮若平，久久心解，自當見之。

右二者，行則涉世，吾學文之本也〔一〇〕；止則讀書，吾學文之科也。動静食息，無非此事。孰謂伸紙行墨而後為古文乎？

校記

〔一〕辯，彙函本、李鈔本作『辨』。

〔二〕讀史，明刻本、朝鮮本、李鈔本俱無，據彙函本、續庫本、和刻本增。

〔三〕體用，彙函本作『變』。

〔四〕末流，彙函本作『末』。

〔五〕彙函本此下接下部分『養氣』第二段中『奇。此皆舉一隅言之，其餘可以類推也』直至《入境》第一部分『識體』中『風以動物，貴情直而語婉』，對照他本可知屬於錯葉。

〔六〕筆下則淺近，底本作『筆則涉近』，朝鮮本、李鈔本同，和刻本作『筆則淺近』，據彙函本、續庫本改。

〔七〕也，彙函本無此字，續庫本作『世』。

〔八〕毋，李鈔本作『無』。此條中『毋』字李鈔本皆作『無』。

〔九〕益，彙函本作『意』。

〔一〇〕學文，底本作『學門』，朝鮮本、李鈔本同，續庫本、李鈔本皆作『學問』，據彙函本改。也，續庫本作『世』。

○養氣〔一〕

養元氣以充其本

嗜欲澹則神氣清，色欲損則血氣盛〔二〕，飲食不過則昏氣少〔三〕，天理獨行則志氣明〔四〕，心欲平平則無刻鑿之過，氣欲易易則無艱苦之失。須平日動静食息，養之有素，則元氣自然充盛，不可臨文强為也。

養題氣以極其變〔五〕

朝廷之題，其氣肅。軍旅之題，其氣壯。山林之題，其氣奇。宫苑之題，其氣麗。鍾鼎之題〔六〕，其氣古。關河之題，其氣遠。宴樂之題，其氣和。豪俠神異之題，其氣奇〔七〕。此皆舉一隅言之，其餘可以類推也。凡養氣〔八〕，先將題中合説此景此事、此情此意〔九〕，一一推究，枝枝節節不可脱漏。須令眼中明白如見〔一〇〕，胸中朗然與之神會，悲歡離合之情了然，如身履目擊其間。更加詳察而研究之，而鼓舞之，須臾題中本然之氣油然自生於吾胸中矣。此氣既生，擇其精而不僻、新而不尖者淘之汰之〔一一〕，濾之漉之〔一二〕，而吾文得之矣〔一三〕。

校記

〔一〕養氣，彙函本、續庫本無。

〔二〕色欲損則，底本作『色欲節而』，續庫本作『色德節而』，據彙函本改。

〔三〕不過，彙函本作『節』。

〔四〕獨行，彙函本作『存』，續庫本作『常存』。

〔五〕養題氣，彙函本作『察題義』。

〔六〕鍾，朝鮮本、彙函本、續庫本同，他本皆作『鐘』。

〔七〕『宴樂』四句，底本無，據續庫本增。 彙函本亦有此四句，而『奇』字因錯頁分屬別處。

〔八〕養氣，彙函本作『作文』。

〔九〕題中，李鈔本作『題目』。

〔一〇〕明白如見，他本皆作『明不如見』，據彙函本改。

〔一一〕淘之汰之，彙函本無此四字。

〔一二〕濾之漉之，彙函本作『濾漉之』。

〔一三〕吾文得之矣，彙函本作『吾之文得矣』。

二　入境[一]

○識體[二]

體格明則規矩正

叙事之文貴簡實

記以記事，貴方整[三]。

序以序事，貴直達。

傳以傳事，貴覈實。

紀以紀事，貴切要。

錄以錄事，貴質實。

志以志事，貴詳明。

碑以誌悲，貴哀慕。

表以白事，貴簡明。

議論之文貴精到

議以議事，貴切事而有處置。

論以論理，貴反覆而盡事情。

辯以辯明〔四〕，貴曲折而善解結。

説以説理，貴明白而不煩解注。

解以解義，貴明白而題意朗然。

難以詰問，貴糾結而使人難解。

戒以規警，貴嚴正而不可犯。

箴以懲創，貴嚴切而使人痛心。

評以評事，貴公平而服衆。

贊以贊美，貴隱惡而不虛美。

題以品物，貴忠厚而有益於彼。

跋以繫尾，貴簡當而有所發明。

喻以曉人，貴明切而使人心解。

原以原理，貴精嚴而直造本原。

策以籌謀，貴縝密而可施行。

奏以奏事，貴明白體面而感上應下〔五〕。

辭令之文貴婉切

詔以昭宣德意〔六〕，貴正大而尊嚴，仁愛之心油然〔七〕。

誥以告示上意，貴嚴正而輕重得宜。
表以明通下情，貴切當而無冗長。
狀以形狀事跡，貴明白而關通律令。
檄以飛達軍情〔八〕，貴雄健而感動人心〔九〕。
彈以糾劾奸惡，貴嚴正而不容走脱。
書以攄寫事情，貴條達而隨人所好。
簡以傳達事意，貴簡要而分明。
啓以啓發所言，貴安詳而有體面。

辭賦之文貴婉麗

辭以寄情，貴情深而語緩。
賦以體物，貴詳盡而文切。
頌以頌美，貴形容盛偉。
雅以詠政〔一〇〕，貴鋪張正大。
風以動物，貴情直而語婉。

體段明則制作當

篇首欲含包一篇大旨，貴乎明而緊。
篇中欲曲折周密，鋪陳詳盡，引用飽滿。

篇尾欲點綴丁寧，發送輕快。〔一一〕

校記

〔一〕二入境，彙函本、續庫本作『入境法』。

〔二〕識體，彙函本、續庫本無。

〔三〕貴方整，彙函本、續庫本作『文貴方整』。敘事各文中其他條目，彙函本、續庫本皆多『文』字。

〔四〕辯以辯明，彙函本作『辨以辨明』。

〔五〕白，李鈔本奪。

〔六〕昭宣德意，彙函本作『昭宣德音』，李鈔本作『宣德意』。

〔七〕仁愛之心油然，彙函本無此句。

〔八〕飛達，原作『飛遠』，朝鮮本、和刻本、李鈔本同，據彙函本、續庫本改。

〔九〕雄健，原作『椎健』，朝鮮本同，他本皆作『雄健』，據改。

〔一〇〕政，彙函本作『正』。

〔一一〕發送輕快，彙函本作『而發送輕快』；續庫本作『發送輕』，旁小注云『恐作「快」』。

○家數〔一〕

歷代有風氣之殊

虞夏天理縝密，文字在一字中〔二〕。

古文矜式

商人天性嚴正，文字在一字中〔三〕。

周人天性篤至，文在章句周折之間。

先秦風氣英爽，文在辯難中〔四〕。

西漢氣質雄健，文在按據經典中。

東漢學問質實，文在聲音氣相中。

盛唐氣骨俊健，文在體製意思中。

宋人見識端正，文在議論中〔五〕。

諸家有材氣之别

左丘明善叙事〔六〕，如老吏具獄，枝節悉備。但斷决處把滑，只論旁枝。至於本宗，則讓於聖人處置，亦是有當如此處。

穀梁氏善議論，簡當清潔。左氏議論在叙事中〔七〕，穀梁議論在議論中。比看各是一奇也。

孟子善議論，先提其綱而後詳説之。只是見識高，胸中流出辯論〔八〕，盤根錯節處只以譬喻輕輕解破。

屈原善辭賦。其法有七：一曰抒情，直陳哀樂；二曰况物，借物名説人事，是指狗詈人之意；三曰設事，假説詭恠虚無之事以寄胸中之趣；四曰序事〔九〕，直序事實；五曰論理，切論情理；六曰論事，就事論理；七曰用事，引用古事，情真理精，事詭意激。

孫武子善議論。算計精詳，密處盛得水住，〔一〇〕無絲毫罅縫；妙處勝算如神明，只從省力處用心，幾於無為之為。有此心計，方有此文章。

管子善議論。辯政事極其覈實，論心術極其精微，序事簡嚴。

荀子善議論，辯博富麗。失之太方，轉折少力。

老子善議論。精極無言，〔一一〕不得已而言之，言猶無言也，故妙；老於世故，故高。其神奇變化，人莫能測其端倪，而大有功於世教，乃王者脩齊治平之術，故有天下者莫不尊之為聖經〔一二〕。

莊子善議論。見識高妙，機軸圓活，情性滑稽，故肆口妄言亦妙，緘口不言亦妙，開口正言亦妙。文法極老，儒者皆宗之〔一三〕。

列子善議論。性情清真，見識峻絶，故平淡言語中皆是驚天動地奇絶意思。

《戰國策》善辭令。其法有九：一曰箝〔一四〕，束縛定他人，使之必聽也〔一五〕；二曰飛，不可言處借別語飛入〔一六〕，不覺墮其術中；三曰捭，彼意難測，反語捭開即見之；四曰闔，既知彼意，塞其兑，閉其門；五曰揣，捭之不得，多方取之；六曰摩，揣之不得，周圍摩之；七曰抵巇〔一七〕，抵入險中〔一八〕，使之不恐；八曰鈎，誘入利中，使之喜慕；九曰决，彼意若從，為之勇决。故令人至今讀之亦忘倦。

《素問》善議論。理明，故枝節詳盡，而論辯精審。先秦書皆然。

《考工記》善序事。句法變化，字樣古雅。

《九章算經》善序事。意思巧妙，句法字樣别是一家。

《山海經》善序事。實處簡妙，虛處幽玄。名物字樣，皆是文字中珍具。

《越絶》善序事、議論〔一九〕。序事古拙却好，議論精到，文采殊可觀。

《國語》善序事，議論亦出左丘明，比《春秋内傳》〔二〇〕，失之方。

《吕覽》善議論。序事平易詳明，絶無古怪險澁之僻，先秦古書中最通今者也，似差弱耳。

《韓非子》善議論，亦善序事。精覈嚴厲出於《荀子》，而非方冗之病〔二一〕。

司馬遷善序事〔二二〕。只陳最大事為主，主者從者以次而略，小者不書。

司馬相如善辭賦〔二三〕，長於體物。一曰實體，羽毛花實是也〔二四〕；二曰虚體，聲色、高下、飛步是也〔二五〕；三曰比體，借物相興是也〔二六〕；四曰相體，連綿、排雙體狀是也；五曰量體，數目、方隅、歲日、變態是也；六曰連體，衣服、宫室、器用、天地、萬物是也〔二七〕。相如尤長於相體。

枚乘善辭賦、體物，皆精於物理，有入神之妙，非相如所及。

賈誼善議論。材氣雄俊，見識明決，政事通達，有葢世之英資，故胷中流出，儁偉跌宕，不可羈束。三代以後，一人而已，但稍麄耳。

《淮南子》明天道神奇之妙，善於屬文，其辭變化莫測。

楊雄善議論，不善制作，而工於摹擬。唯其思索深至，學問精博，故往往有妙處，止可零碎取之，無大段妙處。

劉向善序事。議論質直平淡而不弱，此是不可及處。

班固善序事。據經按典，勝於司馬遷；提要鈎玄，不及也。

韓退之序事、議論、辭令〔二八〕，無不善者。出入百家，變化古今，無不備矣。文中之聖者也。

柳子厚序事、議論，無不善者。取古人之精華，中當時之體製，酌古準今，自是一家。比退之微方耳。

右諸家古文，皆宜精讀。但學他胷中妙處，勿取其紙上浮文。必有先秦諸子之精理，兼以西漢諸家之氣骨。韓、柳二家，今文之體製至矣，盡矣，無以復加矣。了此以定胸中之權度，然後可及後來之文也。〔二九〕

校記

〔一〕家數，彙函本、續庫本無。

〔二〕文字，彙函本、續庫本作『文』。

〔三〕文字，彙函本、續庫本作『文』。

〔四〕辯難，彙函本、李鈔本作『辨難』。

〔五〕中，彙函本奪。

〔六〕左丘明，李鈔本作『左邱明』。下同。

〔七〕敘，續庫本作『序』。

〔八〕辯論，彙函本作『辨論』，下同。李鈔本作『論辯』。

〔九〕序，李鈔本作『敘』。下同。

〔一〇〕密，彙函本無此字。

〔一一〕精極無言，彙函本作『而言精極』，續庫本作『精極而言』。

〔一二〕故有，彙函本作『故凡有』。

〔一三〕儒者，原作『儒』，據彙函本、續庫本改。

〔一四〕箝，李鈔本奪。

〔一五〕也，彙函本無。

〔一六〕借，彙函本作『措』，續庫本作『猎』。

〔一七〕抵巇，和刻本作『抵』。

〔一八〕險中，和刻本作『險巇中』。

〔一九〕越絕，彙函本作『越絕書』。此條之後，續庫本殘闕。

〔二〇〕比，明曆本同，李鈔本作『較之』。

〔二一〕冗，彙函本誤作『兄』。

〔二二〕序事，明曆本作『敘事』。

〔二三〕辭賦，李鈔本作『詞賦』。

〔二四〕花實，彙函本作『花木』。

〔二五〕飛步，彙函本作『飛走』。

〔二六〕興，明曆本、和刻本、李鈔本作『與』。

〔二七〕天地萬物，彙函本作『至天地萬物』。

〔二八〕序事，彙函本、明曆本無。

〔二九〕彙函本頁末尚有『古文矜式終』字樣。

詩小譜

例言

一、《詩小譜》附於元刻本《文筌》後，為陳繹曾、石桓合著。今取元刻本為底本。

二、明刻本、朝鮮本、和刻本《文章歐冶》及李鈔本《文筌》亦附，題作《詩譜》。

三、各本皆罕覯，故異文出校。

陳繹曾集輯校

詩小譜目錄

校記

〔一〕上，底本作『下』，據内容調整。

〔二〕下，底本作『上』，據内容調整。

〔三〕以上文字他本皆無。

詩小譜〔一〕

本第一〔二〕

凡作五言古詩，先須澄静此心，如滄溟不波〔三〕，空碧無際；纖月到景〔四〕，萬象涵精。題目如鏡中物影，悲懽動静了無遁情。懷天地於秋毫，洞古今為一瞬〔五〕。視彼區區者，而談笑道之〔六〕。大抵五言古詩所養浩蕩，所見詳明，所取精微，所用輕快。

凡作七言古詩，先須澄靜此心，如泛舟滄溟，春秋晴雨〔七〕，風波作止，萬變隨時。題目如大海受風，泠風則微瀾應〔八〕，疾風則駭浪騰〔九〕。自然而然，吾取其神奇者而用之〔一〇〕。大要七言古詩所養浩蕩，所見詳明，所取奇崛〔一一〕，所用峭絶。

凡作五言律詩，先須澄静此心，如春江無風，澄綠千里；萬象森列，皆有温柔平遠之意。就其中擇取事情極明瑩者而用之，務要涵養寬平，不可迫切。

凡作七言律詩，先須澄静此心，如秋高月明，獨立華岳之巔；俯視萬象〔一二〕，景皆入奇峭中。就其中擇取沉雄險特者而用之〔一三〕，務要奇峭，不可寬緩。

凡作絶句，如窻中覽景，立處雖窄，眼界自寬。題廣者取遠景，寸山尺水，愈覺其遥；題小者取近景〔一四〕，一草一禽，皆有生意。五言絶句主情景，七言絶句主事意。

校記

〔一〕詩小譜，他本皆作『詩譜』。

〔二〕本第一，他本皆作『一本』。

〔三〕滄溟，他本皆作『滄海』。

〔四〕到景，他本皆作『倒景』。『到』通『倒』。

〔五〕為，李鈔本作『於』。

〔六〕而，原作『無』，據明刻本改。

〔七〕春秋晴雨，他本皆作『春晴秋雨』。

〔八〕泠風，原作『冷風』，據明刻本改。

〔九〕騰，他本皆作『驚』。

〔一〇〕吾，原作『吳』，據明刻本改。

〔一一〕奇崛，原作『奇堀』，據明刻本改。

〔一二〕象，他本皆無此字。

〔一三〕沉，和刻本作『沈』，他本皆作『况』。

〔一四〕題小者，原本無，據明刻本增。

式第二〔一〕

十八名〔二〕

詩　五言章句整齊〔三〕，聲音平淡。七言章句參差，音律雄渾。

歌　情揚辭遠，音聲高暢。

吟　情抑辭鬱，音聲沉細。

行　情順辭直，音聲瀏亮。

曲　情客辭宛〔四〕，音聲綰縟。〔五〕

謡　情譎辭寓，音聲質俚。

風　情切辭遠，音聲古淡。

唱　與歌、行、曲通。

樂歌〔六〕　情和辭直，音聲舒緩。

歎　情戚辭老，音長聲絶。

解　與歌、曲、歎、樂通。

引　情長辭蓄，音聲平永。

弄　情活辭麗〔七〕，音聲圓壯。

調〔八〕　情逸辭激〔九〕，音聲清壯。

辭　情長辭雅，音聲平亮。

舞　情通辭麗，音聲應節。

怨　情沉辭鬱〔一〇〕，音聲凄斷。

謳　情揚辭直，音聲高放。

二十三題

送　留須戀戀，勉必拳拳。

別　前瞻戀戀，後顧懸懸。

逢　樂生於哀，喜極還感。

寄　萬里寄言，必有實惠〔一一〕。

酬　識曲聽真〔一二〕，無言不酬。

贈　贈人以言，非諂非刺。

答　答指有歸，無離采意〔一三〕。

遊　立景〔一四〕。

宴　主情〔一五〕。

行　行必有故，切忌矯情。

至　至必有為，不宜徒喜〔一六〕。

歸　歸人皆喜，必有我和〔一七〕。

與　物輕意重。

謝　物意俱重。

登　登峰詣極，所貴眼高。

覽　沉覽景物〔一八〕，必有得焉。

題　題忌積物〔一九〕。

咏〔二〇〕　咏忌粘題。

思　思必有因，豈徒悽愴。

挽　忌似壽詩。

壽　忌似挽詩。

應制　氣欲嚴肅，辭貴典麗〔二一〕。

賀　忌似攫客〔二二〕。

校記

〔一〕式第二，他本皆作『二式』。

〔二〕十八名，底本作『二十名』，據内容及明刻本改。
〔三〕整齊，他本皆作『整潔』。
〔四〕宛，他本皆作『婉』。
〔五〕緒縟，他本皆作『諧縟』。
〔六〕樂歌，他本皆作『樂懽』，且位於『歎』條目之後。
〔七〕活，和刻本作『通』，他本皆作『話』。
〔八〕調，底本作『清』，據明刻本改。
〔九〕激，他本皆作『雅』。
〔一〇〕沉，和刻本作『淡』。
〔一一〕實惠，他本皆作『信惠』。
〔一二〕聽真，他本皆作『識直』。
〔一三〕采，他本皆作『來』。
〔一四〕立，他本皆作『主』。
〔一五〕立，他本皆作『主』。
〔一六〕喜，他本皆作『善』。
〔一七〕和，他本皆作『私』。
〔一八〕沉，他本皆作『泛』。
〔一九〕積，他本皆作『損』。
〔二〇〕咏，和刻本作『啄』。

〔二一〕典，他本皆作『曲』。

〔二二〕攫，李鈔本作『攖』。

制第三〔一〕

三停

起

古詩崑崙包括〔二〕，意整語圓。

五言律詩，聲穩語重。

七言律詩，聲起語圓。

絶句平實，第一二句是。

中

古詩反覆變化，意真語暢〔三〕。

五言律詩頷疏，通警峭拔。〔四〕

結

絶句精要，第三句是。

古詩涵蓄不盡〔五〕，意重語輕〔六〕。

五言律詩，聲細意長〔七〕。

七言律詩，聲穩語健。

絶句健決〔八〕，第四句是。

十一變

抒情　攄發真情〔九〕。

立意　自發新意。

寫景　描寫真景。

設事　假設情事。

叙事　叙述實事〔一〇〕。

論事　論説事情。

用事　引用古事。

儗人　儗著壹人〔一一〕。

比物　借物喻事。

詠物　詠物寄情。

論理　論説事理。

九用〔一二〕

入　急喚入題〔一三〕。

敘〔一四〕　平叙事物。

轉　就題轉意。

折　因轉更深。

出　跳出題外。

歸　忽歸題中。〔一五〕

警　全平以奇為警，全奇以平為警。

超　絶超常情。〔一六〕

撇〔一七〕

校記

〔一〕制第三，他本皆作『三制』。

〔二〕崑崙，李鈔本作『混沌』，他本皆作『混淪』。

〔三〕意真，底本作『意其』，據明刻本改。

〔四〕『五言律』二句，他本作『五言律詩、七言律詩頷響，亮警峭拔』。

〔五〕涵蓄，他本皆作『含蓄』。
〔六〕語輕，他本皆作『語重』。
〔七〕長，李鈔本作『表』。
〔八〕健決，他本皆作『健次』。
〔九〕攄，他本皆作『抒』。
〔一〇〕實事，他本皆作『實意』。
〔一一〕壹，他本皆作『一』。
〔一二〕九，他本皆作『八』。
〔一三〕喚，他本皆作『換』。
〔一四〕敘，他本皆作『序』。
〔一五〕忽，李鈔本作『急』。
〔一六〕絕超，他本皆作『超絕』。
〔一七〕撤，此目他本皆無。

情第四〔一〕

十二感

喜　寓物而見。

怒　始欲張而終平。

哀　極之而後反。

懼　在義理中。

愛　在言外。

惡　欲忠厚。

欲　歆動而歸於正。

憂　瞀亂而有處置。

羞〔二〕　不敢盡言。

惜　發於深愛。

思　直切則自有分數〔三〕。

樂　因物而見。〔四〕

三體

己　發盡真情，去浮取切。

人　以心體之，真切猶己。

物　心體造化，鼓舞天機。

五言古詩就題取真情，推究到極處，情狀必獻於心目間〔五〕。擇其極精切處〔六〕，提出一兩轉，其餘並寓景、事、意中〔七〕，隱然見之。

七言古詩就題先取景、事、意〔八〕，寓情其間，不敢大泄露〔九〕。

五言律詩就真情推研，到源遠處用之〔一〇〕。

七言律詩就真情激發〔一一〕，到奇絶處用之。

五言絶句撇情入事〔一二〕。

七言絶句掉景入情。

校記

〔一〕情第四，和刻本無，他本皆作『四情』。

〔二〕羞，底本作『差』，據明刻本改。

〔三〕直切則自有，和刻本作『真切則有』，他本皆作『真切則自』。

〔四〕他本各條目順序有所不同，皆作『喜 怒 懼 哀 愛 欲 惡 憂 羞 思 惜 樂』。

〔五〕必，他本皆作『畢』。

〔六〕精切，他本皆作『情切』。

〔七〕景事意，他本皆作『事』。

〔八〕景事意，他本皆作『景』。

〔九〕大，他本皆作『太』。

〔一〇〕源遠處，他本皆作『深處』。

〔一一〕激發，底本前有『推』，據明刻本删。

〔一二〕事，他本皆作『景』。

景第五〔一〕

十二類

時候　天文　地理　宮室　人物　鬼神　鳥獸　草木　器物　飲饌　音樂　藝文

凡景皆以時候為本，人物為主，隨題消息之。

四真

適　適然意會，即寫真景煆煉之〔二〕。

煉　景少之處，就取真景煆煉之。

抉〔三〕　枯寂之處，抉取真景煆煉之〔四〕。

生　冗濁之處〔五〕，别生真景煆煉之。

三奇

平　景多之處，平中取奇。

奇　景奇之處，奇中取奇〔六〕。

雜　景雜之處，平奇奇平。

四玄

仙　仙家想景，煉無為有。

天　清都步景，煉有入無。

神　神靈化景，有有無無。

理　至理有景〔七〕，出有入無。

五言取其空清者用之，七言取其奇壯者用之。

校記

〔一〕景第五，他本皆作『五景』。

〔二〕即，他本皆作『就』。

〔三〕抉，他本皆作『扶』。

〔四〕抉取，和刻本作『扶取』。

〔五〕冗濁，明刻本、朝鮮本、李鈔本作『冗獨』，和刻本作『幽獨』。

〔六〕奇中，李鈔本同，他本皆作『其中』。

〔七〕有，他本皆作『存』。

事第六〔一〕

即事貴真〔二〕

故事貴切

設事貴新

四即事

正　以温柔道之，而藹然可愛〔三〕。

邪　以忠厚道之，而凜然可畏。

疑　以從容道之，而斷在其中。

妄　以滑稽道之，而辨在其中〔四〕。

五故事

正用　的切本題，的然當用〔五〕。

反用　用其事而反其意。

借用　本不切題，借用一端。

暗用　用其語而隱其名。

活用　本非故事〔六〕，因言及之，此乃用事之妙。

六設事

夢寐　以言夢，必依幻。

古人　言古，必依實。

神示　言神，必依疑。

仙靈　言仙，必依想。

鳥獸　託動物，必依才。

草木　託植物，必依類。〔七〕

叙即事　取出清虛處。

用故事　取着圓活處。

假設事　語似礙，而情理暗通。

校記

〔一〕事第六，他本皆作『六事』。

〔二〕即事，李鈔本作『即景』。
〔三〕可愛，他本皆作『可見』。
〔四〕辨，他本皆作『辯』。
〔五〕的然，他本皆作『必然』。
〔六〕故事，他本皆作『故用』。
〔七〕『六设事』至『必依類』，底本缺，據明刻本增。

意第七〔一〕

十取

正當　天理當然，取新去俗。
將迎　事未然而逆料之。
補續　事已然而補續之〔二〕。
疑難　淺則含疑，深則詰難〔三〕。
反異　或全相反，或有異用〔四〕。
超越　超越常情，逈出至理。
規正　事有過失，則規正之。

願望　心所願望，取真去矯。

解釋　事中紛争〔五〕，則解釋之。

推極　推情究理，重重搜抉。

五言詩句常含蓄〔六〕，舉一反三則含蓄矣〔七〕。

七言詩意欲顯露，直要其終而斷之，則顯露矣〔八〕。

校記

〔一〕意第七，他本皆作『七意』。

〔二〕已然，底本作『未然』，據明刻本改。

〔三〕詰難，他本皆作『詰難』。

〔四〕異用，他本皆作『異同』。

〔五〕事中紛争，他本皆作『事有分争』。

〔六〕句，他本皆作『意』。

〔七〕反三，他本皆作『及二』。

〔八〕直，底本作『其』，據明刻本改。

音第八〔一〕

宮　穩上平〔二〕。全濁。

商　響下平。次濁。

角　起〔三〕上。不清不濁。

徵　嘔去。次清。

羽　細入。全清。

響、起音揚〔四〕，嘔、細音抑，穩聲和。叶其間而用之，循環無端，然有疎有密，消息用之。

二聲

平上平、下平。

仄上、去、入。

五言律詩貴字字平仄諧和〔五〕。

五言絶句貴拗律。

七言絶句貴諧和。

校記

〔一〕音第八，他本皆作『八音』。

〔二〕上，李鈔本奪。

〔三〕起，他本皆作『超』。

〔四〕起，和刻本作『超』。

〔五〕貴字字，李鈔本作『字貴』，他本皆作『貴字』。此條之下，他本尚有『七言律詩貴拗律，句頭欲起，句腰欲嗢，句尾欲響』、『八句之内，六響一穩一嗢，結句貴諧和』兩條。

律第九〔一〕

黄鍾　太簇　姑洗　林鍾　南吕　大吕重〔二〕

夾鍾　中吕　夷則　無射　太簇　姑洗

蕤賓　南吕　應鍾　夾鍾重　中吕重　林鍾

無射　黄鍾子　姑洗　蕤賓　夷則　應鍾

大吕正　中吕重　林鍾　南吕　黄鍾子　太簇子

蕤賓　夷則　無射　大吕正　夾鍾正　林鍾

南吕　應鍾　太簇子　姑洗子　夷則　無射

黄鍾子　夾鍾正　中吕子　南吕　黄鍾　大吕

姑洗子　蕤賓子　無射　黄鍾子　太簇子　中吕正

林鍾子　應鍾　大吕正　夾鍾正　蕤賓子　夷則子

五言古詩主穩、響、起不得暴揚，嘔、細不得驟抑。

七言古詩情樂者貴響、起，不得驟用嘔、細；情哀者貴嘔、細，不得暴用響、起音。凡叶律起端一字中〔三〕，本宫從此高下〔四〕，取次相間〔五〕，復終於本宫，纍纍無端，如貫珠是矣〔六〕。

七言律詩雖哀亦響起。

凡律高則用重律，中則用正律，下則用子律。大要欲調匀耳〔七〕。凡律〔八〕，聲聲有五音，字字有十二律，消息活法用之。

校記

〔一〕律第九，他本皆作『九律』。

〔二〕重，他本皆無。此條中各律下注『重』、『正』、『子』等小字，他本皆無。

〔三〕叶律起端，他本皆作『叶端』。

〔四〕高下，和刻本奪。

〔五〕取次，和刻本奪，他本皆作『取此』。

〔六〕矣，他本皆作『也』。

〔七〕調匀耳，底本作『調句耳』，明刻本作『調匀』，他本同，據改。

〔八〕凡，底本作『几』，據明刻本改。

病第十〔一〕

違式　體制散亂　無情　七情相干

景非時　景失地　無主　事不實

事牴牾　用事差訛〔二〕　用事非宜　用事塵俗

意腐　意僻　意邪　思淺　思雜〔三〕

音率　律亂　字俗　字腐

字不安　語麄　語繁　語碎

辭費　言涉譏訕　存心刻薄〔四〕　意大迫切

古詩叶韻不合例

五言律失粘失律

古詩拗律不合例〔五〕

校記

〔一〕病第十，他本皆作『十病』。

〔二〕差訛，他本皆作『差誤』。

〔三〕思雜，他本皆無。

〔四〕存心，他本皆作『心存』。

〔五〕古詩，他本皆作『七言』。

變第十一〔一〕

四字變

虛　實　死　活

四句變

情　景　事　意

五聲變

穩　響　起　嗢　細

二篇變〔二〕

製　律

字變，一句内忌併，一聯内非對者忌繁，隔聯忌字相似，一篇忌句相似。

句變，四者相間〔三〕，不得碎雜相從，不得過三聯，若全篇純一者不拘〔四〕。

聲變，兩句不得相併，兩聯不得相似，起宜重濁，承宜平穩，中宜鏗鏘，結宜輕清。

篇變〔五〕，二者篇篇欲變，若一題聯賦者，變制不變律。

校記

〔一〕變第十一，他本皆作『十一變』。

〔二〕變，底本無，據明刻本增。

〔三〕相間，他本皆作『相關』。

〔四〕純一者不拘，底作『純一者不俱』，據明刻本改。李鈔本作『純一不拘』。

〔五〕篇變，底本無，據明刻本增。

範第十二〔一〕

五言古詩

古詩十九首〔二〕　漢樂府　建安　陶淵明〔三〕　陳子昂　李白　杜甫

七言古詩

鮑明遠〔四〕　李白樂府　王建　張籍　杜甫　李賀

五言律詩

張籍　杜甫　李白　劉長卿〔五〕

七言律詩

杜牧　許渾　李商隱　李白　杜甫

五言絶句

王維　裴迪　李白　杜甫

七言絶句

杜牧　岑參　劉禹錫　李白

初學詩者且宜模範此數家，成趣之後方可廣看。〔六〕

校記

〔一〕範第十二，他本皆作『十二範』。

〔二〕古詩十九首，他本皆作『十九首』。

〔三〕陶淵明，他本皆作『陶潛』。

〔四〕鮑明遠，他本皆作『鮑照』。

〔五〕劉長卿，他本在『張籍』下。

〔六〕此句之後，元刻本尚有『詩小譜上卷第二』字樣。

要第十三〔一〕

八養氣

朝廷宗廟宜肅。　山河軍旅宜壯。

山林神仙宜清。　懽娛通達宜和。

幽險豪傑宜奇〔二〕。　宮苑佳麗宜麗。

覽古搜玄宜古。　登臨志士宜遠。

右養氣之法。宜澄心静慮，以此景、此意、此人、此事默存於胸中〔三〕，使之融化，與吾心為一，則此氣油然自生。當有樂處，詩思自然流動，充滿而不可遏矣。切不可作氣，若强作，其氣則昏而不可用，所出之言皆浮辭客氣，非詩也。氣之變萬方〔四〕，以此例推之。

六煅思

詳〔五〕　八面中間〔六〕，推尋欲盡。

要　痛芟刻取，撮出至要〔七〕。

博　博覽羣書，悉歸部分。

精　含精咀華，漱取芳潤〔八〕。

真　提要煉真，天然秀出〔九〕。

雅　漱芳爾雅〔一〇〕，加以潤色。

右煉思之法。先煉題，推詳取要是也。次煉料，覽博漱精是也〔一一〕。末煉意，煅真如雅是也〔一二〕。得真如雅〔一三〕，得雅如真，煅思至矣。煅如洪鐵〔一四〕，礦盡鋼存。

四煉語〔一五〕

險　倒持造化，鬼神莫知。

易　渾然天成，人人愜意。

古　楚漢晋唐，情辭純粹。

今　一時新語，千古闕文。〔一六〕

右煉語之法，險易相須，古今不雜。煉如金鼎，火候不疾不徐。〔一七〕

四下字〔一八〕

音　順時之聲，高下中節。

意　詳文之意，隱顯得宜。

故　平穩之處，宜求古字。

新　出奇之處，宜下新字。

右下字之法。下穩字處〔一九〕，為意當有所迴避故也。若下新字，須是不經人道語，又須只在眼前，切忌在僻。〔二〇〕

校記

〔一〕要第十三，他本皆作『十三要』。

〔二〕豪傑，底本作『豪挾』，據明刻本改。疑當作『豪俠』。

〔三〕此事默存，底本作『此事點存』，李鈔本作『事默存』，他本皆作『事嘿存』，『嘿』、『默』通，據改。

〔四〕萬方，底本作『無力』，據明刻本改。

〔五〕詳，底本作『詩』，據下文及明刻本改。

〔六〕八面，和刻本同，他本作『入面』。

〔七〕攝，底本作『攥』，據明刻本改。

〔八〕漱，他本皆作『嗽』。

〔九〕秀出，底本作『色出』，據明刻本改。

〔一〇〕漱，他本皆作『嗽』。

〔一一〕精，和刻本同，他本皆作『清』。

〔一二〕真如，底本作『真加』，據他本改。李鈔本無『真如雅是也』。

〔一三〕得，李鈔本奪。

〔一四〕洪鐵，他本皆作『洪爐煅鐵』。

〔一五〕煉語，他本皆作『煉法』。

〔一六〕他本『古』、『今』兩條順序相反，先『今』後『古』。

〔一七〕此句李鈔本奪，底本『金鼎』作『今鼎』，據明刻本改。

〔一八〕下字，底本作『煉字』，據下文及明刻本改。

〔一九〕字，底本作『之』，據明刻本改。

〔二〇〕『若下新字』四句，他本皆奪。

格第十四〔一〕

五甲等

玄　境極清虛，了無形迹〔二〕。

圓　八面中間，透徹明瑩。

沉　神力所載，天地秋毫。

雄　神氣自然，胸蟠八表。

鬱　精力造微，窮深極遠。

五乙等

清　泠然至清〔三〕，微似有跡。

明　明白洞達，正面瑩然。

深　運思至深〔四〕，杳冥不測。

壯　志氣弘大〔五〕，手斡乾坤。

密　精力造微，周密無罅。

五丙等

逸　飄飄凌雲，想在塵外。

雅〔六〕　温其如玉，正而有文。

重　氣質凝重，山岳不摇。

健　老氣蒼然，筆力有餘。

婉　意氣從容〔七〕，辭旨微婉。

五丁等

淡　脱落浮華，唯有真實。

奇　驚天動地，迥出常情。

俊　才思風流，舉措可愛。

恠　神出鬼入，嶮絶常理〔八〕。

麗　文華奇麗〔九〕，爛然精妙〔一〇〕。

校記

〔一〕格第十四，他本皆作『十四格』。

〔二〕形迹，他本皆作『影迹』。

〔三〕泠然，底本作『冷然』，據明刻本改。

〔四〕深，他本皆作『清』。

〔五〕弘大，他本皆作『宏大』。

〔六〕雅，他本皆作『温』。

〔七〕意氣，他本皆作『意思』。

〔八〕嶮絶，底本作『嶮抱』，據明刻本改。

〔九〕奇麗，他本皆作『綺麗』。

〔一〇〕爛然，李鈔本作『燦然』，他本皆作『燁然』。

體第十五〔一〕

古體〔二〕

周南　不離日用間，有福天下萬世意。

召南　至誠惇恪，秋毫不犯。

邶風　君子處變，淵静自守。

齊風　翩翩有俠氣。

唐風　憂思深遠。

秦風　秋聲朝氣。

邠風　深知民情而真體之〔三〕。

小雅　忠厚。

宣王小雅　振刷精神。

大雅　深遠。

宣王大雅　鋪張事業。

周頌　天心希聲〔四〕。

魯頌　謹守禮法。

商頌　天威大聲。

凡讀《三百篇》，要會其情不足、性有餘處。情不足，故寓之景〔五〕；性有餘〔六〕，故見乎情。

凡讀《騷》，要見情有餘處。〔七〕

漢樂府　真情自然，但不能中節爾〔八〕，累處乃是好處〔九〕。

安世歌　質古文雅。

郊祀歌〔一〇〕　煅思刻酷，煉字神奇。

古詩十九首〔一一〕　情真景真，〔一二〕事真意真。澄至清，發至情〔一三〕。

張平子〔一四〕　寄興高遠，遣辭自妙。

蔡琰　真情極切〔一五〕，自然成文。

凡讀漢詩，先真實〔一六〕，後文華〔一七〕。

魏武帝〔一八〕　自然沉雄。

曹子建　斲削精潔，自然沉健。

魏文帝　自然浮俊。

劉公幹　思健功圓。

王仲宣〔一九〕　真實有餘，澄濾不足。〔二〇〕

凡讀建安詩，於文華中取真實。

三國六朝樂府，猶有真意，勝於當時文人之詩。

嵇康　人品胸次高，自然流出〔二一〕。

阮籍　天識清虛，禮法疎短。

傅玄　思切清古〔二二〕，失之太工。〔二三〕

張華　氣清虛，思頗率〔二四〕。

陸機　才思有餘，但胸中書太多，所礙能痛割捨乃佳耳〔二五〕。

潘岳　質勝於文，有古意，但澄汰未精耳。

左思　全篇煆煉，首尾有法。

張協　逐句煆煉，辭工製率。

劉琨　忠義之氣，自然形見，非有意於詩也。杜子美以此為根本。

郭璞　構思險怪而造語精圓，三謝皆出於此。杜、李精奇處皆取此〔二六〕，本出自淮南小山。

謝瞻　景至清虛〔二七〕，甚有古風〔二八〕。

謝惠連　約取險怪之中，而句句為之〔二九〕。

謝靈運　以險為主〔三〇〕，以自然為工。李、杜取深處多取此〔三一〕。

陶淵明　心存忠義，身處閒逸。情真景真，意真事真，幾於《十九首》矣，但氣差緩耳〔三二〕。至其工夫精密而天然無斧鑿痕跡，又有出於《十九首》之表者。盛唐諸家風韻皆出此。

謝朓〔三三〕　藏險怪於意外，發自然於句中。齊梁以下，造語皆出此。

鮑照　六朝文氣雖緩，唯劉越石、鮑明遠有西漢氣骨〔三四〕。李、杜筋骨取此〔三五〕。

顏延年　辭氣重厚，有館閣之體。盛唐諸家應制多取此。

江淹　善觀古作，曲盡心手之妙〔三六〕，其自作乃不能爾〔三七〕。故君子貴自立，不可隨流俗也。

沈約　佳處琢削，清瘦可愛。自拘聲病，氣骨苶然。唐諸家聲律出此。

凡讀《文選》詩，分三節。東都以上主情，建安以下主意，三謝以下主辭。齊梁諸家五言未成律體，七言乃多古製，韻度尤出盛唐諸人上一等，但理不勝情、氣不勝辭耳〔三八〕。

陳子昂　初變齊梁之弊，以理勝情，以氣勝辭。祖《十九首》，宗景純〔三九〕、陶淵明，故立意玄而造語精圓。

崔顥　宋之問　沈佺期　李嶠〔四〇〕　劉希夷　王昌齡　皆齊餘韻〔四一〕，風氣與時高下者也〔四二〕。

杜甫　體制、格式，備極諸變。上祖《雅》、《頌》，下友楚漢，俯拾齊梁。故歷代尊之，永為訓詩家之聖者也。

李白　祖《風》、《騷》，宗漢魏，下至徐、庾、楊、王，亦時用之。善掉弄，造出奇怪，驚動心目，忽然撇出，妙入無聲。其詩家之仙者乎！格高于杜，變化不及。〔四三〕

孟浩然　祖建安，宗淵明，冲澹中有壯逸之氣。

韋應物　學謝靈運，略其險怪，深取自然。

高適　尚質主理。

岑參　尚巧主景。

劉長卿〔四四〕　最得騷人之興，專主情景。

常建　郎士元　崔曙　錢起　李益　李頎〔四五〕　李端　戎昱　盧綸

十四人皆宗陳子昂〔四六〕，以古意變齊梁。

已上為盛唐。

柳子厚　斟酌陶、謝之中，用意極工，造語極深。

韓退之　祖《風》、《雅》，宗漢樂府，不入詩境，其實有韻文也〔四七〕。

杜牧　主才，氣俊思活〔四八〕。

張籍　祖《國風》，宗漢樂府，思難辭易〔四九〕。

王建　似張籍，古少新多。

李賀　祖《騷》宗謝，反萬物而覆取之〔五〇〕。

李商隱　以古語入新意。宋諸家皆陰祖之。

白居易　祖《國風》及六朝樂府〔五一〕，務欲為風俗之用。

劉禹錫　以意為主，有氣骨。

元稹　與白同志〔五二〕。白意古辭俗，稹辭古意俗〔五三〕。

孟郊〔五四〕　祖《國風》，宗謝主理。

盧仝　外險恠，内主理。

賈島　煉景情真〔五五〕，太拘聲病。

已上為中唐。

唐詩分三節。盛唐主辭情，中唐主辭意，晚唐主辭律。

律體

沈約　吴均　何遜　王筠　任昉　陰鏗　徐陵〔五六〕　薛道衡　江總〔五七〕

右諸家律詩之源而猶近古者〔五八〕，視唐律雖寬而風度遠矣。

沈佺期　杜審言　王維〔五九〕　高適　杜甫　李白　岑參　劉長卿　常建　錢起　姚合　李益

郎士元　皇甫冉　皇甫曾　李端　許渾〔六〇〕

右諸家謂之盛唐，視齊梁益嚴矣。意思從容，乃有古意，皆祖《風》、《騷》，宗陶、謝。

杜牧　李商隱　張籍　王建　柳宗元　韓愈〔六一〕　劉禹錫　白居易　元稹　賈島

右諸家詩律視盛唐益熟矣，而步驟漸拘迫，皆祖《風》、《騷》，宗盛唐，謂之中唐。

絶句體

古樂府　渾然有大篇氣象〔六二〕。

六朝諸人　語絶意不絶。

王維　裴迪　賀知章　李白〔六三〕　杜甫〔六四〕　岑參　高適　王昌齡　張祜〔六五〕　劉長卿　韋

應物　孟浩然

右諸家意絶語不絶。

杜牧　李商隱　張籍　王建　韓愈〔六六〕　柳宗元　劉禹錫　白居易　賈島　李賀〔六七〕

右諸家意絶語俱絶〔六八〕。

校記

〔一〕體第十五，他本皆作『十五體』。

〔二〕古體，他本皆作『古三體』。

〔三〕深知，他本皆作『深真』。

〔四〕希聲，底本作『布聲』，據明刻本改。

〔五〕寓，他本皆作『寫』。

〔六〕性有餘，底本作『情有餘』，和刻本作『性有餘』，他本皆作『性有所』，據上下文及和刻本改。

〔七〕此條之前，他本皆有『離騷 倚於至情，愈深愈厚』一句。

〔八〕爾，他本皆作『耳』。

〔九〕累處乃是好處，底本作『累度乃是好景』，據明刻本改。

〔一〇〕郊祀歌，底本作『郊世歌』，據明刻本改。

〔一一〕古詩十九首，他本皆作『十九首』。

〔一二〕情真景真，他本皆作『景真情真』。

〔一三〕情，他本皆作『精』。

〔一四〕張平子，底本作『張子平』，明刻本、朝鮮本、和刻本同，李鈔本作『張平子』，據改。

〔一五〕真情，他本皆作『真精』。

〔一六〕真實，他本皆作『其實』。

〔一七〕文華，他本皆作『文章』。

〔一八〕魏武帝，底本作『媿武帝』，他本皆作『魏武帝』，據改。

〔一九〕王仲宣，底本作『王仲宜』，他本皆作『王仲宣』，據改。

〔二〇〕以上各條順序，他本皆作魏武帝、魏文帝、王仲宣、曹子建、劉公幹。

〔二一〕自然流出，他本皆奪。

〔二二〕切，他本皆作『絕』。

〔二三〕太工，底本作『大公』，他本皆作『太工』，據改。

〔二四〕思，他本皆作『氣』。

〔二五〕割捨乃佳耳，他本皆作『割入乃佳』。

〔二六〕杜李，他本皆作『李杜』。

〔二七〕景，他本皆作『境』。

〔二八〕甚有古風，底本作『甚有古文』，他本皆作『其有古風』，據改。

〔二九〕此條李鈔本列於『謝靈運』條之後。

〔三〇〕險，他本皆作『險怪』。

〔三一〕取深，他本皆作『深』。

〔三二〕耳，底本作『可』，據明刻本改。

〔三三〕謝朓，底本作『謝睡』，他本皆作『謝朓』，徑改。

〔三四〕鮑明遠，和刻本、李鈔本同。明刻本、朝鮮本作『鮑名遠』。他本此後皆有『佳處』二字。

〔三五〕李杜筋骨，他本皆作『李骨杜筋』。

〔三六〕曲，他本皆作『由』。

〔三七〕爾，他本皆無。

〔三八〕但，他本皆奪。

〔三九〕宗景純，原作『宋景純』，他本皆作『宗郭景純』，據改。

〔四〇〕李嶠，底本作『李矯』，他本皆作『李嶠』，據改。

〔四一〕韻，他本皆奪。

〔四二〕時，他本皆奪。

〔四三〕此兩條他本順序、文字皆不同。明刻本、朝鮮本、和刻本皆作『李太白　風度氣魄高出塵表，善播弄造化，與鬼神競奔，變化極妙，乃詩中之仙、詩家之聖者也。其雄才大略，亘古尊之，無出右者』、『杜子美　體製、格式，自成一家。祖《雅》、《頌》之作，故詩人尚之，以為詩家之賢者也』。李鈔本末句作『以為家法而賢之也』。

〔四四〕劉長卿，底本作『長卿』，據明刻本增。

〔四五〕李頎，他本皆作『李傾』。

〔四六〕十四人，他本皆奪。

〔四七〕文也，原本無，據明刻本增。

〔四八〕氣俊，明刻本、朝鮮本同，和刻本作『氣後』，李鈔本作『意俊』。

〔四九〕難，他本皆作『艱』。

〔五〇〕反，他本皆作『展』。

〔五一〕及，他本皆作『漢』。

〔五二〕同志，他本皆作『同意』。

〔五三〕稹，他本皆作『元』。

〔五四〕孟郊，底本作『孟高』，據明刻本改。

〔五五〕情，他本皆作『清』。

〔五六〕徐陵，他本皆作『徐度』。

〔五七〕薛道衡、江總，他本順序皆作『江總、薛道衡』。

〔五八〕源，他本皆作『端源』。

〔五九〕王維，他本皆作『王摩詰』。

〔六〇〕皇甫冉　皇甫曾，他本皆在『李端　許渾』下。

〔六一〕張籍、王建、柳宗元、韓愈，他本皆作『王建　張籍　韓愈　柳宗元』。

〔六二〕大篇，他本皆作『六篇』。

〔六三〕李白，他本皆作『李太白』。

〔六四〕杜甫，他本皆作『杜子美』。

〔六五〕張祜，諸本作『張祐』，兹據《全書詩》改。

〔六六〕韓愈，他本皆作『韓退之』。

〔六七〕此處順序，他本皆作『杜牧　張籍　李商隱　王建　韓退之　賈島　李賀　柳宗元　劉禹錫　白居易』。

〔六八〕意絕，他本皆作『意』。

情第十六〔一〕

五不足〔二〕

思　思之切矣，抑而勿思。

言　言不可禁，噤而勿言。

歎　歎不可忍，止而勿歎。

詠　詠不能已，默而勿詠。

蹈　怒蹈喜舞，詩可作矣。

含蓄至此，始可言詩。不然〔三〕，雖工，亦五七言雜文耳〔四〕。

校記

〔一〕情第十六，他本皆作『十六情』。

〔二〕五不足，原作『四不足』，據下文及明刻本改。

〔三〕不然，他本皆奪。

〔四〕亦，他本皆奪。

性第十七〔一〕

五性

仁　喜怒藹然，皆愛人之心。

義　謙讓有節，用物得度。〔二〕

禮　情之極才，裁之以理。〔三〕

智　深達事情。

信　情真景真，事真意真。

須平日涵養，自然而然。

校記

〔一〕性第十七，底本作『性第十九』，據上下文改。他本皆作『十七性』。

〔二〕此條他本皆作『義　情之極，裁之以理』。

〔三〕此條他本皆作『禮　謙讓有節，用物得度』。

韻第十八〔一〕

八音

金　韻在斷句外，淵然留有餘之意。

石　韻在斷句處，璆然含不足之意。

絲　韻在抑揚轉折中，悠然有無窮之意。

竹　韻在餘聲轉折處，嫋嫋有不盡之情〔二〕。

匏　韻在衆聲會合處，澒洞含廣大之風〔三〕。

土　韻在始終無迹處，渾渾有無端之象。

革　韻在聲中，振動羣聽。

木　韻在音外〔四〕，節宣衆音。

一音獨作，各依其韻。衆音合奏，並諧其音〔五〕。

校記

〔一〕韻第十八，他本皆作『十八音』。

〔二〕情，他本皆作『意』。

〔三〕含，和刻本作『有』，他本皆無此字。

〔四〕音，他本皆作『聲』。

〔五〕音，他本皆作『韻』。

調第十九〔一〕

十二律

黄鍾　仲冬之月，冬至之氣，元和之端。

大吕　季冬之月，大寒之氣，太陰之極〔二〕。

大簇〔三〕　孟春之月，立春之氣，少陽之始。

夾鍾　仲春之月，春分之氣，少陽之中。

姑洗　季春之月，清明之氣，少陽之極〔四〕。

中吕　孟夏之月，立夏之氣，太陽之始〔五〕。

蕤賓　仲夏之月，夏至之氣，微陰之端〔六〕。

林鍾　季夏之月，大暑之氣，太陽之極。

夷則　孟秋之月，立秋之氣，少陰之始。

南吕　仲秋之月，秋分之氣，少陰之中。

無射　季秋之月，霜降之氣，少陰之盛。

應鍾　孟冬之月，立冬之氣，太陰之始。

隨題候律，即調旋音。〔七〕

校記

〔一〕調第十九，他本皆作『十九調』。

〔二〕太陰，他本皆作『太陽』。

〔三〕大簇，和刻本同，他本皆作『太簇』。『大』、『太』通。

〔四〕少陽之極，他本皆作『太陽之始』。

〔五〕始，他本皆作『中』。

〔六〕微陰，他本皆作『微陽』。

〔七〕此句李鈔本無，和刻本缺『旋音』二字。

會第二十〔一〕

六悟

情　詩本人情之妙用，必有心悟，當領會之。

性　詩正禮義，性之本體，必有心悟，當領會之。

聲　情發於聲〔二〕，天機之妙，必有心悟，當領會之。

文　聲發於文〔三〕，萬象之情〔四〕，必有心悟，當領會之。

政　詩與正通〔五〕，用之天下，必有心悟，當領會之。

氣　詩動元氣，通於鬼神，必有心悟，當領會之。

六妙〔六〕

格　諸格，古人未嘗有意如此，精神所到，不知其然而然耳。心悟者隨機而用之〔七〕，不可執一也。

體　諸家體制，古人未嘗有意如此也，風俗才力有所拘限，不知其然而然耳。心悟者隨宜而象之，不可執一也。

情　喜怒哀樂，人之至情，未嘗有意於此也〔八〕，事至物來，不知其然而然耳。心悟者隨感而應之，不可執一也。

性　仁義禮智，人之本性，未嘗有意於此也，理所當然，不知其然而然耳。心悟者隨理而用之，不可執一也。

韻、調〔九〕　八音之用，物之至音，未嘗有意於此也，材各有適〔一〇〕，不知其然而然耳。心悟者隨聲而叶之，不可執一也。

雖到化處，心常存於腔子中，自然出於精細，精細則乃能自然也〔一一〕。

校記

〔一〕會第二十，他本皆作『二十會』。
〔二〕發，他本皆作『意』。
〔三〕於，他本皆作『成』。
〔四〕情，他本皆作『精』。
〔五〕正，他本皆作『政』。
〔六〕六妙，他本皆作『五妙』。
〔七〕心悟者，原作『心者』，據下文及明刻本改。
〔八〕於此，他本皆作『如此』。下同。
〔九〕韻調，他本皆作『韻』。
〔一〇〕材各有適，李鈔本作『才各有識』，他本皆作『材各有識』。

〔一一〕『心常存』三句，他本皆作『心長要在腔子中，自然出於微妙』。朝鮮本此後有『洪熙乙巳仲春之二日刊行』牌記，和刻本此後有『嘉靖庚戌歲暮初吉，光州牧刊行』一行，并列有刊校官員名錄：『校正官成均進士金世球、通訓大夫行光州判官羅州鎮管兵馬節制都尉鄭潚、推誠協翼定難衛社功臣通政大夫行光州牧羅州鎮管兵馬同僉節制林九齡、通善郎都事兼春秋舘記注官金瀷、嘉善大夫全羅道觀察使兼兵馬水軍節度使南宮淑』。

附録〔一〕

《古文譜》體制法注

製法九十字

此乃横看之圖也。『引』字下三圈内第一圈屬『敘』字，二圈屬『論』字，三圈屬『辭』字。其下雙行六圈内，第一圈屬『起』字，二圈屬『承』字，三圈屬『鋪』字，第四、五、六圈屬『序過結』三字。蓋引字之法皆可用之敘論等九字也，其下倣此。且白圈爲用，黑圈不用。假如『結』字之下，自第一圈至第四圈皆黑者，結語不可用之於起承鋪敘故也。第五、第六皆白者，過與結相同故也。

校記

〔一〕此下文字見和刻本卷末，據以録入。

《古文譜》律音聲注

調切

國朝太常寺少卿張鶚曰：『闢則從調，翕則從切。蓋闢者開口也，翕者合口也。猶我國平側之謂也。平者闢也，屬陽為濁。側者翕也，屬陰為清。陽氣實故濁，陰氣虛故清矣。』

《詩譜》律調注

還相為宮法

黄鍾為宮，則太簇為商，姑洗為角，林鍾為徵，南吕為羽。此乃旋宮法也，太吕以下倣此。

子律

如清黄鍾、清大吕，折半本律之謂。十二律各有子聲，而輕清之極不可為樂。故我國自姑洗以下不用。

聲聲有五音

如『東』字或為宫或為商之類。蓋字無定聲，隨一句一篇之中，上下和協之聲而用之者也。字字有十二律亦然。我國音與華音不同，而其所以同者，乃中聲也。凡字有初、終、中三聲，與華音同者，中聲也；不同者，初、終聲也。能用中聲，則與古人作詩之音同矣。

嗢　音兀，咽也，乃咽聲之細者也。

撇　普滅反，擊也。

胖　音龐，脹也。

壬子秋無心道人尹春年謹注

文說

例言

一、《文說》一書由四庫館臣自《永樂大典》輯出，此次整理即以文淵閣四庫本為底本。文津閣四庫本略有異文，取作參考，簡稱文津閣本。

二、上海圖書館藏有《文說》之四庫底本，繕寫精整，間有朱筆、墨筆校語，多可取擇。即以此本對校，簡稱四庫底本。

三、元明之際趙撝謙《學範》、徐駿《詩文軌範·文範》皆引錄《文說》，文字頗有差異，列此兩書參校。所用《學範》為明嘉靖二十五年陳塏重刻本，《四庫存目叢書》子部第一二一冊據以影印；《詩文軌範》為清初鈔本，收入《四庫存目叢書集》部第四一六冊。

四、明寫本《藝海彙函》卷六收錄《文說》，内容上相當於四庫本前半。此書為孤本文獻，列此本參校，簡稱彙函本。

五、明曾鼎《文式》亦節錄《文說》，依其自序可知曾書據趙撝謙《學範》參訂，而文字與《藝海彙函》本最為接近。故《文式》僅列作參考，所用為日本國立公文書館所藏之明曆寫本及收入《續修四庫全書》第一七一三冊之明刻殘本。

文説[一]

四庫全書總目文説提要

《文説》一卷，元陳繹曾撰。繹曾，字伯敷，《元史》附見《儒學傳》，作處州人。而《吴興續志》亦載其名，蓋家本括蒼，而僑居苕水者也。至順中，官至國子監助教。嘗從學于戴表元，而與陳旅友善。師友淵源，具有所自，故所學頗見根柢。是書乃因延祐復行科舉，為程試之式而作。書中分列八條，論行文之法。時《五經》皆以宋儒傳注為主，懸為功令，莫敢異趨，故是書大旨皆折衷於朱子。《吴興續志》稱繹曾嘗著《文筌》、《譜論》、《科舉天階》，使學者知所向方，人爭傳録。焦竑《經籍志》又載繹曾《古今文矜式》二卷。今考繹曾所著《文筌》八卷，附《詩小譜》二卷，元時麻沙坊刻，附列於《策學統宗》之首，今尚有傳本，其文與此編迥殊。惟《科舉天階》與《古今文矜式》今未之見。疑此編即二書之一，但名目錯互，莫能證定。今姑仍《永樂大典》舊題，以《文説》著録，用闕所疑。卷首所稱陳文靖公，蓋即元翰林學士東平陳儼，亦以文名。至其自稱『先尚書』者，則已失其世系，無可考矣。

校記

〔一〕彙函本此下題『陳氏伯敷著』。

陳文靖公問為文之法，繹曾以所聞於先人者對曰： 一養氣，二抱題，三明體，四分間〔一〕，五立意，六用事，七造語，八下字。〔二〕

校記

〔一〕分間，原作『分門』，據下文、四庫底本、《學範》及《詩文軌範》改。

〔二〕『陳文靖』以下文字，彙函本無，《學範》作『陳氏曰： 作文之法，一曰養氣，二曰抱題，三曰明體，四曰分間，五曰立意，六曰用事，七曰造語，八曰下字』，《詩文軌範》作『作文之法有八，一曰養氣，二曰抱題，三曰明體，四曰分間，五曰立意，六曰用事，七曰造語，八曰下字』。

○養氣法〔一〕

肅〔二〕 朝廷之文宜肅〔三〕，聖賢道德宜肅〔四〕。

壯 長江大海之文宜壯〔五〕，軍陣英雄之文宜壯〔六〕。

清 山林之文宜清〔七〕，風月貞逸宜清〔八〕。

和　宴樂之文宜和〔九〕，通人達士宜和〔一〇〕。

奇　鬼神之文宜奇〔一一〕，俠客高士宜奇〔一二〕。

麗　宮苑之文宜麗〔一三〕，富貴美人宜麗〔一四〕。

古　遊覽古跡之文宜古，上古人事宜古〔一五〕。

遠　登高眺遠之文宜遠，大功業人宜遠〔一六〕。

右養氣之法〔一七〕。宜澄心靜慮，以此景、此事、此人、此物默存於胸中〔一八〕，使之融化，與吾心為一，則此氣油然自生。當有樂處〔一九〕，文思自然流動，充滿而不可遏矣。切不可作氣〔二〇〕，氣不能養而作之，則昏而不可用〔二一〕，所出之言，皆浮辭客氣，非文也。氣之變化無方，當以此類推之〔二二〕。

校記

〔一〕養氣法，《詩文軌範》作『養氣法第一』，彙函本作『養氣第一』。

〔二〕肅，《詩文軌範》、彙函本無此字。此下『壯』至『遠』諸條同。

〔三〕宜肅，彙函本作『其氣宜肅』。

〔四〕『聖賢』句，《學範》、《詩文軌範》作『論聖賢道德宜肅』，彙函本作『論聖賢道德之文宜肅』。

〔五〕長江大海，《學範》、《詩文軌範》作『長江大河』，彙函本作『大山長河』。

〔六〕軍陣英雄之文，《學範》、《詩文軌範》作『論軍陣英雄』，彙函本作『論軍師豪傑之文』。

〔七〕山林，彙函本作『山林幽邃』。

〔八〕風月貞逸，《學範》作『論風月真逸』，《詩文軌範》作『論風雨真逸』，彙函本作『論神仙隱逸風月之文』。

〔九〕宴樂，彙函本作『歡樂承平』。

〔一〇〕通人達士，《學範》作『論通人達士』，《詩文軌範》作『論通達人士』，彙函本作『論通人達士之文』。

〔一一〕鬼神，彙函本作『山川峭絕鬼神』。

〔一二〕俠客高士，《學範》、《詩文軌範》作『論俠客高士』，彙函本作『論俠客高士節義之文』。

〔一三〕宮苑，彙函本作『都邑園池宮苑』。

〔一四〕富貴美人，《學範》、《詩文軌範》作『論富貴美人』，彙函本作『論富貴美人之文』。

〔一五〕上古人事，《學範》、《詩文軌範》作『論上古人事』，彙函本作『論上古人事之文』。

〔一六〕大功業人，《學範》、《詩文軌範》作『論大功業人』，彙函本作『論大功業之文』。

〔一七〕右養氣之法，彙函本作『凡作文』。

〔一八〕此景，《學範》作『此境』。

〔一九〕當有樂處，《詩文軌範》作『當自有樂處』。

〔二〇〕作氣，《學範》作『作文』，《詩文軌範》作『強作氣』，彙函本作『強作』。

〔二一〕『氣不能』二句，彙函本作『強則氣昏』。

〔二二〕類，《学範》、《詩文軌範》、彙函本皆作『例』。

○抱題法〔一〕

開題〔二〕　以題中合說事逐一分析開寫，於篇中各間架內，次其先後所宜，逐一說盡。或以意化之，或以情申之，或以實事紀之〔三〕，或以故事彰之〔四〕，或以景物敘之。一篇之內，變換雖多，句句切題也。此作文入門之法，非其至者也〔五〕。

合題　亦以題中合說事逐一開寫〔六〕，卻將意融會作一片〔七〕，一口氣道盡〔八〕。然忌直率，卻於間架中要意思曲折〔九〕。此高於開題也〔一〇〕。

括題　只取題中緊要一節作主意〔一一〕，餘事輕輕包括見之。此最徑捷也〔一二〕。

影題　並不說正題事〔一三〕，或以故事〔一四〕，或以他事，或立議論，挨傍題目而不著跡〔一五〕，題中合說事皆影見之〔一六〕。此變態最多〔一七〕。

反題　題目或悖義理，則反意說之〔一八〕。

救題　題目雖悖義理〔一九〕，而以強辭奪正理解救之〔二〇〕。

引題　別發遠意〔二一〕，使人不知所從來〔二二〕，忽然引入題去，卻又親切痛快。此要筆力，似影題而實異也。影題從題中來〔二三〕，此自題外來〔二四〕。

蹙題　題繁，乃蹙其文使甚簡〔二五〕，而不漏脫題中一事。

衍題　題虛，無可說，乃衍其意使甚多〔二六〕，而無一事題外來〔二七〕。

超題〔二八〕　將題目熟涵泳之，使胸中融化消釋盡，將題中合說麄話掃去〔二九〕，就其中取出精華微妙之意〔三〇〕，作成文章。超出題外，而不離題中〔三一〕。此作文之極功也。

校記

〔一〕抱題法，《詩文軌範》作『抱題法第二』，彙函本作『抱題第二』。

〔二〕開題，《詩文軌範》作『開題者』，彙函本作『開題謂』，屬下。以下諸條同，不另出校。

〔三〕實事，《詩文軌範》作『事實』。

〔四〕彰之，《学範》、《詩文軌範》、彙函本作『影之』。

〔五〕『此作文』兩句，《學範》無，《詩文軌範》作『此作文入門之徑終爾』，彙函本作『此初入門之徑路爾』。

〔六〕亦以，彙函本作『亦謂以』。

〔七〕卻將意融會作一片，《學範》作『卻將意融會作一篇』，《詩文軌範》作『將與意融會作一片』，彙函本作『卻將己意融會作一片』。

〔八〕一口氣道盡，《詩文軌範》作『間錯無瑕然後盡道』。

〔九〕中，《學範》無此字，彙函本作『內』。

〔一〇〕此高於開題也，《學範》無此句，彙函本作『此高於開題者也』。

〔一一〕節，彙函本作『事』。

〔一二〕此最徑捷也，《學範》無，《詩文軌範》作『此最捷』，彙函本作『此最捷徑』。

〔一三〕並不說正題事，《詩文軌範》作『徑直說正題事』。

〔一四〕或，《學範》無此字。

〔一五〕挨傍，彙函本作『或挨傍』。

〔一六〕影見之，彙函本作『影之見』。

〔一七〕此，《學範》無。

〔一八〕反意，《學範》、彙函本作『反其意』，《詩文軌範》作『反其說』。

〔一九〕雖，《学範》、《詩文軌範》、彙函本作『或』。

〔二〇〕強辭奪，《學範》作『強詞說』，《詩文軌範》、彙函本作『強詞奪』。

〔二一〕別，《詩文軌範》作『引』。

〔二二〕所，《詩文軌範》無此字。

〔二三〕題中，《學範》作『中』。

〔二四〕此自題外來，《學範》作『此題從外來』，《詩文軌範》作『此自外來』，彙函本作『此題自題外來』。

〔二五〕乃，《學範》、彙函本無此字。使甚簡，《詩文軌範》作『使其簡』，彙函本作『使其甚簡』。

〔二六〕甚，《詩文軌範》作『其』。

〔二七〕而無一事題外來，《學範》、彙函本作『而無一字從題外來』，《詩文軌範》作『而無一事從題外來』。

〔二八〕超題，原作『招題』，據《学範》、《詩文軌範》、彙函本改。文津閣本作『括題』。

〔二九〕題中合說麄話，《學範》作『題中粗語』，《詩文軌範》作『題中合說粗語』，彙函本作『題目中粗語』。

〔三〇〕就其中取出精華微妙之意，《學範》作『取出精爽微妙之意』，彙函本作『取精粹微妙之意』。

〔三一〕中，彙函本無此字。

○明體法〔一〕

詩〔二〕　五言古詩宜清婉而意有餘。

七言古詩宜峭絕而言不悉〔三〕。

五言長篇宜富而贍〔四〕。

七言長篇宜富而麗。

五言律詩宜清而遠，必拘音律。

七言律詩宜壯而健，時用拘律。

五言絕句宜言絕而意有餘。

七言絕句宜意絕而言不足。

歌〔五〕　宜通暢響亮，讀之使人興起。

吟〔六〕　宜沈潛細咏，讀之使人思怨。

行〔七〕　宜快直詳盡。

曲〔八〕　宜委曲諧韻〔九〕。

詧〔一〇〕　宜隱蓄近俗。

引〔一一〕　宜引而不發。

古樂府　宜喜怒哀樂各極其情，而範之以理〔一二〕。

騷　宜情深痛切而極有情。〔一三〕

賦　宜敷衍富麗，事意詳盡而語不冗。〔一四〕

頌　宜典雅和粹。

樂〔一五〕　宜古雅諧韶〔一六〕。

贊　宜溫潤典實。

箴　宜謹嚴切直。

銘　宜深長切實。

碑　宜雄渾典雅〔一七〕。

碣　宜質實典雅。

表　宜張大典實。

傳　宜質寔，而隨所傳之人變化。

行狀　宜質寔詳備。

紀　宜簡寔方正，而隨所紀之人變化。〔一八〕

序　宜疏通圓美，而隨所序之事變化。〔一九〕

論　宜圓折深遠。

說　宜平易明白。

辨〔二〇〕　宜分析明白〔二一〕。

議　宜方直明切〔二二〕。

書　宜簡要明切。

奏　宜情辭懇切〔二三〕，意思忠厚。

詔　宜典重溫雅，謙沖惻怛之意藹然。〔二四〕

制誥　宜峻厲典重。

冊文　宜富而雅。〔二五〕

校記

〔一〕明體法，《詩文軌範》作『明體法第三』，彙函本作『明體第三』。

〔二〕詩，彙函本無此字。

〔三〕古，據彙函本補。

〔四〕贍，彙函本作『實』。

〔五〕歌，彙函本作『放情曰歌』。

〔六〕吟，彙函本作『悲如蛩螿曰吟』。彙函本此條居『行』之後，『曲』之前。

〔七〕行，彙函本作『體如行書曰行』。

〔八〕曲，彙函本作『委曲盡情曰曲』。

〔九〕韻，彙函本作『音』。

〔一〇〕畓，彙函本作『通乎俚俗曰謠』。

〔一一〕引，彙函本作『載始末曰引』。

〔一二〕理，彙函本作『禮』，後接『或和或奇或古，隨題體之』。

〔一三〕情深痛切而極有情，彙函本作『精深痛切而極其情』。

〔一四〕冗，彙函本作『繁冗』。以上『詩』至『賦』諸條原本無，據《學範》增。彙函本有此内容而多異文。

〔一五〕樂，《學範》、彙函本作『樂詞』。

〔一六〕韶，《學範》、彙函本作「韻」。

〔一七〕雄渾，《學範》作「溫雄」。

〔一八〕此條中「紀」，《学範》、《詩文軌範》皆作「記」。彙函本此條作「記者，記其所有事，其文較窄，宜簡實方正，而隨所記之事變化」。

〔一九〕此條中「序」，《學範》作「敘」。彙函本此條作「序者，序其事，隨其大小而作，其文較寬，宜疏通圓美，而隨所敘之事變化」。

〔二〇〕辨，《学範》、《詩文軌範》作「辯」。

〔二一〕分析，原作「方折」，《學範》、彙函本同，據《詩文軌範》改。

〔二二〕方直明切，《詩文軌範》同，《學範》作「方折明切」，彙函本作「方折明白」。

〔二三〕情辭，《学範》、《詩文軌範》、彙函本作「情理」。

〔二四〕彙函本此後尚有「君宣臣下之文，宜勿用之乎者也字，惟古朴直率」。

〔二五〕此條底本無，據《學範》、彙函本增。《詩文軌範》中「明體法第二」為節錄，順序差異甚大，依次為詔、冊文、制誥、表、議、奏、記、序、論、說、傳、辯、書、行狀、贊、銘、碑、碣、箴、頌、賦。

○分間法〔一〕

頭　起欲緊而重。大文五分腹，二分頭額〔二〕；　小文三分腹，一分頭額〔三〕。

腹　中欲滿而曲折多。

腰〔四〕　欲健而快〔五〕。

尾　結欲輕而意足，如駿馬注坡〔六〕。三分頭，二分尾。

凡文如長篇古律、詩騷古辭、古賦碑碣之類〔七〕，長者腹中間架或至二三十段，然其要亦不過作三節而已〔八〕。其間小段，間架極要分明，而不欲使人見其間架之跡〔九〕。蓋意分而語串，意串而語分也。

校記

〔一〕分間法，《詩文軌範》作『分間法第四』，彙函本作『分間第四』。

〔二〕二分頭額，《學範》、彙函本作『一分頭領』，《詩文軌範》作『一分頭領』。

〔三〕頭額，《學範》、彙函本作『頭領』，《詩文軌範》作『頭領』。

〔四〕腰，底本缺，據《詩文軌範》、彙函本增。《學範》作『要』。

〔五〕快，彙函本作『俠』。

〔六〕注坡，《詩文軌範》作『下坡』，彙函本作『駐坡』。

〔七〕古律詩騷古辭，《學範》、《詩文軌範》作『古律詩騷詞古詞』，彙函本作『古詩騷詞古詞』。

〔八〕亦，《學範》、《詩文軌範》、彙函本無此字。

〔九〕而不欲使人見其，《學範》、《詩文軌範》作『而不欲使人見』，彙函本作『不欲使人見』。

○立意法〔一〕

景〔二〕　凡天文地理物象皆景也，景以氣為主。

意　凡議論思致曲折皆意也〔三〕，意以理為主。

事　凡實事故事皆事也〔四〕，事生於景則真〔五〕。

情　凡喜怒哀樂愛惡欲之真趣皆情也，意出於情則切〔六〕。

凡文體雖衆，其意之所從來必由於此四者而出。故立意之法，必依此四者而求之。各隨所宜〔七〕，以一為主，而統三者於中。凡文無景則枯，無意則麄，無事則虚，無情則誣，立意之法〔八〕，必兼四者〔九〕。

戴帥初先生曰：『凡作文發意，第一番來者陳言也，掃去不用；第二番來者正語也，停之不可用；第三番來者精意也，方可用之。韓子所謂「陳言之務去」，「戛戛乎其難哉」，其法如此。』〔一〇〕

戴先生又云：『作文須三致意焉。一篇之中三致意，一段之中三致意，一句之中三致意。』〔一一〕

先尚書云：『文章猶若理詞狀也，一本事，二原情，三據理，四按例，五斷決。本事者，認題也；原情者，明來意也；據理者，守正也；按例者，用事也；斷決者，結題也。五者備矣，辭貴簡切而明白。』〔一二〕

校記

〔一〕立意法，《詩文軌範》作『立意法第五』，彙函本作『立意第五』。此下《詩文軌範》另起一行，有『作文立意之法，景、意、事、情四者乃文字中所不可無者』一句。

〔二〕景，《詩文軌範》作『景者』，彙函本作『景謂』，屬下。意、事、情諸條同，不另出校。

〔三〕意，《詩文軌範》作『事意』。

〔四〕故事，《詩文軌範》作『文事』。

〔五〕真，《詩文軌範》作『清』。

〔六〕意出於情則切，《詩文軌範》作『情出於意則上』。

〔七〕各隨所宜，《学範》、《詩文軌範》、彙函本作『各隨題之所宜』。

〔八〕立意，《学範》、《詩文軌範》、彙函本作『故立意』。

〔九〕四者，《詩文軌範》作『此四者』。

〔一〇〕此條《学範》、《詩文軌範》皆無，彙函本居『立意第五』之末，文字作：『歐陽公曰：「凡作文發意，第一番來者陳言也，掃去不可用；第二番來者正位語也，停之亦不可盡用；第三番來者情意也，方可用之。韓子所謂『惟陳言之務去』，此須養氣，若粗心恣意，必成恠僻語爾。」』

〔一一〕戴先生又云，《學範》、彙函本作『戴帥初曰』，《詩文軌範》無此條。焉，《學範》、彙函本無此字。

〔一二〕《詩文軌範》無此條。《學範》作：『陳尚書曰：「文意一本事者，認題也；二原情者，明來意也；三據理者，守正也；四按例者，用事也；五斷決者，結題也。五者備矣，詞貴簡切而明白。」』彙函本作：『陳尚書曰：「文章猶存理詞狀。第一本事，第二原情，第三據理，第四按例，第五斷決。本事者，認題也。原情者，明來意也。據理者，守正也。按例，用事也。斷決，結題也。」』

○用事法〔一〕

正用〔二〕　故事與題事正用者也〔三〕。

反用　故事與題事反用者也〔四〕。

借用　故事與題事絶不類〔五〕，以一端相近而借用之者也〔六〕。

暗用　用故事之語意〔七〕，而不顯其名跡。〔八〕

對用　經題用經事、子題用子事、史題用史事、漢題用漢事、三國題用三國事、韓柳題用韓柳事、佛老題用佛老事〔九〕，此正法也。

援用〔一〇〕　子史百家題用經事，三國題用周漢事，此援前證後〔一一〕，亦正法也〔一二〕。

比用　莊子題用列子〔一三〕，柳文題用韓文〔一四〕，亦正用之變也。

倒用　經題用子史，漢題用三國，此有筆力者能之也〔一五〕。

泛用　於正題中乃用稗官小説、俗語戲談〔一六〕、異端鄙事為證，非大筆力不敢用〔一七〕，變之又變也。

凡用事，但可用其事意，而以新語融化入吾文〔一八〕，三語以上，即不可全寫〔一九〕。

校記

〔一〕用事法，《詩文軌範》作『用事法第六』，彙函本作『用事第六』。

〔二〕正用，《学範》、《詩文軌範》作『正用者』，彙函本作『正用謂』，屬下。此下諸條同，不另出校。

〔三〕故事與題事正用，《學範》作『正用者，故事與題事正同』，彙函本作『故事與題事正同』。

〔四〕故事與題事反用者，《學範》作『反用者，故事與題事正反者』，彙函本作『故事與題事正相反』。

〔五〕故事與題事絶，《學範》作『借用者，故事與題事絶』，《詩文軌範》作『故事與題事初』。

〔六〕之者，彙函本無。

〔七〕語意，《詩文軌範》作『語』。

〔八〕彙函本後接『此善用事也』。

〔九〕佛老，此條中『佛老』原作『佛志』，據《学範》、《詩文軌範》、彙函本改。

〔一〇〕援用，底本作『扱用』，據《詩文軌範》、《學範》、彙函本改。四庫底本校語云：『案兩「扱」字原本俱作「拔」，義不可解。以下文「倒用」條例之，當為「扱」字之訛，今改正。』

〔一一〕援，底本作『扱』，據《詩文軌範》、《學範》、彙函本改。

〔一二〕正法，《學範》作『法』。

〔一三〕莊子題用列子，《詩文軌範》作『莊子題用劉子事，前漢題用後漢事』，彙函本作『莊子題用列子事，前漢題用後漢事』。

〔一四〕柳文題用韓文，《詩文軌範》作『柳題用韓文事』，彙函本作『柳文題用韓文事』。

〔一五〕此有筆力者能之也，《学範》、《詩文軌範》、彙函本作『此有筆力者能之，非正法也』。

〔一六〕俗語，《學範》、彙函本作『俗諺』，《詩文軌範》作『諺語』。

〔一七〕不敢用，《学範》、《詩文軌範》、彙函本作『不可』。

〔一八〕而以新語融化入吾文，《學範》、彙函本作『而以新意融化入吾文』，《詩文軌範》作『而融化入吾文』。

〔一九〕即，《詩文軌範》、《學範》、彙函本無此字。

〇造語法〔一〕

正語〔二〕　《尚書》『曰若稽古』，『帝堯曰放勳』，『帝舜曰：重華協於帝』，『大禹曰：文命敷于四海』，『皋陶曰：允廸厥德，謨明弼諧』〔三〕，《春秋》『六鷁退飛過宋都，隕石于宋』〔四〕，皆正其事而語之〔五〕。

拗語　《楚辭》『吉日兮辰良』，不言『吉日兮良辰』〔六〕；『蕙殽蒸兮蘭藉，奠桂酒兮椒漿』，不曰『蒸蕙殽兮蘭藉』〔七〕；《莊子》『樂出虛蒸成菌』〔八〕，不言『虛出樂』〔九〕。倒一字，句法便健十倍〔一〇〕。

反語　《論語》『學而時習之，不亦説乎？』又曰『愛之能勿勞乎與？』〔一一〕《尚書》『俞哉〔一二〕！衆非元后何戴？』此皆反其意而道之〔一三〕，使人悠悠致思焉〔一四〕。

累語　《尚書》『寬而栗』，《老子》『長短相形』等語，皆累句也。《孫武子》『利而誘之，亂而取之』一節，語雖累，而辭意句句有妙者〔一五〕。

聯語〔一六〕　《尚書》『以親九族，九族既睦』〔一七〕，《大學》『知止而後有定，定而後能靜』〔一八〕，《檀弓》『人喜則斯陶』〔一九〕，皆聯語也。〔二〇〕

歇後語　《論語》：『禮云禮云，玉帛云乎哉？』『曾謂泰山不如林放乎？』此皆不説破正意，歇後所當語，而使人自思之〔二一〕。

答問語〔二二〕　《論語》：『吾何執？執御乎？執射乎？』〔二三〕《孟子》：『王何必曰利？亦有

仁義而已矣』，《詩》云〔二四〕：『雞既鳴矣，朝既盈矣。匪雞則鳴，蒼蠅之聲』，《公羊》、《穀梁》尤極其變〔二五〕。

變語　《堯典》『宵中星虛』〔二六〕，《舜典》『如西禮』、『正月上日』、『月正元日』、『正月朔旦』是也。〔二七〕

省語　《舜典》『至於南嶽』、『如初禮』，《儀禮》『其他如加皮弁之儀』，此省語也。〔二八〕

助語　《檀弓》『南宮縚之妻之姑之喪』〔二九〕，一句累三『之』字〔三〇〕；《詩大序》『不知手之舞之，足之蹈之』，累四『之』字〔三一〕。《莊子》尤多，《論語》『學而時習之，不亦說乎』，但『學』、『時』、『習』、『說』四字是寔，『而』、『之』、『不』、『亦』、『乎』五字是助語〔三二〕；『其諸異乎人之求之歟』，但『異』、『人』、『求』三字是實，『其』、『諸』、『乎』、『之』、『之』、『歟』六字是助語〔三三〕；《孟子》『然而無有乎爾，則亦無有乎爾』，兩字是寔，八字是助語〔三四〕。當用則不嫌多也。

寔語　《尚書》及《易》彖辭、辭用助語極少〔三五〕，《春秋》、《儀禮》皆然，此寔語也。凡碑碣傳紀等文，不可多用助語字〔三六〕；序論辨說等文，須用助語字。〔三七〕

對語　《尚書》命羲和、仲、叔四節，長對也；『威侮五行，怠棄三正』，正對也；『天聰明自我民聰明，天明畏自我民明威』，此對語不對字也〔三八〕；『眾非元后何戴？后非眾，罔與守邦？』此對意不對字也〔三九〕；『天敘五典』〔四〇〕、『天秩有禮』，下間以『五禮有庸哉』、『五服五章哉』〔四一〕，『佑賢輔德』，下間以『邦乃其昌』，散文用對語，必以散語間之也。

隱語　《論語》『割雞焉用牛刀』〔四二〕，『有美玉於斯，求善價而沽諸』〔四三〕，『虎兕出於柙，龜玉毀於櫝中』〔四四〕，《孟子》『城門之軌，兩馬之力歟』，皆隱語也〔四五〕。《小雅・鶴鳴》、古樂府《藁砧》全篇隱語，《莊》、《列》尤多。

婉語　《論語》『陽貨言：「日月逝矣，歲不我與。」子曰：「諾，吾將仕矣。」』〔四六〕此語直而意婉也；《春秋》『天王狩于河陽』，此語婉而意直也。

凡造語皆自然，當如此則好〔四七〕；有意為之，非也。〔四八〕

校記

〔一〕造語法，《詩文軌範》作『造語法第七』，彙函本作『造語第七』。

〔二〕正語，《詩文軌範》作『正語者』，彙函本作『正語如』。此下各條同，不另出校。

〔三〕『尚書』五句，彙函本作『《尚書》「帝曰：諮，汝羲暨和，朞三百有六旬有六日，以閏月定四時成歲」』。『帝舜』三句，《學範》無。『皋陶曰』，《詩文軌範》作『皋陶』。

〔四〕宋，《詩文軌範》同，《學範》、彙函本作『宋五』。

〔五〕語之，彙函本作『順語之也』。

〔六〕不言，《學範》、彙函本作『不曰』。下同。吉日，彙函本作『日吉』。

〔七〕『蕙殺』三句，《學範》、彙函本無。不曰，《詩文軌範》作『不言』。

〔八〕樂出虛，《詩文軌範》作『禾出虛』。

〔九〕虛出樂，《詩文軌範》作『禾出虛』。

〔一〇〕『倒一字』二句，《詩文軌範》『作『倒一句法更健十倍』。彙函本後尚有『此造語之良法也』。

〔一一〕「又曰」句，《學範》無，《詩文軌範》作「又曰愛之能勿勞乎」，彙函本作「愛之能勿勞乎」。

〔一二〕俞哉，彙函本無。

〔一三〕之，底本缺，據《学範》、《詩文軌範》、彙函本補。

〔一四〕使人悠悠，《詩文軌範》作「使人悠悠然」，彙函本作「使之悠然」。

〔一五〕「語雖累」二句，《學範》作「語雖累而詞意句句別，又其妙者」，《詩文軌範》作「節語累辭，意句句別，又其妙者」，彙函本作「語雖累而詞意句句別無重，此其妙也」。

〔一六〕聯語，底本作「聯句」，據四庫底本校語、文津閣本、《学範》、《詩文軌範》、彙函本改。

〔一七〕「以親九族」二句，《詩文軌範》作「以親九族一章」。

〔一八〕「知止」二句，《詩文軌範》、彙函本作「知止而後有定」。

〔一九〕檀弓，《詩文軌範》上有「與」字。「人喜」二句，彙函本作「人喜則斯陶，陶斯詠」。

〔二〇〕此下三條次序，彙函本同。《學範》次序爲問答語、變語、歇後語。

〔二一〕自思之，彙函本作「自思而得之」。

〔二二〕答問語，《学範》、《詩文軌範》、彙函本皆作「問答語」。

〔二三〕執禦乎，《詩文軌範》無。執射乎，彙函本後尚有「吾執御矣」四字。

〔二四〕云，《詩文軌範》、彙函本無。

〔二五〕其變，《學範》、彙函本無作「其法」。

〔二六〕堯典，《學範》、《詩文軌範》、彙函本後有「日中星鳥」四字。

〔二七〕此條四庫底本有校語云：「案「宵中」原本訛「日中」，今據《堯典》改正。」，

〔二八〕儀禮，《學範》、彙函本作「儀」。加，底本缺，據《儀禮》、《學範》、彙函本增。此，《學範》、彙函本作「皆」。此

條四庫底本校語云：『案「如初」下原本脱「禮」字，今據《堯典》增入。』此段文字《詩文軌範》作『《堯典》「至於南嶽」、「如初」等語是也』。

〔二九〕南宫縚，《學範》、《詩文軌範》、彙函本作『南宫韜』。

〔三〇〕累，《詩文軌範》無。

〔三一〕累四之字，《學範》作『一句累四「之」字』，《詩文軌範》作『四之字』。

〔三二〕助語，《學範》作『助』。

〔三三〕『其諸』三句，《學範》、彙函本無。《詩文軌範》『歟』皆作『與』，無『但』字。

〔三四〕『孟子』三句，《詩文軌範》無。兩字，《學範》、彙函本作『四字』。助語，《學範》作『助』。

〔三五〕彖辭辭，《學範》、《詩文軌範》無下『辭』字。

〔三六〕助語字，《詩文軌範》作『助語』。

〔三七〕此條彙函本作『《尚書》、《易》彖辭、《儀禮》、《春秋》助語極多，皆實語也。凡碑記等文不可多用助語，論辨等文不可少用助語』。

〔三八〕對字，《学範》作『對意』。

〔三九〕不對字也，《学範》、《詩文軌範》作『不對語也』，彙函本作『不對語』。

〔四〇〕五典，《学範》、《詩文軌範》作『有典』。

〔四一〕五服五章哉，《詩文軌範》無。

〔四二〕割鷄，《詩文軌範》無。

〔四三〕『求善』句，彙函本無。

〔四四〕『虎兕』二句，《学範》、彙函本無。

〔四五〕皆隱語也，彙函本無。

〔四六〕陽貨言，《詩文軌範》無。子曰，《學範》、彙函本作『孔子曰』。

〔四七〕皆自然當如此則好，《学範》、《詩文軌範》作『皆當自然，如此則好』，彙函本作『自然則好』。

〔四八〕《學範》及彙函本此後尚有『長句法』、『短句法』兩條，蓋自陳騤《文則》羼入，不錄。

〇下字法〔一〕

諧音〔二〕　凡下字，有順文之聲而下之者〔三〕。若音當揚〔四〕，則下響字〔五〕；若音當抑〔六〕，則下嗢字〔七〕。

審意　凡下字，有詳文之意而下之者。意當明，則下顯字；意當藏，則下隱字；意當尊，則下重字；意當卑，則下輕字。如此之類，變化無方〔八〕。

襲古　凡下字，於平穩處，宜用古人曾下好字面，須求其的當、平寔者用之〔九〕。

取新　凡下字，於出奇處宜用新字面，須尋不經人道語用之〔一〇〕，須的當新奇而不怪僻〔一一〕，令讀之若出於自然乃善〔一二〕。

校記

〔一〕下字法，《詩文軌範》作『下字法第八』，彙函本作『下字第八』。

〔二〕諧音，彙函本作『諧音謂』，連下成文。以下諸條同，不另出校。
〔三〕文之，《詩文軌範》作『其』。
〔四〕音，《詩文軌範》作『聲』。
〔五〕則下，《學範》作『則用』，彙函本作『下』。
〔六〕若音，《學範》、彙函本作『音』，《詩文軌範》作『聲』。
〔七〕則下嗢字，《詩文軌範》作『則下啞字』，彙函本作『下歆字』。
〔八〕此段文字，彙函本作『凡下字，有諧文之意而下之者。意當明，下顯字； 當藏，下隱字； 當尊，下重字； 當卑，下輕字。 變化無方』。
〔九〕『須求』句，《學範》作『須尋不經人道語用之，須的當、新奇而不恠僻乃善。凡下字須令讀之若出於自然』，并至此終篇。彙函本同，惟『乃善』作『乃為善』。
〔一〇〕用，底本缺，據《詩文軌範》補。語，《詩文軌範》作『之語』。
〔一一〕須，底本缺，據《詩文軌範》補。此條中四庫底本將『之的』以朱筆劃去，改作『亦須』。
〔一二〕『令讀之』句，《詩文軌範》作『乃善』，下另行作『凡下字，須令讀之若出於自然方為工矣』。

繹曾謂： 今世為學，不可不隨宜者，科舉之文是也。科舉之文，有不得不與《朱子語錄》參者，謹具於後。

一、讀《四書》。當謹守《章句集注》，參以《或問》、《語錄》及文公《大全集》。其間有《或問》與《集注》不同，當從《集注》； 又有《集注》與《語錄》不同者，只以《集注》為本，而與《語錄》參訂之。

一、讀《尚書》。主蔡氏，參《朱子語録》。

一、讀《詩》。主朱子《詩傳》、《綱領》。義理都在《綱領》中，《詩傳》只是訓詩傳制度〔一〕。參古注疏。

一、讀《周易》。先曉《啓蒙》，次《本義》九圖，次《五贊》，次《繫辭》、《說卦》，乃可讀上下經、《彖》、《象》、《文言》、《序卦》、《雜卦傳》本義，然後讀程朱傳。程朱異同處，不可作是非論，只是各有取用。朱子是明經，程子是借經明道。

一、讀《春秋》。朱子本說皆在張洽注，今科舉偶不及此，蓋事寔在左氏，論辨在公、穀。斷以胡氏，而取《朱子語録》及張洽之說折衷之可也。

一、讀《禮記》。雖主古疏，然制度當訂以朱子《經傳通解》。有朱子《經傳通解》，有勉齋《經傳通解》，有楊復《經傳通解》，三書皆具，然後可以考也。義理當訂《朱子語録》。〔二〕

一、古賦。有楚賦，當熟讀朱子《楚辭》中《九章》、《離騷》、《遠遊》、《九歌》等篇，宋玉以下未可輕讀。有漢賦，當讀《文選》諸賦，觀此足矣，唐宋諸賦，未可輕讀。有唐古賦，當讀《文粹》諸賦，《文苑英華》中亦有絶佳者。有唐律賦，備見《文苑英華》。

一、詔。漢詔當盡取真西山《文章正宗》所選讀之。唐詔當選取《文苑英華》所有之精者讀之。宋詔，當盡取吕東萊《文鑒》中所選讀之。

一、誥。漢無制誥，當取《尚書》諸誥及漢武封三王策，與漢官儀命公卿諸策書讀之。唐誥當取《文苑英華》中精者讀之。宋誥，當盡取東萊《文鑒》中所選者讀之。

一、章、漢章取《文章正宗》。唐章取《文粹》。宋章取呂東萊《名臣奏議》。

一、表。漢表即章。宋表有蜀本《適用集》中所選，皆南渡以來，渾厚典雅。唐表取《文苑英華》。

一、策。書坊漢唐策亦可觀，但分開，章自章，策自策，不宜混雜。然只董仲舒三策是正格式，或賈誼《治安策》是正。籌策文字以董為體，以賈為骨，而東坡策畧助波瀾，白居易諸策止可體面，亦可已矣。

此上，只科舉所急用如此，若依《朱子讀書法》，則尚有評章。

校記

〔一〕詩傳只是訓詩傳制度，《學範》作『傳只是訓詁制度』。

〔二〕此條四庫底本校語云：『案「楊復」原本訛「楊浚」，今改正。』

○答韓莊伯讀書說

讀諸經，當以一經為主。《詩》、《書》必須通習。

讀《詩》。吟詠古人性情，而反之吾心之性情，達之合天下之情性。只作街談俚語看，不須深難求之，鳥獸草木器服之名，卻須通習讀。考究每章每句，不要拘一說，隨用句句有千變萬化，只要看得活、推得廣、用得寔。古注疏是漢唐經師教學者之說，於滔奔逆亂難講處，多假古事換別意以避之。朱子是商周魯十五國作詩人本情性之説，兩不可廢。

讀《書》。要看堯、舜、禹、湯、文、武之為君，啟、太甲、成康之繼述，高宗之中興，其政何施，其事何在；舜、禹、皋陶、伊尹、傅説、周公、召公之相業，其政何施，其事何在；其餘聖賢，所居何位，所施何政，所行何事。隨句要歸著各人所居地位，以為模楷。上自帝王，下自小民，皆有其法。須帖寔有歸著看自見。大抵《尚書》只當作為政治事樣子看，便分明也。政是平治天下大經大法，事是逐時小事。《書》中不見樣者，不必強求；《書》中有樣者，不可放過。逐句看見各人地位、處置樣子分明，又將先日所見，同是此樣地位，而處或同、或不同者，以類參合而觀，則所得多矣。

讀《易》。先將《啓蒙》，看透圖、書之理，原卦畫、明蓍策、考變占之説；然後熟讀《繫辭》、《説卦》，太極、兩儀、四象、八卦之理與象數，昭昭在心目中；卻細看六十四卦象、三百八十四爻辭，一字從太極、兩儀、四象、八卦本然理象數中來，自然見得聖人下一字皆有來歷歸著。若其用處，只在夫人日用間〔一〕，審動端而吉凶悔吝可見。朱子《本義》是四聖人各各本意，程子《傳》是吾人日用切寔之理。

讀三《禮》。《儀禮》是經，《周禮》是緯，官守所分掌者；《禮記》是傳。當分四科、三百經禮，〔二〕以類相從而考證之。在者審所歸，亡者缺之。四科者，禮也、儀也、樂也、制度也。吉、凶、軍、賓、嘉之大目為禮；應對、進退、拜立、趨行之小節為儀；音律、歌舞、八音之法為樂；封井、宗學、宮室、器服之等為制度。以經證經，不可曲泥傳注。《周禮》一書，是文、武、周公平天下之法，自《堯典》以降，莫不備於此。大政在六官，小事具諸職，有志者須要細心深思而寔體之。

讀《春秋》。以《左氏》為案，正經為斷，先儒二言盡之矣。斷事不可先立主見，將本人所立何功，所犯何罪，來蹤去跡，仔細推尋，一小節不究便有錯斷處。功罪本事節節明白，卻原其情而定褒貶。有兩是者，有兩非者，有似是而非者，有似非而是者，有是非各半者，有是非輕重比倫者，有以功補過者，有以罪絀功者，〔三〕有初無是非者，有眚災者，有功之首、罪之魁不見形跡，必當表而出之者。〔四〕平心易氣以觀其事，明目聰耳以察其情，執中有權以斷其理。《左氏》，案也。《公羊》、《穀梁》，議也。〔五〕然聖人之旨微，必待吾心之清明者以裁之。

讀《大學》。『明明德』《章句》是一書之根本，須細細切己看，教分明無罅漏。『致知格物』章《或問》，是聖門學知之法，然須依此細看，立定條目，寔下功夫。『誠意』《章句》，是聖學心學之根本，朱子平生留意切至處，字字切己，仔細尋思，至切至切。大要只是一樸寔為善而已，恰是要樸寔到至極處。『平天下』章絜矩好惡，是聖治心法；貨德仁人小人，是聖政大端。治天下之要，不出乎此。仔細讀〔六〕，著寔尋思，用之不盡矣。

讀《論語》。將問處作自己問，答處作今日耳聞先儒之說，至矣切矣。訓詁義理在《集注》〔七〕，同異是非在《或問》，格言遺說在《朱子語類》，道理在今日天下之事物，寔用在吾身，玩而味之在吾心。

讀《孟子》。每章須有一兩句是主意，其餘是敷衍此意而明辨之。見破主意，則其餘渙然易知矣。一書主意在性善，寔理在仁義，功夫在求放心、養浩氣，政事在務農興學以行王道。

讀《中庸》。最不易，此兼明天人之道微而顯、著而隱，若識得『天命之謂性』一句分明，方可讀下文也。《易》就陰陽說得駁雜而有依憑；《中庸》提出天命，說雖簡約，卻難把捉，走作便入異端。慎之哉！慎之哉！

讀《孝經》。《刊誤》大體已正，近吳草廬先生注詳明矣，更看黃氏《本旨》以極其趣，天理人倫之本在是。

讀史。須分五科：第一，于帝紀內看歷代興亡；第二，於列傳內看古今人才；第三，於列傳內看古今事蹟；第四，于諸志內看歷代典章；第五，以《春秋》之法，斷興亡、人才、事蹟之是非，以三代斷歷代典章粹駁，仍須以外史參辨誣枉。凡讀史，當以正史為先，十七史是也〔八〕；然後以通史、通志會同之，《通鑒》、《通典》之類是也；又以外史、會要考訂之，《國語》、《國策》、《東觀》、荀表、外書、舊唐〔九〕、周書〔一〇〕、《漢儀》、唐宋會要之類是也；又以史論評確之，《唐鑒管見》之類是也。至於古史，暇日亦不可不知，當斷以孔子，《五帝德》存而勿論可也。〔一一〕

讀諸子。儒家：荀、揚、文中、《新序》、《說苑》，雜家：管子、《呂覽》、賈誼、《淮南》，道家：老子、莊子、列子、抱朴子，兵家：孫武子、吳起、《司馬法》，法家：韓非子等，皆文章精奇，論說要妙，雖所學不醇，而見趨高深，可資博覽。讀之當分三科：一見地，二文章，三事料。見地者，諸子所造雖有大小淺深，然必有所悟入處。雖偏駁，要必有識見。見識既真，自有妙理。學者所志雖不同，皆須有真悟處，方能有所成就。後世文章事業不及古人者，以其悟入處淺故也，讀諸子可以見之矣。文章者，荀卿博雅，揚雄簡奧，穰苴典古，有先王遺風，韓非嚴峭，皆自成一家。事料者，古事也，精意也，句法也，字樣也，制度名物也，助辭之變例也，往往精古，非漢魏以後所及，皆須摘取以資筆端。〔一二〕

讀文章。就今日所宜，且於《孟子》中取長者二十餘章，韓文四五十篇，蘇文亦然，合成百篇。取時須自己意擇意中所甚喜者寫入，若覺篇篇可喜，截滿百篇之數即止，不必多貪；若篇篇不見可喜，即不必強取。看終集之後，再轉求之，雖百轉可也。寫成百篇後，讀書之暇，每日隨意多少，反復讀之，或默看，或批點，隨意先麁麁看過，卻與分大段，又與細分小節，節段既明，觀其首尾中間相應處、相變處、擎掉處、轉折處，寬心細目徐觀之，意無昏倦。《老子》云『孰能濁以靜之徐清』，要『必有事焉而勿正』。如此，久久自當有得。大概只要扯拽作性漸通耳，毋將迎，毋凝滯。讀經以融貫義理，讀史以該洽事宦。取胡氏《讀史管見》，隱然若一敵國，自立說與之相辨難〔一三〕，久久義理事宦來于經史，議論生於《管見》，作性扯拽開于孟、蘇、韓文之路，輻湊筆下，滔滔不能禁止。技癢欲寫，即宜痛禁止之，慎勿拈紙筆便作文也。一拈紙筆，昏氣隨至，前功廢矣。如此久之，欲寫愈甚，禁之愈切，直至隨所見題目，分明有一片文字，首尾中間議論句法字樣見成了了，自然成文，胸中不費尋思，直拈筆便寫去，方可拈紙筆矣。此後只可因自然成文之甚明者一寫之，不可乘此便日弄紙筆，仍須切禁止如前，當愈嚴也。禁之愈嚴，其來愈多，作性之道不可遏矣，勉之哉！此後卻須從先輩求點化，芟繁就簡，掃博歸約矣。〔一四〕

校記

〔一〕人，《學範》無。

〔二〕《學範》此後尚有『三千曲禮』。

〔三〕此兩句中『以』字，《學範》皆作『小』。

〔四〕《學範》此後有『有未有是非而或先見戒者』一句。

〔五〕《學範》此後有『胡氏，斷也』一句。

〔六〕讀，《學範》作『看讀』。

〔七〕集注，原作『集句』，據四庫底本校語、《學範》改。

〔八〕史，底本缺，據四庫底本校語、《學範》補。

〔九〕舊唐，《學範》作『舊唐書』。

〔一〇〕周書，《學範》作『周官』。

〔一一〕《學範》此後尚錄『陳氏』文字一條：『讀史義理。言精者其義深，言粗者其義淺，事是者其理直，事非者其理曲。識破史書本文精粗是非之異，即去求之，非如經書之周詳也。』據其引書體例，『陳氏』當即陳繹曾。

〔一二〕《學範》此條後尚有注明為『陳氏』之文字一則：『讀書只要通徹。義理須通徹，不須強記，自然不忘也。一字有一字之義，一句有一句之理，一節有一節之意，一章有一章之旨。先明字義，一字不可放過；次明句理，須要分明透徹；次明節段，須要離析曉然；次明章旨，須要貫穿歸一。其要只在字義，字義精詳則三者易見矣。』

〔一三〕難，底本作『唯』，據《學範》改。

〔一四〕《學範》此後錄『陳氏』說一則：『讀集義理。先觀體制，次分間架，次看發意，次觀造語。義理或經或史或字，隨題所宜，若有所取。能識破此四者，便能作文矣。』

翰林要訣

例言

一、《翰林要訣》現存最早刻本為明新安程榮約萬曆間校刊一卷本，署『吳興陳繹曾述』，茲以此為底本。

二、陶宗儀《書史會要》卷九節要收錄此書，僅至『肉法』下之『字法』而止；後續『陳繹曾法書論』，實為《翰林要訣》之『第十二法書』。現取《書史會要》之武進陶氏逸園景刊明洪武本作為參校。

三、趙撝謙《學範・書範》收錄『陳氏《秘訣》』，實當此書『執筆』至『肉法』部分，亦羼入他人文字，故略取參校。所用《學範》為明嘉靖二十五年陳塏重刻本，《四庫存目叢書》子部第一二一冊據之影印。

四、《佩文齋書畫譜》卷四收錄此書，與程刻本同源。故取清康熙刻本《佩文齋書畫譜》參校。

五、民國間鄧實、黃賓虹主編之《美術叢書》三集第五輯所收此書，自《佩文齋書畫譜》出，亦取參酌。

六、清馮武《書法正傳》卷一收錄此書，間加補注，多有逸出以上諸本者。茲以《文淵閣四庫全書》本《書法正傳》所收《翰林要訣》作對校本，簡稱馮本，馮武補注不錄。《文津閣四庫全書》本略有異文，取作參考，簡稱文津閣本。

陳繹曾集輯校

翰林要訣

目録〔一〕

提　縱

第四筋法

字法

藏　度

指法

第五肉法

字法

滿捺　飛提

用筆分數〔三〕

通論紙墨硯等〔四〕

第六平法

偃　仰　平　勒

第七直法

垂露　懸針　鄉　背　努　僨

第八圓法

點〔五〕

側　散水　聯飛　烈火　曾頭　其脚　挫　打〔六〕　啄　掠〔七〕

撇

背擎　鄉擎

捺〔八〕

波　拔　逴　磔

策〔九〕

趯〔一〇〕

打句〔一一〕　趯下　挑〔一二〕　背抛　大背抛　戈〔一三〕

句〔一四〕

句裹〔一五〕　句努〔一六〕　雙包　雙裹

方〔一七〕

平方　飛方

第九方法

八面　九宫　結構　均方

第十分步法

布方　暎帶〔一八〕　變換　體樣　字間　行白　篇段

第十一變法法〔一九〕

情　氣　形　勢

第十二法書

真　行〔二〇〕　諸帖

至正二年冬，余聞汪延年得書法於金谿陸氏，遂從戴尚文處傳抄之〔二一〕。惜其凡例尚淆，點畫多繆，既改而正之矣，乃作目錄一篇以條理之。其點畫則識之於各目云。歙朱升題〔二二〕。

校記

〔一〕此目錄與朱升題跋，底本置於卷末，據馮本改置卷首。他本皆無。

〔二〕捺，馮本作『壓』。

〔三〕用筆分數，馮本作『附用筆分數』。

〔四〕等，馮本無此字。

〔五〕點，底本無，據馮本補。

〔六〕『挫』、『打』兩目原本位於『策』目後，據馮本及正文内容改。

〔七〕『啄』、『掠』兩目馮本位於『擎』下，誤。

〔八〕捺，底本無，據馮本補。

〔九〕策，底本『策』在『磔』之前，『策』後接『挫』、『打』，據馮本及正文内容改。

〔一〇〕趯，底本無，據馮本補。

〔一一〕打句，馮本作『打勾』。

〔一二〕挑，程刻本位於『大背抛』之後。

〔一三〕戈，馮本作『戈提』。

〔一四〕句，底本無，據馮本補。

〔一五〕句裹，底本作『句裹』，馮本作『勾裹』，據底本正文改。

〔一六〕句，馮本作『勾』。下同，不另出校。

〔一七〕方，底本無，據馮本補。

〔一八〕暎帶，馮本作『映帶』。

〔一九〕變法法，底本作『變化法』，馮本作『變法法』。兩本正文皆作『變法法』，據改。

〔二〇〕馮本於『真』、『行』後尚列有『草』一目。

〔二一〕抄，馮本作『鈔』。

〔二二〕升，馮本作『昇』。

第一執筆法〔一〕

擫。大指骨下節下端用力〔二〕，欲直如提千鈞。烏叶。捺，手按也〔三〕。

捺〔四〕。食指著中節旁。乃曷。此上二指主力〔五〕。

鉤。中指著指尖，鉤筆下〔六〕。

揭。名指著指外爪肉際〔七〕，揭筆上〔八〕。

抵。名指揭筆，中指抵住。

拒。中指鉤筆，名指拒定。此上二指主運轉〔九〕。

導。小指引名指過右。

送。小指送名指過左。此上一指主來往〔一〇〕。

右名撥鐙法。撥者，筆管著中指名指尖，圓活易轉動也〔一一〕。鐙即馬鐙。筆管直則虎口間如馬鐙也〔一二〕。足踏馬鐙，淺則易出入；手執筆管，淺即易撥動也。

右指法。

枕腕。以左手枕右手腕〔一三〕。

提腕。肘著案而虛提手腕〔一四〕。

懸腕。懸著空中〔一五〕，最有力。

今代唯鮮于郎中善懸腕書，余問之，瞑目伸臂曰：『膽！膽！膽！』〔一六〕

右腕法。

大凡學書〔一七〕，指欲實，掌欲虛，管欲直，心欲圓〔一八〕。

撮管。以撥鐙指法撮管頭，大字草書宜用，書壁尤佳〔一九〕。

搦管。以大指、小指倒垂執管，三指攢之，就地書大幅屏障。

捻管。大指與中三指捻管頭書之〔二〇〕，側立案左，書長幅鈞字。乃叶。〔二一〕

握管。四指中指節握管，沉著有力，書誥敕牓疏。

右變法。

校記

〔一〕執筆法，馮本此下作：『衛夫人云：真書去筆頭一寸二分，或作二寸一分。行草去筆頭二寸一分。或作三寸二分。』『撥鐙法，李後主得之陸希聲。希聲所傳於晉光者止五字，後主更益二字，曰導、送，謂之七字訣。』此段文字他本皆無。

〔二〕下節，馮本作『上節』。

〔三〕烏叶捺手按也，馮本作『擫，烏葉反』。

〔四〕捺，馮本『捺』前衍『壓』字。

〔五〕乃曷此上二指主力，馮本作『此上二指主力。捺，手按』。

〔六〕鉤筆下，馮本作『鉤筆令向下』。

〔七〕指外爪肉際，馮本作『指爪肉之際』。

〔八〕揭筆上，馮本作『揭筆令向上』。

〔九〕運轉，馮本、《學範》同，《書史會要》本、《佩文齋書畫譜》本俱作『轉運』。

〔一〇〕一指，《書史會要》本、《學範》本作『二指』。

〔一一〕圓活，馮本作『令圓活』。

〔一二〕如馬鐙，馮本作『空圓如馬鐙』。

〔一三〕以左手枕右手腕，馮本下多『而書之』三字。

〔一四〕肘著案而虛提手腕，馮本下多『而書之』三字。

〔一五〕懸著空中，馮本下多『而書之』三字。

〔一六〕『今代』一段，馮本作『枕腕以書小字，提腕以書中字，懸腕以書大字。行草即須懸腕，懸腕則筆勢無限，否則拘而難運。今代惟鮮于郎中善懸腕書，問之，輒瞑目伸臂曰：「膾！膾！膾！」』

〔一七〕大凡，馮本前有『唐太宗曰』。

〔一八〕心欲圓，馮本後有『又曰：「腕豎則鋒正，鋒正則四面勢全。次實指，指實則筋力均平。次虛掌，掌虛則運用便易。」』

〔一九〕佳，馮本作『宜』。

〔二〇〕大指，馮本作『以大指』。

〔二一〕乃叶，馮本作『捻，乃叶反』。

第二血法

蹲。七分三折，管直心圓。

駐。七分，力到水聚〔一〕。

提。三分，大指下節，骨竦水下。

捺。九分，力滿〔二〕。

過。十分，疾過。

搶。各有分數，圓蹲直搶，偏蹲側搶，出鋒空搶。

屻。三分三，搖筆殺力。

字生於墨，墨生於水，水者字之血也。筆尖受水，一點已枯矣。水墨皆藏於副毫之內，蹲之則水下，駐之即水聚〔三〕，提之則水皆入紙矣。捺以勻之，搶以殺之、補之，屻以圓之。過貴乎疾如飛鳥驚虵，力到自然，不可少凝滯，仍不得重改〔四〕。

校記

〔一〕力到，《書史會要》本作『臥倒』。
〔二〕力，《書史會要》本作『臥』。
〔三〕即，他本皆作『則』。
〔四〕不得，《書史會要》本作『不復』。

第三骨法

字有骨〔一〕。為字之骨者，大指下節骨是也。提之則字中骨健矣，縱之則字中骨有轉軸而活絡矣。

縱。和大指下節骨下臼，蹲首駐捺屻過。

提。竦大指下節骨下端，提尾駐飛。

提者，大指下節骨下端小竦動也。縱者，骨下節轉軸中筋絡稍和緩也。

校記

〔一〕字有骨，《書史會要》本、《學範》本、《佩文齋書畫譜》本、《美術叢書》本作『字無骨』。

第四筋法

字之筋，筆鋒是也。斷處藏之，連處度之。藏者，首尾蹲搶是也。度者，空中打勢〔一〕，飛度筆意也。

藏。首尾蹲搶。

度。中間空中飛度。

右字法。

中指。下貫上，左貫右，筆中柔。

名指。上貫下，右貫左，筆中韌。如吝反，成采也〔二〕。

右指法。

校記

〔一〕打勢，馮本作『虚打勢』。

〔二〕成采也，馮本無此三字。

第五肉法

滿捺。

飛提。

字之肉，筆毫是也。疏處捺滿，密處提飛。平處捺滿，險處提飛。捺滿即肥，提飛則瘦。肥者毫端分數足也，瘦者毫端分數省也。〔一〕

右字法。

筆。字一寸，蹲七釐，提五釐，捺九釐，畫一分。以是為率，清勁遞減三釐。初學提活蹲輕則肉圓，老成提緊蹲重則肉趯趚。〔二〕

紙。強弱有分數，筆力臨時斟酌之〔三〕。水太漬則肉散，太燥則肉枯。乾研墨則濕點筆，濕研墨即乾點筆。墨太濃即肉滯，太淡則肉薄。粗即多累，積則不匀〔四〕。

磨墨之法〔五〕。重按輕推，遠行近折。〔六〕

硯。池寬面細，每夕一洗，則水墨調匀，血肉得所。端石唯取細潤停水，歙石唯取縝澀發墨，兼之斯為寶矣。

凡磨墨，不得用硯池水，令墨滯筆沍。須以水滴汲新水，臨時斟酌之。

凡書，不得自磨墨，令手顫。筋骨大強，是大忌也。

初學須用佳紙，令後不怯。須用惡筆，令後不擇筆。〔七〕

右用筆分數、通論紙墨硯等〔八〕。

校記

〔一〕馮本此後尚有『水太漬則肉散，太燥則肉枯。乾研墨，濕點筆。濕研墨，乾點筆。墨太濃則肉滯，太淡則肉薄。粗則多累，積則不匀』。

〔二〕馮本此後尚有『右軍云：用筆著墨不過三分，不得深浸，深浸則毫弱無力』。

〔三〕斟酌之，馮本作『斟酌用之』。

〔四〕『水太漬』八句，馮本在前『省也』後，此處文字作『右軍云：紙剛用軟筆，紙柔用硬筆。純剛如錐畫石，純柔如印印泥。既不圓暢，神格亡矣。書石同紙剛例，蓋相得也』。

〔五〕磨墨之法，馮本此四字前尚有『墨』字。

〔六〕馮本此後接『不得用硯池水，令墨滯筆沍。以新汲水，臨時用之。○凡書不得自磨墨』，與後『凡磨墨』六句同中存異。

〔七〕『端石』十七句，馮本無，而另有『《書學指南》云：「夫論墨之佳，曰輕堅黝黑，入硯無聲。又曰其堅如玉，其文如犀。又曰績彩奮發。論硯之佳，曰秀潤玉質。論筆，曰長而不勁，不如勿長；勁而弗圓，不如不勁。論紙之佳，曰不能澄心堂、薛濤江，亦必堅薄白滑、純柔光澤者。若粗厚鬆灰者，不惟損筆，亦能壞字。」凡此皆至理也，善書者知之』。

〔八〕通論紙墨硯等，馮本作『並論筆紙墨硯』。

第六平法〔一〕

偃。首搶下，尾搶上。〔二〕

仰。首搶上，尾搶下。〔三〕

平。首搶平，尾搶平。〔四〕

勒。上平，中仰，下偃。空中遠搶，以殺其力，如勒馬之用韁也。凡尾提處，觀其筆燥濕何如〔五〕。燥則駐蹲捺而實搶以補之，其次蹲而不捺，其次駐而不蹲，其次提而不駐，即實搶之。濕則提起，即空搶可也。

凡平畫忌如算子〔六〕，終篇展玩，不見横畫，始是書法。

校記

〔一〕平法，馮本此下有小字注『平者横畫也』。

〔二〕馮本此後接『蹲鋒自駐，力到疾提，力滿微捺，力盡回鋒』。

〔三〕馮本此後接『蹲鋒自駐，力到微捺，力滿疾提，力盡回鋒』。

〔四〕馮本此後接『蹲鋒自駐，力到疾過，力盡回鋒』。

〔五〕何如，馮本作『如何』。

〔六〕凡平畫，馮本此前有『《翰墨良規》云』五字。

第七直法〔一〕

垂露。首搶上，尾搶下。分四停，各半之。〔二〕

懸針。首搶上，尾搶下空出。分五停〔三〕，上二下一。〔四〕

鄉。首搶左上右，右上左；　尾搶左上左，右上右。偏蹲偏駐，側搶側過。分五停，上二下二。〔五〕

背。〔六〕

努。首搶右築鋒，尾搶上左屻訖趯出。分七停，上一下一。藏趯亦可。〔七〕

億。首搶中心上出，字分盡處空中落下，畫分盡處蹲之，尾搶上出，空中力盡止。垂露、懸針、鄉、背、努等筆皆有之。肥瘠以字分為稱，長短隨偏傍所宜用。

校記

〔一〕直法，馮本此下有小字注『直者豎畫也』。

〔二〕馮本此後接『如露之欲垂而復縮』。

〔三〕五停，馮本作『三停』。

〔四〕馮本此後接『筆欲正，自上而下，如長針垂』。

〔五〕馮本此後接『向筆貴和』。

〔六〕背，《佩文齋書畫譜》本、《美術叢書》本此後作『與鄉反』，馮本作『首搶左上左，右上右；尾搶左上右，右上左。偏蹲偏駐，側搶側過。分五停，上二下二。○背筆貴峻』。

〔七〕馮本此後接『努須凸胸而出，不可直，直則無力。○太宗云：「為竪必努，貴戰而雄。」』。

第八圓法

點〔一〕

側。點之變無窮，皆帶側勢。蹲之首尾相顧，自成三過筆。有偃、仰、鄉、背、飛、伏、立等勢〔二〕，柳葉、鼠矢、蹲鴟、栗子等形。

散水。上側，中偃，下仰。橫二停，從四停〔三〕。上內一，中外二，下自外四，至內三〔四〕。

聯飛。四點相隨，偃前以後橫。

烈火。外相鄉而偃，內相隨而仰。

曾頭。對向貴從〔五〕，上開下闔〔六〕。

其脚。相背貴橫，上合下開。

挫。因前筆屻出，或上或下，或左或右，皆屻法也。〔七〕

打。提鋒空中打下，乃點法之長者。

啄。點首撇尾，左出微仰，如鳥喙之啄物。

掠。點首撇尾，右出微仰，如篦之掠。

撇〔八〕

背擎。首圓蹲，過作懸針法左出。

鄉撇。首偏蹲，右顧左轉，作鄉竪尾懸針左出，如手前後撇物。

捺〔九〕

波。從五停〔一〇〕，首一，中三，尾一。横五停〔一一〕，首一，中二，尾二。大體作仰畫不蹲，以鋒傍裏〔一二〕，空蹲三面，力到順指欹下，力滿微駐仰出。三過筆中又有三過，如水波之起伏〔一三〕。

拔。先作左擎，飛筆側打，鋒不蹲，順勢欹下，力滿微駐仰出〔一四〕。三過筆，如手拔物。

逴。上點如右足立定取力，下屈如右股三折取勢，下拔如右足之逴溝壑。敧角〔一五〕。

磔。偏蹲偏駐，疾過緩出，首尾自藏。須先作上啄取勢，如裂帛，力在裂外。竹格〔一六〕。

策〔一七〕

策。重提輕蹲，圓鋒左出，勢盡仰收，如鞭之策馬，力在著物處。〔一八〕

趯〔一九〕

打句。右打反趯抱腹。

趯下。前筆末蹲鋒。提趯抱身貴短，如足踢物。廳歷。〔二〇〕

挑。右背亻壹仰勒反趯。趯貴抱腹而清。

背抛。鄉亻壹仰勒反趯，趯貴寬圓。或作背偃〔二一〕，或作垂露平，或作懸針平，或作圓趯，如背手抛物。〔二二〕

大背抛。仰勒屻，左努挑〔二三〕。或偃勒屻，右背挑〔二四〕。長短屈伸，各隨字形。〔二五〕

戈。提空中斫下，勢盡，或仰趯抱身，或收趯歸腹，或反趯鄉左，大體如鄉右竪，而左右顧盼。反趯之勢欲飛，有斫戈，有築戈，有反戈，有飛戈。〔二六〕

句〔二七〕

句裹。偃勒鄉亻壹趯，或仰勒背亻壹趯。〔二八〕

句努。勒努趯，或偃鄉，或仰背。〔二九〕

雙包。左先作鄉撇，撇尾停筆取勢，飛筆隨勢包撇勢，亻壹打間對撇首，打背隨勒，尾平撇尾。

雙裹。法與雙包同，但自撇首偏蹲取勢，勢遠則勒短裹撇。

方〔三〇〕

平方。上平旁鄉下偃。或上仰旁背下平。

飛方。上飛平，旁飛鄉，下飛偃。飛者，空中飛筆，緊提轉腕疾出也〔三一〕。

校記

〔一〕點，諸本皆無，據正文内容及馮本目錄增。

〔二〕鄉，馮本作『向』。下同。

〔三〕從，他本皆作『以』，據馮本改。

〔四〕三，馮本作『二』。

〔五〕對向貴從，底本作『對鄉貴以』，據改。

〔六〕闔，馮本作『合』。

〔七〕自『挫』條至『大背抛』條，底本順序依次為：啄—掠—背擎—鄉擎—波—拔—逴—策—磔—挫—打—打句—趯下—背抛—大背抛—挑。馮本順序依次為：挫—打—啄—掠—背擎—鄉擎—波—磔—拔—逴—策—打勾—趯下—挑—背抛—大背抛。現據目錄及諸本正文内容加以調整。

〔八〕撇，馮本此字無。

〔九〕捺，諸本皆無，據正文内容及馮本目錄增。

〔一〇〕從五停，馮本作『從波五停』。

〔一一〕橫五停，馮本作『橫波五停』。

〔一二〕裏，馮本作『裏』。

〔一三〕起伏，馮本作『起伏也』。

〔一四〕微駐仰出，底本作『微駐駐仰出』，據他本改。

〔一五〕敕角，此兩字他本皆無。

〔一六〕竹格，此兩字他本皆無。馮本此後另接『○勢盡不可便出，須駐筆而後放。○唐太宗云：「磔者不徐不疾，去欲復駐而去之也。」』

〔一七〕策，諸本皆無，據正文内容及馮本目録增。

〔一八〕馮本此後接『又曰：　仰筆趯鋒，輕抬而進』。

〔一九〕趯，諸本皆無，據正文内容及馮本目録增。

〔二〇〕如足踢物，馮本作『如足趯物』，他本無此四字。『廳歷』兩字，馮本無。

〔二一〕作，他本皆作『仰』。

〔二二〕馮本此後接『此名外略法』。

〔二三〕努，底本作『弩』，據他本改。

〔二四〕挑，馮本作『抛』。

〔二五〕馮本此後接『此名蠆毒法』。

〔二六〕馮本此後接『○鍾繇折芒勢。哉字。虞智秃出勢。○歐陽蘭台借勢』。

〔二七〕句，諸本皆無，據正文内容及馮本目録增。

〔二八〕馮本此後接『用於罔岡白田等字』。

〔二九〕馮本此後接『用於均勻勿旬等字』。

〔三〇〕方，諸本皆無，據正文内容及馮本目録增。

〔三一〕出，馮本作『書』。

第九方法

八面。八面俱滿者方奇飛〔一〕。

九宫。八面點畫皆拱中心。

結構。隨字點畫多少疏密，各有停，分作九九八十一分，界畫均布之。先于鍾、王、虞、顔法帖上，以朱界畫印，印訖，視帖中字畫分數一一臨擬，仍欲察其屈伸變换本意，秋毫勿使差失〔二〕。四家字體既熟，方可旁及諸家。法帖字大，以小印分數蹙之。法帖字小，以大印分數展之。雖以《黄庭》、《樂毅》，展為方丈可也。又以朱界畫印印紙，或棐板漆之，取許慎《説文》偏傍字樣，一一依法區處，務要簡易精熟，外妍美而内遒健，各各自佳矣。

均方。長者兩減闊，短者兩減長，小者四減字形。雖有長短闊狹小大，行中須留空地，仍須寫空中勢，須偏著右，或亦各一分。

校記

〔一〕八面俱滿者方奇飛，《佩文齋書畫譜》本、《美術叢書》本作『俱滿者方可提飛』。

〔二〕秋，底本作『秩』，據他本改。

第十分布法

布方。中展圓則疏者均方，中蹙圓則密者均方。點畫孤單者展一畫，大人卜之類是也。重并者蹙之一傍，棗轉影欒嶽麓森之類是也〔一〕。古者所無，不得擅寫。

暎帶。凡偏傍不相稱者，屈伸點畫以避之，太繁者減除之〔二〕，太疏者補續之，必古人有樣乃可用耳。

變換。字之中點畫重并者，隨宜屈伸以變換之。點不變謂之布棊，畫不變謂之布算子，若亦馬三冊之類是也〔三〕。字之中偏傍重并者隨宜開合而變換之，間合間開之類，林晶炎焱是也〔四〕。

體樣。隨字辨體，隨體識樣，字形有孤單、重並、并累、攢積之體，須據許慎《說文》為主而分布之〔五〕。一二為孤，日月為單，棗炎為重，林竝為並〔六〕，轉影為并〔七〕，晶焱為累，槼榺為攢，爨鬱為積。以此為例，廣推求之。

字間。對者宜疏，疏者宜密。

行白。對者宜等，間者宜半〔八〕。

篇段。平、起、伏。六分之一平，其三起，最後二分伏。平者圓穩而平畫多也，起者振動而仰畫多也，伏者收斂而多偃畫也。

校記

〔一〕影樂嶽麓森，馮本作『嶽麓』。
〔二〕太，底本本作『大』，據他本及下文予以統一。
〔三〕若亦馬三冊之類，底本作『若一馬三冊』，據馮本改。
〔四〕林晶炎焱，馮本作『若林晶炎焱之類』。
〔五〕許慎，馮本無。
〔六〕林竝為並，馮本作『林並為并』。
〔七〕轉影為并，馮本闕。
〔八〕半，馮本作『平』，文津閣本作『半』。

第十一變法法〔一〕

情。喜怒哀樂，各有分數。喜即氣和而字舒，怒則氣粗而字險，哀即氣鬱而字斂，樂則氣平而字麗。情有重輕，則字之斂舒險麗亦有淺深變化無窮。氣。清和肅壯〔二〕，奇麗古澹〔三〕，互有出入者是〔四〕。窗几明淨〔五〕，氣自然清。筆墨不滯，氣自然和。山水仙隱，氣自然肅。心正形端，氣自然莊。〔六〕珍怪豪傑，氣自然奇。佳麗園池〔七〕，氣自然麗。造化上古，氣自然古。幽貞閑適，氣自然澹。八種交相為用，變化又無窮矣〔八〕。形。字形八面，迭遞增換。一面變形凡八變，兩面變形凡五十六變〔九〕，三面以上變化不可勝數矣。

勢。形不變而勢所趣背各有情態。勢者以一為主〔一〇〕，而七面之勢傾鄉之也。

校記

〔一〕變法法，馮本同，《佩文齋書畫譜》本、《美術叢書》本作「變法」。
〔二〕壯，馮本作「莊」。
〔三〕澹，馮本作「淡」。下同。
〔四〕互有出入者是，底本作「互有出入題是」，馮本闕，據《佩文齋書畫譜》本、《美術叢書》本改。
〔五〕窗几明淨，他本皆作「窗明几淨」。
〔六〕「心正」二句，底本缺，據文津閣本補，馮本作「缺氣自然莊」。
〔七〕園，底本作「圓」，據他本改。
〔八〕又，馮本無。
〔九〕五十六變，馮本作「十六」。
〔一〇〕勢者，馮本無。

第十二法書

真。鍾繇《力命》、《尅捷》、《宣示》。王羲之《樂毅》、《畫讚》、《黃庭》、《告誓》、《霜寒》。王獻之

《洛神》。六朝不知名氏《曹娥》。羊叔子《遺教序》。陶弘景《瘞鶴》、《舊舘壇》。智永《千文》。虞世南《孔子廟碑》。歐陽詢《九成宫》、《化度寺》、《虞恭公》。褚遂良《哀册》、《聖教》。張旭《郎官》。顔真卿《麻姑壇》、《放生池》、《中興頌》、《干禄字》、《東方朔》。柳公權《陀羅尼》。〔一〕

行。鍾繇《丙舍》、《吴人》、《羸頓》、《雪寒》、《長風》。羲之《蘭亭》、《極寒》、《苦熱》、《官奴》、《快雪》、《來禽》、《奉橘》、《聖教序》、《開元寺》、《十七帖》。獻之《地黄》、《歲終》、《衛軍》、《授衣》、《阿姨》、《鵝群》、《歲盡》、《夏日》、《奉對》、《思戀》、《天寶》、《吴興》、《黄門》、《山陰》、《東家》、《轉勝》、《相過》、《鵝還》、《觸事》、《夏節》、《恨深》、《黄耆》、《礜石》、《駱驛》、《月内》、《尊體》。謝安《八月五日》。褚遂良《枯樹》。李邕《嶽麓》、《娑羅樹》。張從申《玄静》。〔二〕

《淳化法帖》。諸帖之祖。王著模刻，深得古意，不見真跡，得此足矣。〔三〕

《絳帖》。《淳化》之子〔四〕，潘師旦摹刻。骨法清勁，足正王著肉勝之失。然駿馬露骨，又未免羸瘠之憾。

《潭帖》。《淳化》之子，寶月大師模〔五〕。風韻和雅，血肉停匀，但形勢俱圓，頗乏峭健之氣。〔六〕

《大觀帖》。《淳化》之弟〔七〕，蔡京摹刻。京沉酣富貴，恣意粗率〔八〕，筆偏手縱，非復古意，賴刻手精工，猶勝他帖爾。

《太清樓續閣帖》。劉燾模勒〔九〕。工夫精緻，亞於《淳化》。肥而多骨，求備于王著，乃失之粗硬，遂少風韻。

《戲魚堂帖》。劉次莊模〔一〇〕，在《淳化》翻刻中頗為有格骨者〔一一〕，淡墨拓尤佳。〔一二〕

《武岡》、《修內司》、《福州帖》皆有可觀。《鼎帖》石硬而刻手不精，雖博而乏古意。〔一三〕

《星鳳樓帖》。曹士冕模刻〔一四〕。工致有餘，清而不濃，亞於《太清續帖》也〔一五〕。

《玉麟堂帖》。吳琚模刻。濃而不清〔一六〕，多雜米家筆仗。

《寶晉齋帖》。曹之格模刻。《星鳳》之子，在諸帖中為最下。今佳帖難得，學者賴此得見晉唐人仿佛耳。〔一七〕

《百一帖》。王萬慶模刻。筆意清遒，雅有勝趣，恨刻手不精妙耳。〔一八〕

《二王帖》。搜拾二王行草書小帖略備，但本非能書人模勒，故博而不精。〔一九〕

右十二章〔二〇〕。大要筆圓字方，傍密間豁，血濃骨老，筋藏肉潔，筆筆造古意，字字有來歷。日臨名書，毋吝紙筆〔二一〕，工夫精熟，久自得之矣〔二二〕。

校記

〔一〕『鍾繇』以下十三句，《佩文齋書畫譜》本、《美術叢書》本同。《書史會要》本，歐陽詢下之《虞恭公》後增『《皇甫》』，顏真卿下之《東方朔》作『《東方贊》』。馮本作『鍾繇《力命》、《剋捷》、《宣示》、《季直》。王右軍《樂毅論》、《畫讚》、《黃庭》、《曹娥》、《霜寒》、《遺教》、《臨鍾書》、《道德經》。王子敬《十三行洛神》。智永《千字文》、《臨羲之書》。虞永興《破邪論》。歐陽蘭台《九成宮》、《化度寺》、《虞恭公》、《姚辯》、《皇甫君》、《搗素》、《心經》。虞永興《廟堂碑》。

褚遂良《聖教序》、《三龕碑》、《枯樹賦》、《陰符經》。張旭《郎官石》。陶弘景《瘞鶴銘》。徐浩《不空三藏》。顔魯公《麻姑壇》、《放生池》、《中興頌》、《東方朔》、《干祿字書》、《家廟》、《宋璟》、《臧懷恪》、《八關齋》、《多實》。柳公權《玄秘》、《馮宿》、《苻璘》、《西平王》、《普照》、《陀羅尼》。裴休《圭峰》。張從申《季子廟》、《四絕》、《季子誌》。歐陽通《道因》。吳通微《楚金禪師》』。

〔二〕『鍾繇』至『玄靜』，《佩文齋書畫譜》本、《美術叢書》本除『礜石』誤作『礐石』，《枯樹》作『《枯樹賦》』外，與底本同。《書史會要》本，鍾繇下無『《雪寒》』；羲之作『王羲之』，其下之《苦熱》作『《毒熱》』，《奉橘》後多『《慈蔭》』，無『《十七帖》』；獻之作『王獻之』，其下無『《黃門》』，《鵝還》作『《鵝邊》』，《黃耆》作『《黃蓍》』；褚遂良《枯樹》後增『《星霜》』；李邕《娑羅樹》後增『《云麾將軍》、《東林寺》』；張從申下之《玄靜》作『《玄靜先生》』。馮本此後另行接『草。右軍《十七帖》。懷素《自序》、《聖母》』，他本皆無。

〔三〕本條，馮本作『《淳化閣帖》。諸帖之祖。宋太宗淳化三年，出内府真跡，命王著用棗板摹刻。十卷。雖近肥俗，深得古意，不見真跡，得此足矣。上有銀錠紋，用澄心堂紙、李廷珪墨拓打，手模之而不汙。親王大臣各賜一本，人間罕有。今世所傳，俱從賜本轉相摹刻者』。

〔四〕淳化之子，馮本此後接『用《淳化閣帖》增入別帖重編，廿卷』。

〔五〕模，馮本作『摹刻』。

〔六〕馮本此後接『慶曆間僧希白重摹者亦佳，第三次者失真矣』。

〔七〕馮本此後接『大觀間奉旨以禦府真跡重刻於太清樓，中有《蘭亭帖》』。

〔八〕恣意粗率，馮本無。

〔九〕模勒，《書史會要》本作『模刻』，馮本作『摹刻』。

〔一〇〕模，馮本作『摹于臨江，除去《淳化》年月，而增釋文』。

〔一一〕頗為有格骨者，《書史會要》本作『頗為有骨格者』，馮本作『為有骨格者』。

〔一二〕馮本此後另行接『東庫本。世傳潘氏子析居，石刻分為二。其後絳州公庫乃得上十卷，絳守重刻下十卷，足為一部，名東庫本。其家亦復重刻上十卷，足為一部。於是絳州有公私二本。靖康之禍，石並無存。今重刻者去之遠矣』。

〔一三〕此條馮本作：『《鼎帖》。廿卷。紹興間武陵丞趙銍父子編，中有《黄庭經》，石硬而刻手不佳，雖博而乏古意。』

〔一四〕模刻，馮本作『摹刻』。下同。

〔一五〕太清續帖也，馮本作『《太清樓續帖》』。

〔一六〕濃，《書史會要》本作『穠』。

〔一七〕『曹之格』五句，馮本作：『米元章手摹二王以下真跡入石，佳帖難得，學者賴此得見晉唐人仿佛爾。』馮本此後另行接『《汝州帖》。摘諸帖中字牽合為之，每卷尾有汝州印，後有會稽重摹，俗謂之《蘭亭帖》。』『《黔江帖》。秦子明借寶月古法帖摹刻，石在黔江紹聖院，乃潭人湯正臣父子刻。』『《賜書堂帖》。宋宣獻公摹於山陽。石已不存，後又重摹。』『《蔡州帖》。蔡州臨摹《絳帖》上十卷，出於《潭帖》之上。』『《彭州帖》。刻歷代法帖十卷，不甚精彩。』『《利州帖》。慶元中以《戲魚堂帖》重刻於益昌。』『《泉州帖》。《淳化帖》翻，最為完善。少遜於《大觀》、《絳帖》，比之他刻亦大相徑庭。自智果而後缺十餘幀。』『《群玉堂帖》。韓侂胄刻，筆意清遒，雖有勝趣，憾刻手不佳，不為精妙』。

〔一八〕『筆意』三句，馮本無。又，馮本此後另行接『《修内司帖》。淳熙間出内府所藏，刻石禁中，題尾云：「修内司奉旨上石。」亦名《閟閣續帖》。』『《甲秀堂帖》。廬江李氏刻，前有王、顔書，多諸帖所未有。』

〔一九〕『搜拾』三句，馮本作『許提舉刻于臨江』。此後另行接『《真賞齋帖》。錫山華氏刻。此明碑之最精者』。

〔二一〇〕章，馮本作『篇』。

〔二一一〕毋吝，底本作『毋各』，據《佩文齋書畫譜》本、《美術叢書》本改。馮本作『無吝』。

〔二一二〕得之矣，馮本作『得之』。

法書本象

例言

一、《法書本象》題署『國子助教汶上陳繹曾製』，為陳繹曾至正年間任職國子監時，手授弟子時彥舉之作，呂宗傑錄而藏之，收入呂氏《書經補遺》卷二。

二、《書經補遺》有清嘉慶宛委別藏本，阮元刻（簡稱宛本）。又有涵芬樓秘笈本，為孫毓修據黃丕烈所藏元人鈔本收錄，傳承尤有端緒（簡稱涵本）。

三、兩本文字互有短長，而以涵本較全善。兹次整理，即以涵本為底本，校以宛本。

四、《法書本象》大部文字亦收入明人王肯堂之《鬱岡齋筆麈》第二冊（簡稱《筆麈》）。細核文字，多與涵本同，兩者當屬同一版本系統。

五、《筆麈》所引多可補《法書本象》之闕文，兹以萬曆三十年刻本《筆麈》參校。

法書本象

唐太宗開三館，命虞世南、歐陽詢、褚亮、于志寧等撰《翰林密論》〔一〕，教三館書手。其後玄宗命張彦遠增修〔二〕，又撰《翰林禁經》。未及上進，漁陽兵起，藏彦遠家。至宋，彦遠孫孝祥以書名。朱文公、張宣公皆從孝祥受書法。孝祥孫即之，書名益振。先曾叔祖文林府君，年二十一登科，妙年多暇，留心藝事，盡心力以事即之。求二書不得，竟以竒計取之。有錢唐陳思道人者，善事即之，頗窺管豹，見於《書苑菁華》者，得什一焉。延祐中先人之官澧陽，風濤失楫，書多蕩逸。繹曾童年羸疾，先人慮其夭折，禁絕群書，惟許游心書翰。以此研究積年，頗能記憶。嘗為學者述《法書要訣》，又述《禁經提要》，散在人間，不著家藁。吳郡時彦舉案書筆訣〔三〕，年過知非，又加十載，目昏心耄，非復昔時。勉備忽忘，隨筆所及，雜體寫之，曰《法書本象》。《禮》：士笏魚須文竹，大夫本象，以備忽遺，故取此義。余觀古法書，唯風韻難及。漢書多踼蹵，唐書多粗糙，唯晉人書，雖非名、法之家，亦自奕奕有一種風流藴藉之氣。緣當時人物以清簡相尚，虚曠為懷，修容發語，以韻相勝，落筆散藻，自然可觀。此可以精神解領，不可以言語求覓也。此所謂法外意，《密論》、《禁經》之闕文，而余所自得也。大要書體有十二：一曰古文，二曰小篆，三曰漢隸，四曰八分，五曰楷書，六曰眞書，七曰小楷，八曰行書，九曰草書，十曰小草，十一曰章草，十二曰飛白〔四〕。書法有十二：一曰執筆，二曰血，三曰骨，四曰筋，五曰肉，六曰平，七曰直，八曰圓，九曰方，十曰偏傍，十一曰分布，十二曰變化。大要在心清眼高，見廣功熟。

校記

〔一〕于志寧，原作『于至能』，《爇岡齋筆塵》第二冊所引《法書本象》同，據宛本改。

〔二〕玄宗，宛本作『元宗』。

〔三〕案書，疑為『索書』之形訛。陳繹曾《文筌序》有『東平王君繼志講論之隙，索書童時所聞筆札之靡者』，可參。

〔四〕飛白，宛本作『飛帛』。

大篆

古削竹為筆，管中盛墨汁，於竹簡上作字。直流筆鋒，水注簡上，員運之，縱横出鋒，皆三過筆，自然筆筆為蝌蚪形也〔一〕。注深則圓，出疾則活，援腕則開闔自如。其變為懸針，為薤葉，為柳葉，為剪股〔二〕，為幡信，為鵠頭，為模印紅文。

校記

〔一〕蝌蚪，宛本作『虬蚪』。

〔二〕剪股，《筆塵》引文同，宛本作『剪服』。

小篆

李斯初用竹筆，匀墨為難。吏牘多以章程得罪，軍中期會尤難之。蒙恬乃以鹿毛為柱，兔毛為被，今之毛錐筆是也。作平直筆，首蹲鋒，略如大篆。先鎗提，後蹲駐，乃視偃仰向背三過行鋒。尾先提駐，視乾燥蹲之，後鎗廻鋒。作圓，左肩常不足，右肩常有餘。自左肩下施而右以成環，則圓矣。作方，右肩欲低，左足欲長，乃可中度。其變為玉筯，為金錯，為繆篆，為模印白文。

漢隸

蒙恬筆行未遠，程邈以章程罪繫雲陽獄，作徒隸之書以獻，轉圓為方，則筆駛矣。有古、匾、圓、方四體。秦隸多古，漢隸多圓，去篆近也。盛唐成方，後漢漸匾，變八分矣。法貴藏鋒穩重，訣與楷書同。肥用蹲法，瘦用提法。書碑石時用，去其難識者乃佳。

八分

漢光、明以後，吏文嚴急，隸書復不足用。上谷太守王次仲作八分書。隸從小篆迴鋒，故遲；八分從大篆出鋒，則加疾矣。大篆圓而從出，八分方而橫出，捷之至也。法險峻遒健，餘同楷訣。以其筆鋒橫出，故體須微匾也。

楷書

動合楷法，謂之楷書。執筆合法，筋骨血肉合法，平直圓方合法，偏傍分布合法，變化合法，方可謂之楷書。凡作楷書，須筆筆依法書之。鍾繇、王羲之、獻之、智永、虞世南、歐陽詢、顏眞卿七家，乃合楷法，其餘不過眞書耳。楷書變化，皆象本文，如《樂毅論》端人正士不得意，《黄庭經》象飛天仙人，《洛神賦》象凌波神女也。

眞書

眞書，眞謹之書，亦謂隸書。十種隸書，此其一也。官府表牋及寫諸經史用之，務欲便捷整齊，以為觀美而已，唐人所謂經生字是也。亦從楷書中來〔一〕，但逐字結束，不暇筆筆合法耳。其筆法粗率，而分間布白乃更嚴於楷書也。鍾繇《孫權表》亦是眞書，智永《千文》凡題『眞草』者即是眞書。褚遂良、薛稷、柳公權皆慕楷書而不得其法，不過名書，未得為法書也。又有正書，偏傍皆欲合六書之正，寫六經用之。眞書則偏傍惟取巧便，如『祇』通『衣』轉『袖』，『袖』通『祇』省點之類。

校記

〔一〕楷書，《筆塵》同，宛本作『楷筆』。

小楷

小楷，筆畫欲小而皆中楷法也。顔眞卿《黄庭經》楷而不小，以其筆畫滿字分也。褚遂良《西昇經》小而不楷，以其方圓平直不中楷法也。欲小有法，五分九宫止可四分點畫，如此則傍密開豁〔一〕，寬裕有容，五分字中有方丈氣象矣〔二〕。一君欲静，二臣欲平，三佐四使，以次短小，此小法也。欲楷有法，一血，二骨，三肉，四筋，五員，六直，七平，八方，九結構，十變化。十者具備，謂之楷書。《樂毅論》小中有楷，《黄庭經》楷中有小。《東方朔像贊》五分中有楷方丈，《洛神賦》方丈在五分中。《力命表》三分畫五分字，《曹娥碑》五分字四分畫。凡作小楷，不可尋常，須有法象。《黄庭經》肩有力而腰脚隨風，《洛神賦》頭足用力而胸腹慊然，天仙、水仙，宛然可見。《樂毅論》勁正而斁歛，《東方朔贊》和易而逍遥，以寫二賢之性情。《立命表》柳葉溶洩於光風〔三〕，象微臣之遇寵。《曹娥碑》花蕊漂流於駭浪，似幼女之捐軀。巧畫不能摹，雄文不能寫，而形容分明，可見於翰墨之間。此天地之融精，鬼神之翰妙，惟小楷為能得之。所以數帖神護神持，傳寶百世也。必求善本，先用魫版，依八法模搨，次用楮紙，〔四〕準九宫臨倣。功夫精熟，變化自由矣。

校記

〔一〕傍，《筆塵》同，宛本作『旁』。
〔二〕方丈，底本作『方大』，據下文及宛本、《筆塵》改。
〔三〕光風，《筆塵》同，宛本作『光照』。
〔四〕楮紙，底本作『緒紙』，《筆塵》同，據宛本改。

行書

後漢中葉，文牘益繁。八分、眞、楷，猶不能勝。杜度乃作藁書，鍾繇更加精麗，謂之行書。其法以筋血為主，骨藏肉中，八面拱心，大忌横畫，凡遇横畫皆變化使圓之。鍾繇每筆為圓，猶近楷法。眞匾而行長，王羲之筆方字圓，一變楷法。獻之筆圓字方，求異家君，但差散緩耳。大要眞書如立，行書如行，草書如走，故曰『行書』。尤貴偏傍緊密，間白寬舒。神閑思暢，則圓活自然，稍加拘束即僨矣。所以右軍《修禊帖》冠絕千古，以其功夫精熟，適意自然也。

草書

草書貴使轉。屋漏法，食指用力，中指使轉。壁拆法〔一〕，名指使轉，中指用力。有圓無方，有直無横。

校記

〔一〕壁拆法，宛本、《筆麈》作『壁折法』。

小草

王羲之草用楷法，大指用力，食指使轉，晉人皆然。獻之草，食指用力〔一〕，中指使轉，六朝人皆然矣。張旭大草皆用羲之法，懷素皆用獻之法。

校記

〔一〕草，《筆麈》同，宛本作『則』。

章草

漢章帝時，承光、明之餘，章奏煩多，八分亦不暇給，乃變八分作章草〔一〕。章者，奏也。皇象貴筆重，務為奇怪，乃八分遺意〔二〕。索靖貴流麗，漸近小草矣。蕭子雲極輕圓，特妙飛白〔三〕。此三家者，章草之聖品也〔四〕。曹子建頗局促〔五〕；王羲之止作小草寫之，不可入章奏；獻之□漸疏大矣〔六〕。有一筆象形者，點或如粟粟〔七〕，如蹲鴟〔八〕，如捲葉〔九〕，葉如柳葉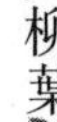，如韭葉〔一〇〕，如竹葉。千變萬態，點畫波擎皆然。有一字象形者，王羲之『之』字皆作□形〔一一〕；王維畫雁如章草字；蕭子雲『如』字、『為』字皆作□□；□采鸞每一聲必作紅鸞〔一二〕，千態萬狀〔一三〕；□□□者趙承旨子昂少於朱家舫齋學書，舊迹猶存〔一四〕，學『乙』字先作群鵝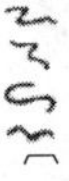〔一五〕，學『子』字、『不』字先作飛鳥〔一六〕，學『為』字、『如』字，先作戲鼠，累幅以極其變。此法眞、行、草、飛白皆然，惟於章草見之耳〔一七〕。今世所有古跡，皇象《急就章》、索靖《月儀帖》□□〔一八〕、蕭子雲《出師頌》眞跡俱在，可謂希世之寶。皇象如奇峰怪石，骨力有餘；索靖如金華翠葉，精研莫比〔一九〕；蕭子雲如晴雲點空，輕圓自得。天下古今之為章草者，莫過於是矣。然貴精熟，大巧若拙，乃為盡善。此止□□□分以下，小下字但近方寸，便作本然矣。未□□□眞跡，得太清樓《急就》、《月儀》、星鳳樓《出師頌》，亦可□□□人而喜也。須先學楷法，以得用筆之妙，學小草以熟使轉之功〔二〇〕，學飛白以窮象形之變。閉户造車〔二一〕，出門合轍矣。

校記

〔一〕變，底本無，宛本有闕文標記『□』。據《筆塵》補。

〔二〕八分，底本、宛本皆闕，據《筆塵》引文補。

〔三〕特妙飛白，底本作『妙飛白樂』，宛本作『□□妙飛白樂』，據《筆塵》引文改。

〔四〕章草，底本、宛本皆作『章中』，據《筆塵》引文改。

〔五〕頗局促，《筆塵》同，宛本作『頗□□局促』。

〔六〕□漸疏大矣，底本作『疏大矣』，宛本作『□□疏大矣』，《筆塵》作『漸疏大矣』。據改。

〔七〕粟粟，底本、宛本皆作『粟粟』，據《筆塵》改。

〔八〕蹲鴟，底本作『蹲』，宛本作『如蹲□』，據《筆塵》改。

〔九〕如捲葉，《筆塵》同，宛本作『□如捲葉』。

〔一〇〕韭葉，《筆塵》作『韰葉』。

〔一一〕作□形，底本無，小注云『下闕』，宛本作『□□□』，據《筆塵》改。

〔一二〕□采鸞，按，當作『吳采鸞』。

〔一三〕態，宛本作『鸞』。

〔一四〕存，底本缺，據《筆塵》補。

〔一五〕學乙，底本缺，據《筆塵》補。

〔一六〕飛鳥，宛本同，《筆塵》作『群雁』。

〔一七〕惟於章草見之耳，原作『惟章草□□見耳』，宛本同，據《筆塵》改。

〔一八〕帖，底本缺，據《筆塵》補。

〔一九〕比，底本缺，據《筆塵》補。

〔二〇〕草以熟，底本缺，據《筆塵》補。

〔二一〕閉戶，《筆塵》同，宛本作『門戶』。

飛白

蔡邕監造鴻都門學，工人以堊帚書屧墻，邕□□□飛白書，勢欲飛動，筆欲鬆白，故名飛白。有隸□□白，有篆□飛白，有八分飛白，有章字飛白，有小□□□，有草飛白，有眞飛白，有行書飛白，有象形飛白。□□宗奇俊，宋仁宗精妙，有鬆筆，有簾筆，有衹□□□□□按匾尤圓健。

詩歌

麗石舟自吴江避兵吴興白蘋洲卽宋郎官麗祐甫遺墅也墅蝕於豪右久矣石舟復遷於斯避亂謀身祖孫一轍因識今昔之感爲贈

畫橋宛轉水縈流，傳有郎官卜築幽。相國清風留單甫，世家喬木蔭蘋洲。城頭舊月夜還照，門外浮雲黯未收。滿地干戈似南宋，幾多賢達隱湖州。

遊鳳凰山尋唐狀元陸器讀書臺

平生丘壑愛躋攀，此日披圖意任閒。江浙去題龍虎榜，海虞行看鳳凰山。鶴來華表千年後，雲在丹崖萬壑間。聞有青囊書卷在，訪仙求術待秋還。

謝吴門陸隱君送紗帽

五湖浮小舸，六月訪奇書。到卽借人馬，來尋負郭廬。（以上并見明董斯張《吴興藝文補》卷五十三，崇禎六年刻本）

余嘗以紗帽送陳伯敷，伯敷謝以詩，有云『五湖浮小舸，六月訪奇書。到即借人馬，來尋負郭

廬』之句。（元陸友仁《研北雜誌》卷下，寶顔堂秘笈本）

和宋丘岳登雲海亭詩

白馬浮渡江，吴洲含紫霏。循王捲珠旗，揮鞭解重圍。丘隴化梵城，人民是耶非。尚書柱天力，玉帳籌兵機。登臨發幽興，逝將買魚磯。聞孫賫遺跡，分明五雲飛。（清陳揆《虞邑遺文錄》卷九。此詩錄自《全元詩》第三十二册陳繹曾條）

題定武本蘭亭序

平生右軍書，固自歷代寶。永和修禊事，醉筆落晴昊。粉蠟冰一方，蘭膏玉萬擣。繭紙化飛埃，摹搨貽永保。相傳金鈎帖，貴比漆書誥。多事桑澤卿，雌黄費探討。巧偷竟沉淪，肥瘦異鐫造。化身遂千億，濁俗不可掃。昭代二王家，會稽王修竹監簿，東平王菊圃廉使。玉匣尚精好。東山賢相君，購之苦不蚤。寶氣白虹蜿，逸思青雲渺。想像清閟堂，玉石光皓皓。清閟堂，薛紹彭家藏玉石本處。門下士陳繹曾。（清吴榮光《辛丑銷夏記》卷一，道光刻本）

句

處士近來恩例別，麻鞋一對當蒲輪。

《因話錄》云：『昔有德音，搜訪懷才抱器、不求聞達者。有人逢一書生奔馳入京，問求何事。答曰：「將應不求聞達科。」』因念延祐間，陳伯敷繹曾到都，每見晦跡丘園者。數多，遂有詩云『處士近來恩例別，麻鞋一對當蒲輪』之譏。（元楊瑀《山居新話》，知不足齋叢書本）

文章

靜春先生詩集後序

情發為詩而生於境，使詩真出乎是，居莽蒼、遇寂莫，雖欲為富麗雄偉，不可得也。居順境者反是。索其居而習焉者〔一〕，為主於內；即其遇而感焉者，萬變乎前〔二〕；二者合而見乎辭，詩之體於是不一矣。十五國之詩，音聲情態，往往不同，居使之然也。周變而王，豳易而秦，遇使之然也。夷考其衷，王、周、秦、豳，歌哭雖殊，本音猶在；欣戚雖異，故態未忘。習之主于內，蓋有不可得而變者矣。楚騷以降，家殊人異，苟得情境之真，未嘗求異古人，當有自能成家者。三吳之地，大率山川明遠，土物清麗，人之性情優柔樂易。居其境而習焉者，雖南走越，北之燕，發於聲，必平和詳雅，而無粗厲險絕之態。姑蘇為吳會，山川土物益以醲富，靜春袁先生別墅吳松具區之間，花木足以致美於目，絲竹足以致曼於耳，園池亭榭足以致佚於身，琴書棋酒賓從之勝足以致樂於心，資蘊藉而學贍給，尤得吳會之美者而居有之。故其詩如奏雅琴，魏然而《高山》，湯然而《流水》，穆然而《南風》，洋然而《文王》，愀然而《猗蘭》，淒然而《履霜》。情境之遇，錯然百變，而和平詳雅主於中者，固藹如也。嚴古似建安，工緻似三謝，嫻冶似徐庾，沖憺似陶元亮。合數長而引之於律度，蓋近取之王介甫，就其資與學，而發之于所居所遇，不失情境之真，斯可謂不求異古人而自能成家者矣。繹曾始聞先生于林彥栗，恨晚出不及交。延祐七年冬，先生之子仲長扁舟追余于梁溪，盡出先生遺稿嘗手所校定可繕寫者若干首俾予敘〔三〕，併得見子敬龔先生所為序，其云『靈傑百出、清婉明麗』者，評先生詩可謂簡而盡，不容復措辭。因疏所以清婉明麗而靈傑百出之故於卷後。至治元年三月既望，吴興陳繹曾序。（據陳繹曾手跡錄文，真本藏於北京故宫博物院。亦見知不足齋刊本《靜春堂詩集》，題作《靜春堂詩集後序》）

校記

〔一〕索，底本無，據知不足齋刊本《靜春堂詩集》補。
〔二〕變乎，底本無，據知不足齋刊本《靜春堂詩集》補。
〔三〕干，底本無，據知不足齋刊本《靜春堂詩集》補。

文筌序（已見前，此存目）

東吴小藁序

繹曾聞文章之法于先人矣，一曰養心，二曰讀書，三曰諳世。養心有道，澄之以太清，本之以太極，致之于太玄，滀之深，涵之精，而得之也真，斯有以為文章之地矣。讀書有要，三皇鑽之，五帝研之，三代泳之，先秦游之，蓍龜之賾，鼎鍾之象，禮樂之度，竹素之文，羅缺抉隱，旁搜眇索，斯有以見文章之體矣。諳世有實，富貴之態，貧賤之情，得失之故，休戚之狀，善惡之效，情偽之趣，稽之古，驗之今，體之身，隱之心，昭然的然，斯有以為文章之用矣。取妍而不鑿，去陳而不俚。聲不精，吟不絕于口；文不當，筆不屬於簡。氣以貫之，理以平之，神以明之。千變萬化，不出于題。韻文主音，敘文主事，議文主理。宜詘則簡，宜信則詳。樂則生文，哀則從質。漢唐百家，具裁其體。此繹曾之所聞于先人也。王君安節方昌于文，敢以是告。是為《東吳小藁序》。至正元年十月廿八日，將仕佐郎翰林國史院編修官吳興陳繹曾敘。（元寫本《東吳小藁》卷首）

法書本象序（已見前，此存目）

跋唐人臨黄庭經

《黄庭經》或以為衛夫人書，或以為王逸少書。《内景經》嫵媚絕倫，其李氏作歟？《外景》超逸筆墨蹊徑，又題『永和山陰縣寫』，為換鵝無疑者。余嘗見唐摹搨本，又見顔魯公臨本。此本形狀未成，骨體峭快，似吳興小兒，為唐硬黄本可信也。因為之贊，贊曰：精不離氣，神未忘心。蟬蜕物表，何簡爾憑。援筆方書，金神下臨。『卿書感我』，況彼林林。我籠有鵝，我嘯我吟。斯人不作，亙古於今。至治三年八月廿九日吳興陳繹曾醉書。（據唐寫本《黄庭經》書卷過錄，原本藏北京故宫博物院）

跋祭侄文稿

右魯公祭兄子季明帖。前十二行甚遒婉，行末循『爾既』字右轉，至『言』字左轉而上，複侵『恐』字右傍，繞『我』字左出至行端，若有裂文，適與褙紙縫合。自『爾既』至『天澤』逾五行，殊鬱怒，真屋漏跡矣。自『移牧』乃改『吾承』，至『尚饗』五行，沉痛切骨，天真爛然，使人動心駭目，有不可形容之妙。與《稧敘》稿哀樂雖異，其致一也。『承』字掠策啄磔之間，『嗟』字左足上搶處隱然見轉折勢，『摧』字如泰山壓而底柱鄣，末『哉』字如輕雲之卷日，『饗』字蹙衄如驚龍之入蟄。籲！神矣！觀此，見真跡無疑。按史，公自馮翊太守轉蒲州刺史，封丹陽縣子，而帖自署開國侯，蓋史誤也。杲卿為公從父兄，而季明謂公從祖叔父，塗『從父』字，加『第十三』于叔上，公之處名義一字不苟，可法也。季明，杲卿之少子，以死事贈五品官，則贊善大夫是也。天寶末，杲卿為范陽戶曹，安祿山表假常山太守。祿山叛，公為平原太守，遣甥盧逖約起兵。時杲卿長子泉明方往返真定、內丘間計事，報盧逖、使平原，屬之季明宜也。玄宗不識真卿為何如人，而顏氏兄弟子姓戮力王室如此，一門忠義，其有自來耶？玄宗拜杲卿中丞，因傳檄河北，陽言王師大至，遂清土門，十七郡同日推公為盟主，兵勢振矣。賊懼，急攻常山，太原尹王承業不救，於是杲卿父子被執。刃加季明頸，謂曰：『若降，活汝子。』不答，遂殺季明。杲卿至洛陽乃遇害。明年史思明歸國。又明年則乾元元年也。泉明自常山陷，後客壽陽。清溝之敗，復陷思明。至是，歸公于蒲州，以公命購杲卿、季明屍于洛陽、河北。杲卿僅得一足于張湊所，歸發葬長安鳳棲，季明同塋。據此帖，季明歸櫬唯首而已，哀哉！此帖作於泉明購屍還蒲之日。死生亦大矣，士大夫平居，抵掌高議，視死宜若易，然觀史及此帖，髮膚有所不敢，遽忍殘身至此邪？兄弟子姓，駢首就死，豈易易哉？顔氏出魯國子淵，平日循循如和風慶雲，及畏于匡，孔子意其必死，則其履嚴霜烈日之變，坦如康莊，聖人既信之矣。一門忠義，可不謂有所自來耶？至治三年十一月二十日吳興陳繹曾書。（《式古堂書畫匯考》卷八，四庫本。又見《金石文考略》卷十二，《佩文齋書畫譜》卷七十四，《六藝之一錄》卷八十二）

跋定武本蘭亭序

桑世昌澤卿《蘭亭考》：定武《禊序》，李學究歿于妓家，時定帥宋景文以入官庫，此真本也，名玉石本。薛師正帥定武，其子紹彭別刻置公寢，師正數日乃悟曰：『頗瘦。』此瘦本也。紹彭又刻肥本，遂缺真本『湍流帶暎天』五字，易之以歸，謂之公庫本，真本則名五字損本。公庫本宣和中入内府。繹曾見定武多矣，唯鮮于伯機郎中、趙子昂學士二家本，『敘』字波脚作螳螂肚形。趙本墨色頗晦，鮮于本膠轕得所，最為精妙。『欣』字脚作九轉折，餘所見皆肥瘦本耳。侍御王公得此真玉石本，有紹興希世印、淳化榮芑跋。右丞東平性齋馬公、喬饒州仲山、校書井西王公之子慶，皆今代絕識，印誌唯謹。此本由會稽王修竹監簿所入東平王朋益廉訪家，今歸侍御王公矣。《禊序》百世奇寶，凡歸三王皆鉅人，青氈所還，豈偶然哉？『敘』字波脚與鮮于、趙氏本正同，而五字未缺，尤為可貴。至元六年後庚辰陳

繹曾書。(《六研齋筆記》二筆卷三,四庫全書本。又見《金石文考略》卷三,《式古堂書畫匯考》卷五)

米元章雲山圖卷跋

右米元章小景。阿章以書爲畫,元暉以畫爲書。觀書法高下,而畫品可知,猶羲、獻之爲父子也。世人但知元章書、元暉畫,鮮知其父子之兼美也。大抵阿章筆老雲分,内雲外樹,則有根矣。此爲南宫老筆無疑。陳繹曾鑒定真蹟。(《大觀録》卷十三,民國九年武進李氏聖譯廔本)

跋此事大道帖

右軍《此事》、《大道帖》,三兩行,筆如游龍,老筆紛披,所謂一筆書也。吴興陳繹曾把玩無斁。(廿六字八分書)(《清河書畫舫》卷二下,四庫全書本)

題楊妃上馬嬌圖

此索《清平調》詞赴沉香亭時耶,抑聞漁陽鼙鼓聲、赴馬嵬坡時?上馬固相似,情狀大不同,觀者當審諸。(《吴興藝文補》卷二十七,明崇禎六年刻本)

題鄭氏義門家範後

舊見揭集賢言天下義居之法，莫善於九江陳氏，予取觀之信然，意士大夫家無有過之者矣。今觀浦陽鄭大和父子所述家範，教益加嚴，法益加密，實不在陳下。故予評定鄭為最，陳乃次之。時陳留程子庸、東平馬服卿咸在坐，皆以予言為允，但不知集賢之見何如耳。陳繹曾題。（《麟溪集》巳卷，明成化十一年刻本）

題事蹟傳後

繹曾聞史氏之法，在朝群臣自法從以上，始得立傳；其他則因拜罷而書；不然則略之。唯布衣之士，苟以孝弟行於一鄉，則不靳而特傳之者，無他，重風教也。浦江鄭氏九世同居，法宜得書。繹曾雖不敏，嘗執筆從太史之後，恐其事蹟不顯，無以詔方來，乃為序記如右。德珪兄弟以義聞，已登《宋史·孝友傳》中，不書，懼複也。繹曾題。（《麟溪集》巳卷，明成化十一年刻本）

程文批語

四書疑

沈幹　陳伯敷批：疑切題有據，中間『理隱理顯』一節，可謂警策。它卷莫及。

王孔文　陳伯敷批：節節詳明，引援的當，結斷尤佳。此實用力於學者，心目為之快然。

春秋疑

孔陽〔一〕　陳伯敷批：公私無譏無美之說，迥與諸卷不同。後斷哀公悔過非出於公，亦是。

擬宣文閣大學士謝除官表

沈幹　陳伯敷批：表章恢然有餘，祐體而馴熟，對偶精切，節奏詳推，誠為奇才。（元周旉編《皇元大科三場文選》，元至正四年刻本）

校記

〔一〕孔陽，當作『孔暘』，參蘇伯衡《故元溫州路同知平陽州事孔公墓誌銘》，《蘇平仲文集》卷十三，四部叢刊本。

鄭氏義門事蹟傳

鄭文嗣，字紹卿，婺州浦江人也。五世祖綺有學行，宋建炎初合族以居。綺生聞，聞生運，運生政，政生德珪，德珪生文嗣。歷二百年，咸如初。至大二年秋九月，鄉老黄汝霖等言文嗣六從同居，縣長忽都魯沙為上其事，部使者加審察焉。文達中書禮部，四年春二月准式旌表門閭。文嗣生鑑，鑑生渭，渭生梃，皆善守，合二百餘口無異心者。後至元元年冬十有二月，太常博士柳貫與鄉校群士又上狀，請如故事復其家，從之。初文嗣既没，從弟大和司家事，嚴而有恩，雖家庭中凜如公府，子弟小有過，頒白者猶鞭之。每遇歲時，大和坐堂上，群從子皆盛衣冠，雁行立左序下，以次進拜跪奉觴。上壽畢，皆肅容拱手，自右趨出，足武相銜，無敢參差者。見者喈喈嗟歎，謂有三代遺風，雖石奮家亦有所不及。名聞天下，自大丞相至臺院諸顯公，賦詩多之。大和喜學禮，不奉浮屠神經像。冠婚喪祭必稽古乃行，子孫從化，馴行孝謹，不識廛市戲嬉事，執親喪哀戚，甚至三年不御酒肉。食貨田賦之屬，各有所司，無敢私。凡出納，雖絲毛事，咸有文可覆。挾日則會，不公則監視發之。諸子晝趨功，入夜輒聚坐一堂，溫溫笑語，至更餘始休。諸婦但事女紅，不豫家政。宗族里閭，以恩懷之，各有差。内外極嚴，輿臺通傳，不敢越堂限。有家規二卷行於世。繹曾曰：智名勇功，有志者或能就之。至於會衆族而共財，則非世有其人，不能以久。考之歷代史，自漢及今，僅數十人焉，可謂難也已。外藩列其行，朝廷旌號其門。夫豈獨愛一夫哉？將仕佐郎翰林國史院編修官吳興陳繹曾撰。（《麟溪集》丑卷，明成化十一年刻本）

昭惠靈顯眞君廟記

沛東北五十里，鄉曰泗亭，里曰歡城，前挹薛河，後帶滸水，新廟翼然出榆枌蔭蔚間，曰昭惠靈顯眞君祠。里人杜珍寔作之，經始於延祐元年之春，落成於延祐七年之冬。複殿重欒，兩楹五栿，金碧丹彩，邕邕煌煌，像設端麗，有赫有嚴，以爲鄉人水旱疾癘之所依。凡施以錢，計二千五百餘緡，自基及像，皆獨力剏爲之。鄉人醵錢以助，不可〔一〕。於是聚而謀曰：杜翁之所以福於我者備矣，其何以報？乃介鄉先生傅君國祥徵記於予，將刻石以著不朽。予聞《祭法》，能禦大災、捍大患，則祀之。昭惠靈顯眞君者何？灌口神也。灌口者何？蜀彭門山闕也。蜀神而祀於中國者何？宋取蜀，故蜀王孟昶之妾私祀王之像于宋宫中，太祖至而問焉，詭以灌口神對。帝悦，因勅建祠于汴都，禦災捍患之功於是著于中國，而祀之者幾徧天下。此沛人所以並緣而得祠也。蜀神之靈，果能惠於沛之人乎？昔蜀太守李氷，秦人也，而惠於蜀；今昭惠靈顯眞君，蜀神也，而惠於沛。秦之人可以惠蜀，則蜀之神惡得不能以惠沛哉？况鬼神之道，不疾而速，不行而至，感之則應，又有妙於人者乎？是一勾龍而社天下，一周棄而稷天下，聖人不以爲過，則沛之人禬禳災患於蜀之神可也。杜翁不以神惠自私，而求福其鄉人，亦可也。國祥與予交厚，求記故不辭云。（明王治嘉靖《沛縣志》卷之十，明嘉靖刻本。又見民國《沛縣志》卷六，民國九年鉛印本。題下署『延祐七年吳興陳繹曾』）

校記

〔一〕不可，民國《沛縣志》作『不足』。

增修集仙宮記

梟山之趾，化人居之，是曰集仙宮。左洸右梟，負羊山而面黿陽之墅，紫微、太微、玄元之居曰三清殿，師之居曰方丈，弟子之居曰雲堂，凡二，師徒聚食之所曰齋堂，前列三門，右主左賓，神由其中，地方十夫。金崇慶元年沖虛大師王志演創為之殿，慈柔純德葆光大師郝道明嗣之，自皇元至元丙子歲，至至順庚午，凡五十有五年而有成。初大宗師重陽全真開化輔極帝君，授道長春演教通密真君，沖虛大師蓋及門焉。授其學于淳和子趙志古，志古授之道明。道明魏人，溫柔儉勤，方成童，淳和子材之，俾協主宮事。今年七十有五矣，其徒克世其業。予聞全真之道，以真為宗，以樸為用，以無為為事，勤作儉食，士農工賈，因而器之，成功而不私焉。質而不俚，文而不華，灝灝乎三皇之風，非所謂大道者耶！在金之季，中原版蕩，南宋孱弱，天下豪傑之士，無所適從。時則有若東平嚴公，以文綏魯；益都李公，以武訓齊；而重陽宗師、長春真人，超然萬物之表，獨以無為之教化有為之士，靖安東華，以待真主而為天下式焉。有元之興，魯士以文輔太平之治，齊人以武致戡難之勛，長春真人最為先知天命之歸，入覲太祖，功在宗廟，惠及萬世，斯其尤盛者也。集仙宮自長春三傳以及道明，而道林等又能世修其業，視昔文武之士，治功雖存，衰榮忽焉，良可慨也。玄元所謂以其不自生，故能長生，吾於是尤信。

至順元年八月朔，國子助教陳繹曾記。（陳垣《道家金石略》，文物出版社一九八八年版，第七八三頁）

麟山孔子廟記

沁州銅鞮縣東北三十里有麟山，山東北二里康公聚有宣聖之臺〔一〕，臺高二仞〔二〕，廣袤五尋，阯堂□遺石存焉〔三〕。宮廟久廢，莫知其所始。聚長者李玉捐資倡衆，建禮殿四楹，素宣聖像〔四〕，以兗公、鄒公配。壁繪十哲，立塾於前，延師以訓里之子弟。朔望釋菜，春秋仲丁釋奠，率其人駿奔如禮。或謂孔子歷聘七十二君，獨于晉望河而歌，車轍馬跡蓋不及焉，而臺於斯，何故？子思不云乎〔五〕，仲尼如天地，無不覆燾，無不持載，日月所照，莫不尊親。春秋之世，蜀道不通於中國；漢興，文翁為之禮殿〔六〕，素燕居像〔七〕，繪七十子于壁〔八〕，君子韙之。又況汾沁之間，聲教密邇乎！自唐正位先聖，加王爵，由天子之學以至郡邑鄉序、閭塾，皆得尸而祝之。臺以宣聖名，蓋唐以來尊親孔子者尸祝於斯也〔九〕。國朝文治誕敷，日戶月窟，咸被聲教。學校之設，逾越荒裔。先賢書院，遍在名山。好禮之家，承風倡義〔一〇〕。捐貲建塾者，登聞春官，優奬如章。則李氏因茲臺而建廟立塾，義亦宜之。李君素像未飾而沒，其子溫實克成之。溫之季弘正從余京師〔一一〕，遣其冢子弘道來請記。嘉其義〔一二〕，為記之。孔子之生，紱麟徵夢〔一三〕；及其終也，獲麟作書。茲山之于宣聖，其亦有所符契歟？《詩》以《麟趾》為王化之成，誠以振振信厚〔一四〕，在人而不在彼也。他日麟出郊藪〔一五〕，以瑞我國家，將不于山而於廟矣。至順元年十二月丁未朔，國子助教陳繹曾記並書。（胡聘之《山右石刻叢編》卷三十五，光緒辛丑刻本。）

又見乾隆《沁州志》卷十《麟山宣聖祠記》）

校記

〔一〕二里，《沁州志》作『二里許』。
〔二〕二仞，底本作『仞』，據《沁州志》補。
〔三〕卮堂□，《沁州志》作『卮碱堂涂』。
〔四〕素，《沁州志》作『塑』。下同。
〔五〕云，底本缺，據《沁州志》補。
〔六〕禮殿，《沁州志》作『立殿』。
〔七〕燕，《沁州志》作『燕然』。
〔八〕七十子，《沁州志》作『七十二賢』。
〔九〕於斯，《沁州志》作『斯所』。
〔一〇〕倡，底本缺，據《沁州志》補。
〔一一〕季，《沁州志》作『子』。
〔一二〕嘉其義，《沁州志》作『余嘉其義』。
〔一三〕徵夢，《沁州志》作『夢嶽』。
〔一四〕信厚，《沁州志》作『仁厚』。
〔一五〕他，底本缺，據《沁州志》補。

致嚴堂記

天理所至，人心歸焉。人心所歸，公論至焉。聖賢之生，卓乎百世之上，而昭乎百世之下，有不知其然而然者。三代以來，聖莫如孔子。繼孔子者，賢莫如孟子。此天理之所至，而人心之所共歸也。漢唐以來，先聖先師秩祀益嚴。於是孔子為先聖，七十子為先師，而孟子巍然拔乎諸子之上，獨與顏子配食聖人。夫生則淑乎七十子之徒，没則上配孔子百世之下，公論所至，蓋有不知其然而然者矣。內而天子之太學，外而路府州縣鄉社之庠校，率士之濵，莫不皆然，况於鄒人乎？况於孟氏乎？聖元受命，世祖皇帝求孟子裔孫，得於四箕之山。既官其胄子，又立孔顏孟三氏子孫，教授於曲阜，以長育其支庶。鄒人喜之，相與新其祠宇，豊其廩餼，以左右其子孫。凡天理之所當至，人心翕然，莫不歸之。歲時烝嘗，致其潔虔。至順二年春，享禮成，五十二代孫惟恭以謂廟貌雖崇，齋宿之室、扆戶之堂闕焉未建，非所以嚴思誠而尊神嘏也，公論韙之。鄉先生李儼、馬亨乃告於邑大夫謀之，鄉之善士，為燕堂三間，廟西南嚮，以尊神嘏；為齋室五間，堂西東嚮，以嚴思成。度材於是年二月戊申，落成於五月甲午。費為錢二千五百緡，名其堂曰『致嚴』。嗚呼！天人之際，昭昭矣。傳曰：『祭則致其嚴。』古之君子令終而宗廟饗之，雖百世不遷，致其嚴者，不過五宗之子姓而已。今鄒人之致嚴於孟子者，大夫庶士咸在，非特群昭群穆也。明德之祠，百世而彌章，盛矣哉！天之生斯民也，昭昭昏昏，幾千萬年。孟子一言以發之，曰『性善』，繇是而天理大明，人心自得，功與天地並，宜其秩祠與地同廣，與天同久。孟氏之子姓與鄒之大夫士致嚴於斯堂，非鄒人之公論，天下萬世之公論也。斯堂雖小，所繫則大。至順四年二月丁巳國子助教陳繹曾記。（據京都大學所藏拓本錄入。又見明于慎行萬曆《兗州府志》卷之五十一《孟子廟致嚴堂記》；亦見《孔顔孟三氏誌》卷六《孟廟致嚴堂記》）

静安亭記

沛符世榮居泡、泗之間，東與歌風古臺相值僅二百許步，西臨闤闠三畝之宫，前爲方亭，左倚堂之西墉，右即東壁，背連北墉界。於宇其間，故不壁而周密。或因楹間而設筵几其中，暢軀揖遜，周旋尊俎，獻酬綽如也。又倚南墉爲小臺，寓土而蒔花卉，爲春桃夏萱秋菊時榮。賓於斯以觴以詠，子於斯以琴以書。家政之暇，翛然獨坐，神潤而體舒。徵名於予，名曰『静安』。《易》不云乎哉：『吉凶悔吝，生乎動者也。』心之静者其神閑，身之静者其體逸。家静而齊，國静而治，天下静而平。大哉静乎！天以是而萬物清，地以是而萬古寧，況於人乎哉？《傳》曰：『静而後能安。』聖人以是盡心焉。静耶安耶，其人道之樞耶？世榮之子士元從予游，有恒心者也。世榮安土樂業，無慕乎其外，以從事乎恒産，能充静安之道，何所不至？（明萬曆《沛志》卷十三上，鈔本）

有元敕賜進士出身承事郎同知錦州事李君墓誌銘

國子助教陳繹曾撰
宣圣五十二世孫將仕郎濟南路陽信縣主簿孔之威書
前國子助教承事郎德安府隨縣尹兼管諸軍奧魯勸農事張恆篆

元統元年春二月，禮部尚書知貢舉宋公本手持二策，招搖馬上，出自棘闈，告于執事者曰：『此二文者，必今年廷試首選也。其右李之英，學實而典；其左李齊，文雄以昌。』於是二策不日而播天下。九月，天子御大明殿，制策多士于翰林國史院。之英病，其僅脫藁，執筆而仆者再三。及唱名，齊擢甲第，之英雖力疾，猶亞乙科。齊與之英，皆學于余者也。越三年，之英卒。嗚呼，命也夫？之英，字允達，資沈敏質實，善覃思名理精詣，耿耿有發明。父若思君名儼，以醇儒顯名鄒魯，教子嚴篤。兄之質友愛尤至，資給允達宦學數千里。受《易》大義于故禮部尚書曹文獻公元用；受《書》、《易》、《春秋》于翰林學士吳公澄，洙泗之義、伊洛之學，所得為多；就正于奎章學士虞公集；而從繹曾往來兗揚徐冀間，受《詩》、《禮》、河圖為最久。當其有得，疏食菜羹若享太牢；當其憤悱，然膏繼晷，連旬月不解帶。問答簡當，每中機要。曹文獻公嘗與允達語及經典蘊奧，愕然顧門人曰：『是子吾當刮目待之矣。』吳先生罕以《中庸》授人，允達乃以它經出入《中庸》者審問焉。先生不覺，語及誠明閫奧中，允達剖析《中庸》微言而對，先生驚曰：『中原學者未見如此，其穎悟者也。吾道北矣！』嘗以古河圖質諸先生，先生凝視久之，曰：『數在象中。』泰定二年，侍臣以俊秀舉國子生。越三年，以吳、曹二公舉，為總管高麗女真漢軍萬戶府儒學正。先是，文武異趣而儒官多非其人，將帥往往吏之。允達至，德業有以慴之，元戎而下皆師禮焉，位幙府之上。瀋陽士庶，雖耆艾之年，莫不歸向，濟濟執經，師道振于海邦。遼俗畏疫癘，不相視疾。有門生病甚，家人去之。允達詣其室，調護旬日而愈。俗徼于祭享，允達為正之。俗又畏雷，屋遭震者，以為天厭，連甍大廈棄置不惜。允達借居，游泳恬然，由是衆悟，習弊為之一洗。天曆二年，因官舉遼陽鄉貢進士。比赴春闈，以母憂寄舉。越三年，廷試左榜第二甲第二名，敕賜進士出身，授承事郎、大寧路同知錦州事，未往。至元元年二月辛巳，以疾卒于家，時年卅有六。娶劉氏、寧氏。子男二人：榮孫、安童，女一人，皆早卒。疾篤之日，以兄子□為後。弟之魯、之彥、之固，兄子□，諸甥孫晉、劉元魯等，皆淳篤穎秀。允達相其父兄，家教秩然。不幸早世，莫不哀悼。四年十月庚申，葬於鄒縣岡山之原。之彥奉父命請銘其墓。噫！董常死而文中傷，劉絢歿而程子哀。敔柷之感，於是乎在。允達之才、之用，而既榮名天朝矣，使天假以年，從吳、曹諸公之後，贊襄聖明，時幾將矣。吳、曹二公相繼殂謝，而允達不祿。悲夫天乎，何奪之遽也！予尚忍銘諸？吾年且老矣，允達當為我銘，而吾乃銘允達墓耶！三擗三踊三慟而為之銘，銘曰：

學得于心，行修于身，名揚天廷，而聲播海濱。

嗚呼若人！如何蒼旻，既成而奪之遽也？使我涕涓，泫然垂紳。

亦復何憾？既顯爾親。修短命也，安此千春。

至元五年歲集己卯，二月丁巳建。（據北京大學圖書館藏碑刻拓本錄文）

尼山書院碑銘

周靈王二十年，陬人顔氏禱於尼丘山。二十有一年，孔子生。五代周顯德中，魯守趙侯作新廟。宋慶曆中，嗣文宣公宗愿大建廟學。有元至順三年，衍聖公思晦請復尼山廟，禮部尚書康里公巙白於中書。至元二年左丞王公懋德議設尼山書院，以彭璠為山長。三年冬十有一月，廉訪僉事楊公文書訥分司至於兗州，以璠言，用前濟寧總管張公仁舉，使同知滕州事郝君宝宝間董其役。十有二月，分司至於鄒。楊公及郝君相役於尼山，滕、鄒大夫來〔一〕，致貲購故魯武惠公宅于東平。四年春正月，璠如東平。二月，東平總管王公主敬致材于白馬河。三月壬子，庀工作大成殿、大成門、神廚，作明倫堂、東齋、西齋、東塾、西塾，作毓聖侯廟，作觀川亭。秋八月告成，宣慰使蒙古公羅括懸政法之書於門〔二〕。五年春二月，廉訪僉事趙公天綱懸教法之書於堂。夏四月，郝君如沛，以湖北廉訪使任公澤善書，命繹曾文於碑。其辭曰：嗣聖至元皇帝，欽天崇聖，左武右文，百廢畢舉。衍聖公曰：惟鄒東六十里，五峰攸峙。中惟尼山，其神曰毓聖侯，顔母之所於禱也。東崕曰坤靈之洞，聖人石像在其中。東有文德之林，蓋曰顔回之墓。又東為顔母之山，有谷焉，其棘惟喬，顔母之所由陞也；有谷焉，其棘惟樛，顔母之所由降也。前惟智源之溪，後惟中和之壑。其在宋氏，我先人文宣公爰作新宫，既燬於兵，惟今泰寧，禮亦宜之。康里公曰：惟天啟迪我人，大明中德，萬世無疆惟休。篤生聖人，陬于尼山。奈何弗敬？崇厥攸居，時則有闕里之廟；奠厥攸宗，時則有泗上之林。報本反始，曷弗祠於尼山，君君臣臣，胎於尼山，於念哉？　左丞公曰：　俞。　張公曰：　我昔尹兹東魯，我乃大闕里清廟，我乃新曲阜泮宫，我乃飾泗上林。　聊疆于齊，我弗克事兹尼山。　滕大夫郝子材，公其任之。　楊公曰：　俞。　楊公曰：　嗟我憲史翟迪、趙士恒、郭敏，其道予言曰：　俾爾滕侯李彦博，汝惟長左而猷之。　大夫宝宝問，汝惟貳。　咸曰汝材，作而行之。　楊公曰：　嗟爾大夫宝宝問，翦荊棘，除埃壤，以底厥舊，惟汝功。　選吏士，庀工徒〔三〕，固基宇，嚴廟貌，惟汝任。　弗疲民，弗淹時，弗糜財，惟汝能。　我聞曰：　材惟舊，易於新；力于舟，易於車，惟汝其念之。　郝君曰：　都。　郝君曰：　嗟爾鄒尹張士謙，悉乃心，以致役事，以峙餱粮，以集車牛，以利器用。　鄒尹呂克中，爾惟克勤，其相鳩材。　鄒士馬亨、李儼、李元彬，考制度以底法。　鄒士王從義其司入，州史石居仁其司出，鄒史吳守中、胡德秀其司程。　必謹必節，毋致怠忽。　東平公曰：　昔在魯共王，壞聖人宅用廣厥宫，乃今以魯公宅爰作聖宇。　於乎休哉！　予璠暨滕人張顯宗、薛榮、晁元榮〔四〕。　惟兹宇，在宋于汴，惟鄭恩宅；　在元于鄆，惟嚴實宅。　今兹歲在戊寅，予其撤，有文在棁，曰：　戊年破。　於乎徵哉！　今予致汝材，毋撓材，毋黷民，敬之哉。　羅括公曰：　惟天生聖，惟皇崇聖，孰敢不欽？　若官若吏若士，敢有不祗厥事，國則有常刑；　敢有朋酗酒、致鄭聲、博奕笑嘯，以黷清廟，時則有大罰；　敢有譏使介、舍羈旅，國則有常罰；　敢有踰垣牆、毀宫廟、牧牛羊、竊薪芻，時則有常刑。　趙公曰：　惟天生聖，惟聖垂憲，惟師典教，惟士祗學。　報本於兹，有翼有嚴。　若師若士，非經何教，非德何學？　一乃心，勑乃身，以明天倫，以究人治。　報天遵聖，以衍無疆之休。　或敢不恭，則有常憲。　任公曰：　粤惟尼山，在防鄹之間。　孔氏自宋之魯，防叔居防，厥墓營焉。　叔梁宰鄹，五父爰殯。　防惟西北，東鄹西鄹〔五〕，惟其西南。　稽諸太史，尼丘之禱，用名若字，於是為信。　昔在宋氏，宏大厥宇，以嬔闕里。洪惟有元，式新大之。惟有無疆之休，必有無疆之聞。托之金石，伯敷甫其作銘。陳繹曾拜手稽首固辭，乃言曰：惟天惟地，惟載神氣。神氣之合，其大無外，其小無內。昆侖旁薄，會于岱宗。南融梟山，太昊開天。東迤尼山，聖集大成。支流於繹〔六〕，是生亞聖。終始道統，咸疆于鄒。於乎盛哉！粵昔聖人，作法一代，惟吾夫子，垂憲萬世。亙宇綿宙，罔不尊親。於乎大哉！其在祀典，惟育道德，祭于瞽宗；惟山出雲雨〔七〕，爰潤萬物，時則旅之。矧惟聖人，澤被萬世！毓兹尼山，新大厥宮，於乎時哉！乃作銘詩六章，章八句，辭曰：

昔在高辛，有娀方將。爰禱高禖，玄鳥致祥。立我商人，篤生玄王。乃明人倫，敷教虞唐。
降自有周〔八〕，顏字鄹人。尼山是祈，夢維紱麟。篤生素王，乃聖乃神。敷教萬世，誕明天倫。
岱宗綿延，尼山之蜿。坤靈是竅，有圩其顛。降神毓聖，厥功竟天。何千萬年，不崩不騫。
乃剔故蹤，乃作新宮。捊材自鄆，輂石於東。庶士子來，不日其功。聿飛斯翬，聿見斯龍〔九〕。
新宮既作，尼山嶽嶽。闕里泗林，鴻光昭灼。子衿青青，于何其樂。于何其樂，爾效爾學。
尼山有杞，鄹田有芑。胡不作人，樂只君子。樂只君子，為天子使。于萬斯年，錫爾純祉。

至元五年歲在己卯五月吉日立〔一〇〕。國子助教陳繹曾撰。（劉濬《孔顏孟三氏志》卷四，成化十八年張泰刻本；又見嘉靖三十一年刊陳鎬撰十五卷本《闕里志》卷九《撰述》，略有脫文；又見萬曆《兗州府志》卷八，明萬曆刻本，至『命繹曾文於碑』止，後闕）

校記

〔一〕大夫,《闕里志》作『大夫士』。
〔二〕政法,《闕里志》作『政治』。
〔三〕工徒,底本作『土徒』,據《闕里志》改。
〔四〕『予播』句,《闕里志》奪。
〔五〕東鄹西鄹,《闕里志》作『鄹』。
〔六〕繹,《闕里志》作『嶧』。
〔七〕山,《闕里志》作『山川』。
〔八〕自,《闕里志》作『茲』。
〔九〕斯,底本作『新』,據《闕里志》改。
〔一〇〕至元五年歲在己卯,底本作『至正五年歲在乙卯』,據《闕里志》改。

鄒縣修學碑銘

先師鄒國亞聖公明王政以告列國之君,一則曰農桑學校,二則曰農桑學校。上自帝王,下至郡縣,遵之者治,違之者否。皇元內則司農敦勸,外則風憲勉厲天下,長吏以是為殿最。鄒之為縣,寔惟亞聖之邦。長是邑者,宜知所當務矣。令尹張士謙之修學宮也,其仍舊而修飭之者,在廟則禮殿、重門、兩廡、神廚、庫舍,在宮則養浩之堂、傳心之閣、齋居、師宅。重檐華榱,山節藻棁,缺者補之。飛甍鱗瓦,重墉曲楯，弊者新之。朱緑黝堊，加以彌文。几筵畢作，像設有章，崇明祀也。夾廂固藏陶甓礲石，棟梁戶牖悉嚴髹繪。師生案榻、禮樂什器、賓主庋櫪，靡密偕備，充教養也。其草創而作新者，則廟門二：其南穆清，在靈星門西，以達于路。其北雍肅，在大成殿右，以通于學，嚴神廷也。宮門二：東曰興賢，以達于巷。内曰欽賢，以表于宅。闈門四：曰敬教，東直興賢之門；曰秉德，西達雍肅之門，在大成殿後；曰稽古，以通傳心之閣；曰享聖，以通神廚，在養浩堂側，肅學宮也。宮鄰之侵壞者，周繚崇墉，以正疆界。由是廟貌尊嚴，門觀寵達，人用肅清，神以恤閟，煥乎其改觀云。以至元後六年八月上日庀工，十二月既望告成。明威兼濟，捐俸以倡，則莫不來助；捐廩以餼，則莫不來餉。規制必指，工程必躬督，視公若家。賞厚而恩洽，笞箠未施而功亟集。鄒人樂亞聖學校之修見于吾邦也，三氏教授李元彬狀其事，介鄉先生馬亨、李儼、王從義請文之石。夫王道之行，先富後教，積德百年而後興。皇元司農、風憲之設，敦勸勉勵，適當百年之際。張君能以長吏修飾草創于其間，其亦韙矣！管仲修太公之法，士鄉有教，弟子有職，聖人猶許其功，況張君修亞聖之政于亞聖之鄉？宜書，故不辭。

銘曰：

鄒昔子國，今爵維公。亞聖東階，玄衣衮龍。豈曰鄉序？寔維頖宮。頖宮峩峩，厥制宜隆。
頖宮既修，乃修教職。五品維敘，五□維則。匡直輔翼，使之自得。始以勞來，終焉報德。
教職聿修，德將焉至？民以知言，誠以集義。夜旦清明，浩然一氣。玉振金聲，條理斯備。

厥德允修，維此英才。希聖佐王，治統載開。以明以行，時哉時哉。我銘樂石，以告將來。

至元七年歲次辛巳二月吉日立。（謝秉秀纂修嘉靖《鄒縣地理志》卷二，嘉靖四年刻本。題下署『翰林院編修陳繹曾撰』）

附錄

附錄

一、家世資料

宋　劉克莊《後村先生大全集》四部叢刊景舊鈔本

陳存除尚左郎官

皇祖有訓，非郡最不除郎。自乾淳至今，未之有改。太末，三輔之劇郡也，素難治；尚左，列宿之長所也，尤遴選。爾由館閣出牧，愬棠有循吏之愛，拔薤有仁者之勇，二年而與人歌之。爾於難治之郡，既恢乎游刃；朕於遴選之官，烏得而刓印哉？古之善典選者曰清通簡要，今寒畯覓官，率受吏操縱，魚貫索米於長安市皆是也。往佐而長，抑吏姦而伸士氣，則朕為知人，爾為稱職。可。（卷十六）

宋　王柏《魯齋集》民國續金華叢書本

高風行懷本齋

人皆喜君出，我獨喜君歸。君出豈不微？事業生光輝。君歸亦不惡，風味高一時。人才有消長，世運有盛衰。公論不可泯，隱顯觀妍媸。隱者未必是，顯者豈皆非？遁世愧無悶，貧賤不可移。得時必行志，斯世相綱維。無悶是在我，行志未可期。一處特易易，一出真難持。利欲政滔天，四海皆瘡痍。世俗所榮者，君子方鄙之。君開青雲步，要津夫何疑？手揮體國略，口訥阿世詞。長揖群玉府，拔足逃阱機。黄鶴已高舉，甕盎喧醯雞。苕霅有清泚，一洗京塵淄。故舊述間闊，松楸慰時思。蘭茝濯庭下，菊蕋黄東籬。酒熟蝤蝥健，橙香鱸膾肥。至哉天下樂，何須卿相為？解我橐中書，極深更研幾。聖門八字開，廣大涵精微。或參華山席，先天探包羲。或巾高陽車，同載膝上兒。苟足今世具，小需時運宜。天意欲平治，當今非吾誰？（卷一）

本齋箴餞府博修史榮滿造朝

天道發育，本於一誠。其心生生，其德孔仁。人得此仁，具此全美。本然之性，曰善而已。聖人之本，斯誠獨全。真實無妄，其動也天。人秉五常，萬善渾渾。其惟誠者，五常之本。吾郡博士，齋以本名。鶴山筆舌，久焉服膺。如木之根，培養封埴。蔚乎蒼蒼，干雲蔽日。國本在家，家本在身。一身之本，方寸虛明。明德新民，先覺後覺。推以教人，勉之實學。深衣講席，音吐琅琅。乃製關鑰，乃闢津梁。齋必有規，兩碑對立。題必有義，浮華者黜。皷之弗躍，揮之弗前。士心已蠱，四顧茫然。利欲雖深，天理不泯。豈無覺者？曾未旋軫。作之不已，久久必成。三載一瞬，簡書有程。得師百年，泮水能幾？争長虛文，誰云義理？立國之本，恃此人才。學不務實，吁其殆哉！世道日消，永矢一默。有感斯言，難免世嫉。我居陋巷，閉門讀書。高軒數過，不鄙其愚。冷舍竹林，載言載笑。雖未深購，肝膽相照。秋風既老，行色駸駸。别袂一判，翔泳勢分。我思古人，行必有贈。贈君以言，情文弗稱。

知君之宇，知學之源。何以體之？亦惟誠焉。君之言行，何有不實？誠貫始終，不誠無物。須臾有間，私欲乘之。其為用者，大本已虧。薄物細故，願君勿忽。相期實深，共保無斁。（卷六）

賀陳本齋

共審榮膺帝命，分任史權。自業麟經，久斟酌百王之大法；始參鵷序，即刪潤四朝之巨編。必是非賢否之大明，想邪佞姦回之甚愳。應笑昌黎之怯懦，要追司馬之雄深。豈特儒者之榮，抑亦古人之幸，仰惟慶愜。某自安隱約於陋巷，不求聞達於當時。誤入眷知，始終如一。平生得此於人，指不多屈，感佩何可忘？自別朝軒，恍焉如夢。五柳溪山，泠舍風月，猶如故也。風致與人，俱往矣，如之何而勿思？行看進書褒擢，正色要津。與其誅既往之姦諛，不若鋤當今之佞倖。此拳拳深為世道，有望於君子之得時者如此。偶看得《隱逸傳》中，有魏國錄掞之、胡正字憲與焉。此二人自合入《儒學》中，豈有身為朝士而謂之隱逸，可乎？蘇雲卿之事蹟，徒欲節文，血脈精神處俱廢矣。據所知者如此，推之他傳可想。日子既迫，不知高明何以處此？雖不隸卷中，有顯顯礙理者，恐亦只得早舉而白之，無為後悔。若大費爬梳，亦當且展進書之期可也。（卷十七）

復陳本齋

某於臘月二十有六日拜書修慶，浼唐實夫轉達，未知何日可澈冰軆。歲正之四日，伏領賜書，正某修書之日也。是日金華有雷電之變，知契好不替，脗合如此，何感如之？某學識淺陋，不敢妄論古今。茲因執事與修史筆，敢陳管見，亦不暇詳其條目，姑以大綱言之。太史公之八書嚴矣，所包固有未盡，而《封禪》何足以專一書？其後立《儒林傳》，乃與佞倖、滑稽雜流並列，何其識慮之不高也？猶有可掩瑕者，能以夫子列諸《世家》，而門弟子附焉；以老、莊等自為別傳，亦知所尊矣。班固作十《志》，視八《書》有分有合，有增有損，而《藝文》之為志，名既不與，諸家雜出，而崇儒重道之意，比太史公益下矣。范蔚宗之紀東漢，不得與班固並稱，自古之論然也。蔚宗乃別出《文苑》一傳於《儒林》之後，既知有本末，又別立《黨錮傳》於前，則其識不可謂不班如也。此傳雖前所未有，義所當立，且東漢之盛，孰有有踰於黨錮諸賢哉？魏晉以下固不足言，共推國家之所以遠邁漢唐者，亦以周子再開萬世道學之傳，伊洛諸先生義理大明，盡掩前古。今上聖德巍煌，未易形容，其有關於世道之最大者，莫如封五子、列諸從祀、崇尚道學、表章《四書》、斥絶王安石父子之祀也。今四朝大典成於今上之朝，舍此不錄，縱史筆極其典法，而五子之徒，浮沈出没於列傳賢否之中，便無精彩，豈不為千古之羞？嚮者敬岩姪嘗奏請於朝，乞立《道統傳》，朝廷不肯。取旨收索，宣付史館。區區之愚，以為道統立傳，却小了道統。當作一志，豈不勝於經籍、藝文之志乎？若欲作傳，則當曰『道學傳』，終不如志體所該全備。伊洛以來，門人弟子著述書目悉可類聚。首載吾道，今上臨幸辟雍之詔，吾道粲然，可以上接夫子《世家》，下陋東漢《黨錮》，豈不偉歟？此非導諛於君也，將順其美，是以格其非心。大臣愛君，無所不用其誠，蓋如此。某因有白事，雖私實公。乾道庚寅，先大父諱某宰長沙，丞相某宰於潛，劉史君藻宰崑山，皆婺人也，皆以邑宰聞。孝宗留意字民之官，幽隱必達。一日，三公俱被召，天下翕然聳聽，莫不奮厲。五月，大父面對稱旨，即差知嚴州，實代南軒張宣公。辛卯，信州驕卒作過，兩易，大父知信州。壬辰冬，召赴行在。十一月十五日奏事，十六日徑除金部郎官。繼賜奎畫，訪及治道。癸巳五月，兼崇政殿說書。秋，以讒者謂大父漏泄禁中語，出知饒州。自是老於麾節間。恐此事實錄中不曾登載，不特大父被遇上恩之隆如此，尤足以見孝宗考察州縣之能否，破削資格而用人，無朝蹟而徑除郎，以庶官而蒙御筆兼説書，皆當時異恩也。是以宏模偉德之一端，恐秉史筆者之所欲聞。子孫沈淪，無由録送上官，幸執事左右史事，不敢不聞。大父事實見《朱文公文集》第八十九卷《神道碑銘》之内。大父官不至立傳，今不至立傳而得傳者亦不少。某之事力不能進，伏今聞從伯祖尚書諱某，新得入傳。按史法，亦有附傳之例。大父與錫山尤公為同年進士，情好甚密。大父卒，錫山亦賜誄文。或辱鼎重，轉達史長，得附傳以垂不朽，豈特存没被惠，而亦足以補孝宗聖政之分毫。進退惟命，非某私情所敢必也。某家藏宋秦公《唐史·吳兢傳》稿一卷，真蹟粲然，惜向者不曾拜呈。當時李文簡公亦為大父跋數語，即模勒鋟木于史館，某亦得墨本。今以納上，不知此刻今尚存否？吳公真足以為萬世作史之法則，而秦公刪潤之功，大有警發，恐或可以少裨大手筆也。（卷十七）

通陳本齋

孟秋既望，風露已清，而濯纓佩，人望益高，后皇嘉相。五月末，因碩夫兄行，嘗附一書以道仰德之誠，必已上徹氷𡑞。繼是，天氣向熱，痼疾微動，兼為濕氣薄腰腿間，屈折頗艱，由是尺書不嗣。七月初，忽聞執事去國，為之惘然，繼之以喜。執事之去，甚善矣，猶恨其差晚也。審執事之踪跡固明矣，猶恨心事之未盡白也。雖然，頹波滔滔，峙柱獨立，信賢矣哉！某嘗愛坡公之言，曰：『問世之治亂，必觀其人；問人之賢、不肖，必以世考之。』然亦如之何而考也？不過出處行藏、進退語默之間見之。君子不容於世，君子何病？時之羞也。君子苟容於時，時亦何病？君子之恥也。能各知所恥，則世與人兩得之矣。執事之去，盍力請於師尹得郡之時乎？師尹之去，固甚巧矣。章貢之行，未盡善也。

心迹俱明者，於此時惟陳右司一人而已。師尹之歸，匆匆一見，且曰：『少定，再入城，當從容也。』既而又匆匆過城，挾無適行矣，無適於是得脱陷阱。其言謂西澗迓從回至此，催迫就道。若果未有行意，亦何妨却之。我之遲速，豈吏輩得以持其柄哉？此事姑置之。鄭定齋曾聞其消息否？昨傳其得興化，既而興化屢易守，獨不見其姓名，心甚疑之。執事必知其詳，願垂一報。潘介岩既歸，則為終焉之計，亦無一字入城府。但聞其卜築為人所悞，未為穩也。書生舉事，不免一疎，尤見此老之淳德。林國録estimated袷、韓架閣境，皆寓金華。二公人物雖不同，皆佳也。亦得時奉從容，餘非淺陋所知。執事一出五年，乍歸家山，其喜可知。僭有《高風行》一篇，姑見頌美之意，幸垂藻鑑。謹專人詷候起居。家兄臂痛，不果修書。立齋姪别已拜書，令似諸位德業日進。和父既得胄牒，魁占無疑。不敢拜狀，乞斥名。瞻見未期，敢乞康濟一身，自致中和，倚需時運之復，以大發揮。（卷十七）

宋　佚名《南宋館閣續録》清文淵閣四庫全書本

秘書郎

陳存（開慶）元年十一月以淮南東路制置大使司主管機宜文字除，景定元年正月時暫書擬侍右文字，二月兼景獻府教授。

著作佐郎

陳存（景定）元年六月除著作佐郎，兼職依舊。（卷八）

正字

陳存字體仁，貫安吉州，習《春秋》，丁未進士。（寶祐）五年五月以史館校勘召試，七月除正字。（卷九）

宋　馬廷鸞《碧梧玩芳集》民國豫章叢書本

挽陳本齋

擢第韓、歐上，論交澗浦邊。聲名寧我後，官職遜人先。徐廣生多戚，龔賓死獨賢。拊膺前刧事，雪涕《大招》篇。（卷二十二）

宋　牟巘《陵陽集》民國吳興叢書本

趙春谷約游北山次陳本齋韻

病士痼於懶，舉世少匹亞。未省讀道書，低頭蒙絳帕。夢想北山北，户限久不跨。折簡許我游，籃輿暫相借。腹鳴肩自舉，悠然謝銜靶。邂逅得水竹，神明湛吾舍。山亦紫翠横，了不費要迓。平生赤兩脚，城市所深怕。何妨巖石間，共永一日暇。高情偉卓犖，不在古人下。喜客見眉宇，煑茗掃風榭。老山澮一癯，龜息聞静夜。攝衣倒凌景，回首憐俗駕。吾儕偶會弁，小語輒雷咤。風雨萬慮清，詎肯隨物化。商山尚局促，而况彼畦夏。（卷一）

送陳正德教諭常熟

此邦自是高陽里，陳太丘家好孫子。十年閉户養雋聲，我先子後一時起。前時送兄今送弟，綵衣拜親親為喜。人言昆令而季强，羡君清標如玉峙。善和尚有千卷書，一一窮探親夜几。新詩那更翻手成，便當拾芥取青紫。小營甘旨束書去，且煩私淑青衿士。天公應念友于情，任國相望纔尺咫。蘇州明白照兩縣，正好高吟清影裏。吴江定作對牀留，笑隔垂虹膾鮮鯉。托好我已三世深，待老敢當二生侍。蕭蕭風雨起送客，萬里飛鴻看雙背。端明老子舊家聲，一舉先鞭從此始。

送陳正德長慈湖并叙

陳正德甫，本齋端明公之孫，姿禀穎異而氣象峻整。與其二兄無逸、正則相後先，克持世業。蓋本齋師蔣實齋，友湯東澗，而聞之魏鶴山、真西山者也。師友緒言，講之甚悉。以選為慈湖山長，兄無逸取東澗《送本齋教授金華》詩和之以送，而送者亦皆和焉。楊文元自號慈湖，在慈溪其鄉里，在樂平其仕國。遂有兩慈湖，相望千餘里。慈溪之慈湖，其在樂平之慈湖否耶？不可知也。或謂莫妙乎吾之心之神，變化無方，俛仰之間，再附海外。安知慈溪之不樂平乎？然則正德之樂平也，亦且三月聚糧，撰日而戒行乎？告行於嘗所往來，問途之所出，孰為近遠乎？其既至書院也，亦且循序而進，歷階而升堂乎？集其學者，正席而登義乎？正德曰：『若是者，固知之。且慈湖每舉心之精神，是謂聖者，語其徒，亦未嘗不曰孝也、敬也、實也、忠信也。誠使學者極高明而道中庸，下學而上達，盡心知性，而知天其有不至於聖也乎？』予深異其言。夫義理無窮，其是非疑似不過毫釐之間，講去其疑而求其是，可也。昔吕成公平亭而議陸氏之學，以為勇於求道之時，若不由階序，然毫髮之偏不敢安，兼聽並視，却立回顧，不造於至平至粹之地弗措。其語可念也。盍以是求之焉？遂和詩以贈。

本齋之孫盛詞華，下視流輩十倍過。家書雖散尚千卷，其奈儲無儋石何。二昆研席相與共，勘辨不遺毫髮訛。一朝東書慈湖去，慈湖之學自象梭。人之高明騖高遠，不由梯級陡上坡。而其下者保固陋，終歲無路登嵯峩。萬形惟實乃無弊，此道自古傳思軻。慈湖論心論無我，真意初不煩鐫磨。虛明一語更超絶，不肯與人同其波。却笑禪宗用心錯，我每讀此毋㢠哦。微言日絶諸老盡，獨抱永感如宿痾。君家詩友講貫熟，持之以注豈在他。我耕我穫粒我腹，而彼徒夢笠與蓑。（以上卷三）

餞陳正則學録長城

本翁十載郡博士，司鐸官清亦未遲。暫屈吴淞湖海氣，來看陳檜雪霜姿。近家聊喜片帆穩，遠業當為萬里期。老我柴扉看岑寂，不妨時寄畫溪詩。

次本齋韻

七十八春華髮老，斡旋文鼎力猶堪。品題人物多成傳，管領溪山盡屬銜。了不安排方是適，本無全缺又何慚？誇傳析國睢陽冠，五字新詩落枕函。

怪底膺門稚子歡，倒衣迎拜病猶堪。喜看詩卷牛腰大，慙説踏車鴉尾銜。風誼薄雲誰得似？雲泥被遝我增慙。新年精力知强健，酬答端能日百函。（以上卷四）

和陳無逸木樨

秋旻金氣正高張，併作西風一夜凉。何處杯中無白墮，如今扇底有黄香。自慙老柹如犀秃，却笑春花為蝶狂。勝賞清吟兩奇絶，吴山横過即仙鄉。（卷五）

和本齋亡酒

白家老瓦慣從游，和氣如春不汝郵。近日更誰嫌外酒，夢成燥吻吸青丘。
羡渠痛飲日亡何，一石如髡亦未多。麯米春濃禁不撤，酒腸笑我本無他。
聞公久矣空諸妄，止酒真成一事無。舊説蜜殊惟飲蜜，不妨試候小風爐。
生憎市酒赤如霞，難效當年老阿嘉。一任花前殺風景，破除舊賜小龍茶。
酒名真一妙形容，方法傳来玉局翁。摇動天關出瓊液，澄然不比小槽紅。
病餘井臼不任勞，欲飲無錢可是高。一笑猶堪誰空腹，少陵詩裏學燋糟。

和陳無逸中秋風雨

身似浮槎何足絆，家同墮甑不須看。枉裁白髮三千丈，可柰青泥八百盤。
病攻我劇聲摩壘，月避人深目眯糠。一盞濁醪如許障，諸餘不容苦思量。

挽陳本齋尚書

在昔實齋老，公能繼盛名。平生守師説，晚歲萃儒榮。禋赦原兵禍，臺綱忤物情。抽身甬東去，騰上幾公卿。

天俾公多壽，人知道不孤。超然一室内，不與萬波俱。甲子新詩藳，烝嘗舊布襦。何妨傳遺老，文字照龜趺。

有意超塵俗，無心愛夕暉。勸餐惟屢却，持璧竟全歸。得正復奚憾，偷生良所非。傳家孫子盛，端不墜前徽。（以上卷六）

游桃塢記

程周卿糾湖學，晉輔長尹堂。兩邦相望，故家蔚如。此會晉輔秩滿歸，相與挈家望母，憩桃塢菴。楚望、漢卿偕内外諸孫侍，文孺輯杖候于門，親友來會者，予與文性之、史順甫、劉道甫。自俞步至菴五六里所，菴雅潔可居，滄洲翁所位置。翁以來增葺之，前曰桃塢，後曰更不疑，巨碣峙立，趙庸齋筆也。先人氏名亦在焉。時適三月半，雨新霽，青松如沐，笋已上番，荼蘼盛開，芍藥亦有開者。主人兄弟怡怡愉愉，連日以奉母之觴徧酌客，飲酹甚歡。中夜復浮大白，對牀笑語尤真。吾觀周卿飯不足，晉輔囊無餘，而能調娛其親，不知山中為寂寞，而妻子皆有自得之色，此固人之所難而吾儕之所為喜也。留三宿，與時止、時作拄杖叩諸菴，徧叨茗供，殊清適。性之玩金鯽魚良久，隱見不常，若自珍貴不可致者。雨盛，還菴中。性之大書雪壁，且賦詩一章，曲盡佳致。紹老、克翁亦繼來，期而不至者，史載、陳正則、正德及文端甫。予則陵陽牟某獻之甫也。時丙申三月十八日記。（卷十一）

張氏學古齋唱和詩序

木犀之名出於近代，或云即《爾雅》所謂梫木者。樛枝偃蹇，秋半始花。花過於枝，香過於花。公等安在，何相見之晚？廣寒宮丹桂娑婆，下有顧兔，乃一旦與之齊名。玉局翁『鷲峯蟾窟』之句，朝錢塘，暮四海，其名益盛。此花盖晚遇，而翁猶恐孤芳老於澗邊，欲採擷而佩之。士含芳抱潔，伏巖谷而不耀者，曾不得如此花之遭，自拔於凡草木，翁獨能無情乎？張仲實氏學古齋前，一枝初吐，香氣迸林。戴君帥初相率諸友，就飲花下。時適白露降之三日，天高氣清，餘暑辟易。吾仲實邁往之韻，挹鷲峯，翻蟾窟，為花著語，灑落不凡。四座詩流競發新意，而丹梯攉仙，頗復與花共話疇昔。

不喜時之艷陽，而喜其風露之高寒；不取花之富貴，而取其山川之耿介。風流賞晤，勝絕一時，可無澗邊孤芳之嘆矣。予方逃瘧，對庭中犀兩株，繽紛落蘂，聞諸賢雅輯，慨然想見其處。愧不克陪，既和其詩，復書此貽好事者。與會和詩者一十五人：帥初、王子慶、周性之、鄔顧學、白廷玉、戴祖禹、屠存博、陳無逸、顧伯玉、王德玉、丘良卿、凌德甫、仲實之姪如晦、景忠。不與會和詩者一人，牟某獻之父。（卷十二）

通陳制使啟存

通班禹閣，出鎮瀛垣。尚書五兵方峻，躋於德履。元戎十乘，遂倚重於分弓。明詔一傳，先聲咸聳。某官治朝蓍蔡，善類鳳麟。出神入天之文，追媲古作；內聖外王之學，號曰儒宗。物望夙隆，宸衷茂簡。自重来於省户，俄歸立於諫坡。執法端門，風生突鶻之擊；記言洞案，日侍俪螭之坳。公每夢想於清苕，上方眷留於紫禁。以夏卿而掌帝制，若元祐之東坡；以春官而侍經帷，若紹興之文定。學館倚楷模之重，史筵推筆削之公。兼華已極於儒榮，一武即登於揆路。而乃屢抗戔天之疏，竭為表海之行。睠此鄖峯，實維都會。右扶左翊，在昔所嚴；後勁中權，於今尤重。雖忠賢當在於禁近，然宵旰欲寬於顧憂。一聞位置之新，坐致提封之肅。吏士具孚於號令，旄倪咸徯於旌旗。樽俎從容，姑領十洲之勝；經綸密勿，即歸兩地之崇。某夙辱眷知，竦聆成命。竊喜聲光之近，獲依節制之尊。駰駱諏原，自笑馳驅之已倦；燕雀賀厦，尚惟庇冒之是邀。

賀陳制使慶元節啓

驗南端之圭影，式應迎長；表東海之履封，宜多介福。順乘剛旦，茂輯頌聲。某官學探天根，身為元氣。春回田里，懽傳梅溪一杯酒之詩；雲凈濤波，小試希文萬甲兵之手。在師中吉，應復朋来。某密倚崇墉，倍深慶臆。六絲濡轡，媿何補於馳驅；千丈珍裘，尚焉依於芘冒。（以上卷二十）

陳正則問銓疏

一飛而待三年，不妨高舉；宿春而適百里，姑試遠游。雖云拾級而升，可無投臂之力？正則學正蘭茁其砌，青勝於藍。綽有修能，雅厚字以正則；未除豪氣，豈但坐之大牀？頃者長城之行，難為短袖之舞。沼槃有苜蓿，良可永歎；披腹呈琅玕，未能少快。問銓已迫，擬步猶遲。誰謂爾歌慷慨，而以之干碑兀，且濡近渴；何觥飲之能須，更借好風，得葦航而竟去。凡我同志，幸為特書。（卷二十二）

宋　周密《癸辛雜識》清文淵閣四庫全書本

馬相漂棺

饒州樂平縣中有某人者，元執役於馬相府，後以病死。入冥，見中坐者乃馬相公也。其人舉首叩頭以求救，既而以悮追放還。方出，馬即呼語之曰：『汝回人間，可與吾兒言，我屋已漏損一角，宜亟修之。可憐兒子，讀書將來有用處。』既甦，遂往馬府告之。然所居之第，初無損漏之事。越明年，山中發洪水，馬相之墓適當其衝，遂為大水漂其棺，隨流而去，莫知所之。至四十里之外，為枯槎挽定，適渡子見之，訝其棺華大，疑非常人者，即舉渡船中，載之以歸。既而馬府物色得之，給賞取回改葬焉。此事陳無逸在婺源為山長時，見張伯大家言之甚詳。伯大，丞相之妹壻也。

天雨豆米

至元丙申三月十八日，永嘉天雨黑米，粒小而多，飯可食。陳本齋云。泉州雨紅豆，亦可為飯，其色如丹砂，前未見也。徐容齋云。乙未歲，江西歉甚，時天亦雨米，貧者得濟，富家所雨則雪也。此又異甚。胡存齋云。（以上續集卷下）

宋　周密《志雅堂雜抄》粵雅堂叢書本

庚寅八月初三日，陳無逸云：　恥堂有所著《徽宗意錄》一書，甚好。三卯錄恥堂《詩說》、《易解》。本齋所鈔本朝帝紀、所脩國史五十餘卷并志、理宗朝朝報一廚，欲借度宗一朝。恥堂家有《續通典》，甚佳。在恥堂家，《直齋書解》、《秀巖全集》及詩鈔之類可借。余向聞李獻可自號雙溪，□史云：　昔者李仁父爲長編，作大木櫥十枚，每櫥作抽替六十枚，每替以甲子誌之，凡本年之事，應有所聞，片紙必歸本匣。却就每匣分月日先後，次第井然有條，可爲法也。

陳本齋端明云：　一部《晉書》，其閒只是以《世說》分入，又改易得言語不佳，且入許多閒文字在內，可謂宂長，止有《載記》差勝耳。嘗手節《載記》爲一書，方欲借抄本出而公已仙矣。

陳本齋、馬碧梧、高恥堂、陳聖觀，自世變後極意經史，著述甚富，而手抄之書，日以萬字，有類日課。蓋閒中無以消憂故也。

本齋抄佛書尤多，如《華嚴經合論》、《楞伽》等經，皆嘗鈔之。（以上卷下）

元　戴表元《剡源集》四部叢刊景明本

陳無逸詩序

余年二十四五時，識龍泉陳公于杭。自是展轉離合八九年，得間無不以文字相聞，然未嘗說詩。蓋龍泉公居湖，晚年歸湖，既歿而余始識湖之秀民奇士能詩者數人。數人詩皆清嚴有法度，竊怪之。蓋雖科舉學廢，人人得縱意無所累，然未應頓悟至此。久之，識公之諸孫無逸，始間得龍泉詩讀之，然後乃知湖人之於公良有所受，而公平生雅善為詩，中經憂患，寄託益廣，但不喜誦誇於人，而獨家庭里閈子弟時時竊聞之耳。最後戊戌歲，與無逸同客杭，始又得讀無逸詩。無逸之詩，視其祖，天閑之駒，朝生而知步；玉田之禾，晚穮而同熟也。視其鄉人，冰蠶火布，起塵煤，脫垢燼，倏然而潔也。於是絕慕與無逸遊，而無逸以家世故，猶若未棄予者。或携手秋郊行吟，或抵足夜榻臥諷，或杯觴探籌，或硯席點稾，歡諧怨懟，舒適困促，一一共發之於詩。余年衰學放，任心而成，遇手而得，蘭蒿雜揉，瑎玉混襲，有一時欣快出之，而徐卽增赧自悔。無逸盤旋營度，一字不圓不脫口。嘗笑問何苦乃爾，無逸亦笑曰：吾自吾苦也，吾苦何容外人知之？余退而味其言，眞陳氏詩種也。至是歲晏將別，忽傾槖出數十百篇示余，求余評。余惟區區之言，必不足以重無逸，而交情世好，實深相知，有如所陳者，乃為登載梗槩其篇端云。（卷八）

八月十六日張園玩月詩序

斯人之居斯世，雖學道不可以過勞，於是乎必有時節讌遊詠歌之樂，以節適其筋骸而調娛其血氣。其盡遊之樂，非遠之乎山林寬閑曠野之處則不暢。固亦有因勞而求樂，未樂而反勞者矣。幸而得其遊而可樂，然四時之中，值乎冬夏隆寒毒暑則不可出；可出而遊者惟春秋，而春氣喧濁，不如秋清。故自古騷人逸士，以中秋玩月為四時樂遊之最。大德戊戌歲八月十五夜，望舒掩其明，遊者闕焉。乃以次夕合讌于君子軒之圃。圃主清河張楧仲實，其族熇如、晦烈、景忠，客剡源戴表元帥初、錢塘屠約存博、龍泉陳康祖無逸、會稽王潤之德玉、戴錫祖禹、嘉興顧文琛伯玉，侍遊者仲實之子炬、爁，如晦之子奎，無逸之子繹曾。是夕也，雲河豁舒，風露娟爽。客主諸人，談謔莊諧，嘯歌起止，各盡其趣。而圃在杭廛闤闠中，略無囂聲，深垣窈徑，芳林遠榭，居然令人有山谷意。酒半，有歌退之《贈張功曹》長句者，遂取其末章，分韻賦詩以為樂。夫其遊足以散勞而不煩，飲足以合歡而不亂。氣清而能群，樂最而有文，是豈非學道者之所許，而騷人逸士之事也耶？明日，聯其詩一編，而謂表元之齒稍長於諸客也，命以為序云。

北山小序

大德己亥之春，前清明二日，余與顧伯玉約遊北山，訪林以道。騎過陳無逸，要之俱行。以道之居，去北山尚二里而遠，至巳日高春，留飲少憇。以道遂導余三人者，循冷泉，穿玲瓏巖，緣三天竺，出小陌，復南入彌陀寺，謁大山恢師。初遊時，自不擬即歸，謂幸可留，得留為佳爾。至是，恢師一見以文墨故家相厚，諸客殊無去意。行談坐歌，俯仰自在。惓劇，夜向深纔就枕席。聞山雨洶洶聲，牕戶搖動，如卧楊瀾左鬣舟中也。明日飯已，恢師復留。以道之子自其居載醴食來，稍出，就彌陀西小精廬享之，大醉。客主將各散去，因分韻賦詩記懽，而屬余序其篇首。無逸、伯玉、吳士余家近越，於恢師、以道父子蓋鄉里云。是日，剡源戴表元帥初序。

城東倡和小序

余少時學《詩》，誦夫子之説。曰『可以興，可以觀，可以怨』，易知也，至於『可以羣』而難之。有老先生教余：汝他日當自解，此非可以言語悟也。蓋自弱冠出遊，至于今，閱歷三紀，平生所過從延接，貴賤浮沉，賢愚聚散，無慮千數，至是而始略知夫交之難而尤未知羣之難也。非羣之道難於交，而交之可致不如羣之不可致也。交之羣，莫盛於杭，於是歲在大德戊戌，嘉興顧伯玉客於杭城東，杭之賢而文者皆與之游，而屠存博、白廷玉以歲晏立春前一日過廬清談，劇飲甚適。既少倦，即相與循開坰，步江皋，眺太白、錢鏐之荒墟，弔陶朱、子胥之遺跡，意色蒼莽，襟神飛踈。退而存博遂先成古詩二韻六言五章，以紀其事。既而廷玉有和，伯玉既和，又别爲詩，而張仲實、陳無逸諸賢又皆和，有和詩遂不可勝紀。其氣如椒蘭之交襲而郁也，其音如簫鐘之迭居而不亂也，其數如鈞芥磁鐵之不相違而相入也。噫嘻美哉，其羣矣哉！余也山野土木之人，無能預於兹集。而知舊憐其流離，每不踈外，辱以小序見命。不敢固辭，私心亦喜交道之有羣而詩學之少驗也，而爲同業者願之，因附繫其頌嘆云。明年仲春哉生明，剡源戴表元序。

客樓東冬夜會合詩序

五官四體之於人，皆不能以無役；役而有所獲，則因而資之以爲樂。農之於耕，商之於市，百工之各於其業，當其衝風埃，觸霧潦，艱難曲折，窮心思之所营，殫筋力之所獵，而後能有區區之贏餘。或終朝莫息，或窮年暫逸，幸而值之，則收形神，散肌膚，與妻孥姻黨笑談讌集，以展平生之綢繆，以補尋常企願之所不及。豈徒若是而已？人之能以功名志業致其大欲於世者，雖賢愚臧否，為人稱慕、姍笑之不同，而皆未有不為而成者也，况若吾人之云云。進無所榮於時，退無所佚於家，疲其躬，苦其心，自兒童佔嗶學誦，間關於名實之得喪，顛頓於事物之變遷，其勤勞又有過於農賈百工者矣，而欲何所成，而何所資以爲樂耶？於是必有默然而自喻者焉，而不必人之同之也。雖不必人之同之，而必有同之者焉。何者？四海之廣也，千萬人之衆也，我爲迂人，必亦有為迂者焉；我為獨人，必有亦為獨者焉。大德戊戌之孟冬，余客杭，久且念歸。而方韶卿自婺至，顧伯玉自秀至，一夕不約而胥會于霅陳無逸之邸。四人者皆窮，皆好迂行，獨間關顛頓而不悔。而余與韶卿老矣，相顧尤不能為情。因相留止宿，無逸大出酒炙饌具相飲飫，左觴右奕，前歌後笑，至於語洽氣酣，感慨之極，則又各以古今名義相振激，春撞擺闔，略無道途羈旅之感，意度相與驩甚。夫由貧賤而得其求者，樂止於妻孥姻黨而已耳；富貴而肆其欲者，樂止於多僮奴、侈賓游、美衣豐食，則亦足矣，而豈復有賢於吾四人相與者耶？是果有與吾同不悔於徒勞者耶？夜聿云半，詩籌再探。羣篇告成，厥有序引。是月二十有三，剡源戴表元序。（以上卷十）

蘇伯清席中領張仲賔所寄二詩兼聞陳無逸已從湘南官滿歸養喜而有荅仍次來韻

我愛張公子，清言氣不低。湖溝隨市轉，亭樹與城齊。杯酒方花下，扁舟又水西。秪愁騎馬滑，難惜錦障泥。

陳無逸張仲實皆授徒城中相望遣悶小詩往問

閒身不用苦咨嗟，隨分風流閲歲華。白日垂簾同賣卜，清流岸幘勝趨衙。飛書漆槧詩無草，夾注高檠眼未花。更喜芳鄰連二妙，時時衿佩問東家。（以上卷二十九）

陳無逸教諭赴攸州

白露西風湘水清，蒼霞南岳晚天明。離家休説三千里，行道新看第一程。橘味熟來思母遺，草名疑處教兒評。人生誰是安居者，早拾貂蟬映父兄。（卷三十）

元　戴表元《剡源逸稿》繆荃孫藕香簃鈔本

十月廿二夜與方韶卿陳無逸顧伯玉客樓分韻得鐙字

朔風吹沙塵，對面生磈礧。高鳥投遠巢，潛魚寄清氷。向我二三子，酣歌氣憑陵。晝談誤炊糜，宵坐須篝鐙。鴟夷與金石，洶洶來相仍。能樂世豈無，多為異己憎。茲事自寂寞，薄分亦可勝。悠悠復悠悠，起視明河升。

大歌不成謡，小歌或為歎。今日歌稍歡，心神一舒散。兒童縱爾逸，交友客我謾。古來嵇、禰徒，舉足遭羈絆。誰令從貴遊，百歲榮辱半。浮生方雞栖，諸事付鶚彈。自然無鼓撾，今不費爐煅。餘閒肯相呼，更作清靜觀。（卷一五）

浦江方韶卿見示陳無逸倡和長篇次韻

君不見，梅仙抛客隱吳市，時時采藥煙霞裏。又不見，玄真逃聘作漁郎，風雨扁舟無定止。方翁自是儒者流，曾向侯門躡珠履。年來嬾出學灌園，儘老朱顔如孺子。衣冠尚遺齊氣緩，詞章更擅唐風美。夙昔聞名思一見，不料芳題落吾几。斷續鼃蛙談琴瑟，紛披《騷》後殘蓀芷。平生莫逆謝玄暉，七星灘前呼不起。自然失笑悟濠梁，誰更低頭聽下里。陳子也復可憐人，窋桃鮮鮮照穠李。移文約過道場山，投竿待釣苕溪水。興來容易莫相逢，歲晏清言猶在耳。（卷二七）

元 馬臻《霞外詩集》四庫全書本

和陳無逸見寄詩韻

感君高誼曾傾蓋，豈意今朝辱贈詩。健筆驚人秋浩蕩，流年傷我老差池。論文每恨識不早，題橋徒能寄所思。便欲相期賦《招隱》，計踈難辦買山資。（卷一）

元 趙孟頫《松雪齋文集》四部叢刊景元本

春後多陰偶成三首用復無逸来貺

日出晨景澹，散髮步中庭。仰見濯濯柳，春風暢人情。兹晨豈不佳，誰能定陰晴？人生亦良脆，疲勞竟何營？萬事可撥遣，舍道焉求成。

卧起向北窓，一室可棲遲。取詩三百篇，一一絃歌之。古道豈為遠，先師不吾欺。嘉我有良朋，所志共在兹。適意聊娱樂，過此非所知。

仲春忽已過，四序隨流波。水深不可厲，苦雨一何多。田園頗在念，春事今如何？沉憂亦無益，言咲復言歌。

奉和本齋先生首夏即事

天道雖不言，坐覺四時行。藹藹庭前陰，燁燁枝上榮。閒居有真趣，曲肱寄餘情。仰視浮雲翔，俯聆時鳥鳴。道勝心自怡，松喬可齊齡。惜哉無旨酒，爲公稱兕觥。（以上卷二）

次韻陳無逸中秋月食風雨不見

谿月當圓夜，看雲起莫愁。曾陰連積水，伏雨暗清秋。白璧難容玷，明珠不可求。每因觀節物，轉覺此生浮。

本齋先生挽詩

昔我先君子，交遊半老儒。詞林宗匠在，制閫輔臣須。晚節風塵際，閑居歲月徂。謬称詩賦善，深痛典刑無。

德邵龜齡邁，神全鶴髮春。管寧安皂帽，龔勝謝蒲輪。小楷名空在，遺言意更親。平生知己恨，淚落雪溪濵。公為孟頫作研銘，嘗刻之研底。又臨終呼孟頫，多所囑，故云。

次韻剛父無逸遊南山作

絶頂清秋凌翠煙，登臨應費酒如川。平生能着幾兩屐，負郭何須二頃田？初日出雲光射地，雙溪入湖波接天。升高望遠我所愛，青壁有路何當緣？

次韻本齋先生即事

重攬衣裘敝更寬，徂年欲莫氣先寒。雨中百草難為緑，霜後黄花尚耐看。千古清真耆舊傳，半生辛苦腐儒冠。便應築室山阿去，嘉與斯人賦《考槃》。（以上卷四）

奉和本齋先生午日絶句二首

風雨凄凄五月寒，緑陰門巷思蕭然。客来載酒非問字，知是先生草《太玄》。

節序匆匆聽自過，榴花能舞鳥能歌。北窓高卧一杯酒，奈淂淵明醉後何？（卷五）

送吴幼清南還序

士少而學之於家，盖亦欲出而用之於國，使聖賢之澤沛然及於天下。此學者之初心，然而往往淹留偃蹇，甘心草萊岩穴之間，老死而不悔。豈不畏天命而悲人窮哉？誠退而省吾之所學於時，為有用耶？為無用耶？可行耶？不可行耶？則吾出處之計，瞭然定於胸中矣，非苟為是栖栖也。近年以来，天子遣使者廵行江左，搜求賢才，與圖治功。而侍御史程公亦在行程。公思解天子渴賢之心，得臨川吴君澄與偕来。吴君博學多識，經明而行修，達時而知務，誠稱所舉矣。而余亦濫在舉中，既至京師，吴君翻然有歸志，曰：『吾之學，無用也，迂而不可行也。』賦淵明之詩一章、朱子之詩二章而歸。吴君之心，余之心也。以余之不才，去吴君何啻百倍？吴君且往，則余當何如也？吾鄉有敖君善者，吾友也。吾師也；曰錢選舜舉、曰蕭和子中、曰張復亨剛父、曰陳愨信仲、曰姚式子敬、曰陳康祖無逸，吾友也。吾處吾鄉，從數子者游，放乎山水之間，而樂乎名教之中。讀書彈琴，足以自娱，安知造物者不吾舍也？而吾豈有用者哉？吳君行有日，謂余曰：『吾將歸游江淛，求子之友。』余既書所賦詩三章以贈行，又列吾師友之姓名，使吳君因相見而道吾情。至杭見戴表元率初者，鄞人也；鄧文原善之者，蜀人也，亦吾友也。其亦以是致吾意焉。（卷六）

元　陸文圭《墻東類稿》四庫全書本

送陳無逸赴攸州博士序

攸故長沙邑，賈太傅、褚都督之文風治績，意其猶有存者。近始陞州，陳君無逸為之博士。陳龍泉世家，僑寓霅上，距長沙里數千。將行，道過友人陸叟之廬。君慨然曰：『家貧不仕，非古之道也；仕而為貧，非士之志也。是行也，吾得已乎哉？』叟應之曰：『往來屑屑不憚煩者，王良所以見棄於其友也。然良司直也，太守也，無忠言奇謀而取大位，友所以棄之也。今君博士也，其位卑也，又初筮仕，未屑屑然也，吾未敢以棄吾友也。吾聞之，朋友之義，出與處皆有贈焉。昔賈太傅之適長沙也，前弔原而哀死，後賦鵩以輕生。悲憤其本懷，曠達其寓言也。移梁之日，卒鬱鬱而死。褚都督之徙長沙也，再遷而桂，三遷而愛。以螻蟻之命，乞憐於昏庸之主，還陛下笏，何其勇也？上表陳情，一何憊也？古之君子，窮理精至，養氣完厚；用舍無預於己，禍福各安所遇；憂世之情，樂天之意，並行而不相悖。

今二子之仕也，知進而不知退；知得與存，不知喪與亡。或激而憤，或懼而哀。然則生平詞藻之勁贍，翰墨之精英，蔚然於當時者，皆無本之木、無源之水也。嗚呼，惜哉！雖然，有才如賈，有節如褚，用之不盡，老歲月於湘潭之境，賈尚北還，褚竟南遷，豈不悲哉？杜少陵最善評，亦有「高名前後，回首傷神」之句，重可悲也。顧君子成人之美，《春秋》責賢之備，二論自不偏廢。況尚論古人，而較其短長，亦格物致知之一事。處人所以處己，不可恕也。今陳君之行也，涉洞庭，下湘水，登衡嶽之峰，覽古興懷，豈無有感於中者？南中多士，豈無與君上下其論者？先正清規，勁節照映一代。君之才之學，克紹其美，臺閣器也，州博士何為者？故以漢唐二子之功業望之，望其出於二子之右也。則吾之所以贈君者，豈不厚哉？』君笑曰：『王良之友，未能以是言也。』握手別去。

送唐子華序

水心葉公評天下山水，以吳興為第一。其山脈地絡，融液浸灌者，莫非氣之至清。蓋仙聖之宅，非人世也。每自恨海濱之人，山凡水俗，不得生長其地而尚友其賢豪。嗟夫！水心之恨，亦余恨也。吳興人物，唐以前勿論，宋徙錢塘，湖為近輔，宗英戚畹，邸第相望。淮蜀閩廣之彥，仕於朝，邇行都而居者尤多。壬申、癸酉，余始弱冠，習《春秋》，受學於梅坡盧公。公扳以登諸老之門，如存齋陳公、本心文公、止堂高公、陵陽牟公，皆一時之望，余俱得拜床下。盧寓蘇臺，晚歸閩；陳以下聚居霅上。曲阜既燼，靈光獨存。雖清規苦節，照映湖水，而夕陽古木，日就枯摧。人之云亡，愾我寤歎。至元以來，子昂最穎出。成甫之昆弟，無逸之父子，皆辱與余交。而甲寅舉首，庚申聯貢，則無逸之兄，而周氏之父子也。後來之秀，余不及識者甚衆。猗歟盛哉！今子華居文物之鄉，鍾山川之英，而氣宇清高，幹局優裕，詩文敏贍，筆墨精絶，亦後來之秀者也。分教江壖，席不及煖，省臺交委，殆無寧日。未幾而代者至，歸囊無餘貲，餞句有盈軸。推年長者一人為叙，余不敢辭。嗟余耄矣，將從諸賢游於地下，而君方強仕，余不見其學力之日充而器業之晚成矣。俯仰百年，廢興存歿，浮雲逝水，往而不返。悲夫！一日之别，輒數日作惡。然豈特為吾交友之私情也哉？（以上卷六）

三月一日偕善之無逸遊南山桃園分韻得源字

白雲起南山，隨我度溪園。園丁荷鋤去，季女出應門。汲泉供香茗，掃石開清樽。人静禽聲樂，春深花事繁。蛾眉映修竹，掩袂嬌欲言。吾親白雲外，未敢訪桃源。

生意堂賦玉簪花得相字原注：時陳無逸將之官攸州。

娟娟秋蘭花，緑葉何披猖。沙鷺明玉羽，冰蠶吐絲腸。倩盼宜素絢，追琢少金相。居然鐵石心，愛此風露香。何當競春華，亦復委朝霜。折花三太息，援筆臨清觴。明年花好在，坐客忘瀟湘。（以上卷十五）

同善之仲寔無逸遊飲夜歸分韻得星字

歲華揺落江頭樹，客子漂流海上萍。盡染緇衣無復素，空留白眼為誰青？對床便可供高卧，把酒何妨弔獨醒。太息此心徒炯炯，柰何余髮已星星。

和陳無逸見贈草堂詩韻

綈袍誰念故人寒，轉徙蕭然老伯鸞。幸喜雲山無屋礙，始知天地出門寬。悠悠歲月蟻旋磨，落落功名魚上竿。金谷已無歌舞地，輞川猶有畫圖看。（以上卷十八）

絶句留别善之仲實併呈松澗雲仲無逸四首

今夜征帆淺渚邊，何時樽酒落花前。白雲遶舍歸心切，不為春林聽杜鵑。

手拈花草弄春愁，兒女安知稼穡秋？山北山南游未遍，歸歟且復事西疇。

江上春雲生暮寒，故城回首離長安。殘桃剩柳應無分，留與諸君取次看。

老檜榮枯不計春，好花開落止經旬。莫將文翰誇餘子，共擬勳名及古人。

同善之仲寔無逸共賦雪中香亭

冷雲低壓翠禽巢，碎玉玲瓏不耐敲。蜂蝶遲來探芳信，暖風已逼杏花稍。（以上卷二十）

元　劉將孫《養吾齋集》四庫全書本

攸州蘭溪鄴侯祠記

唐貞元丞相鄴侯趙郡李公泌字長源，少以奇童被明皇賞過，肅宗以為賓友，代宗以為師保，晚相德宗。當猜疑之世，榮名終始，過於陸宣公。其平生山林之願多於鐘鼎，以白衣山人侍謀軍國，非其志也。中棲衡嶽，能知懶殘，而懶殘亦許以十年宰相。當其隱約湘中，彼乎此乎，衡陽南北往往有其迹焉。以是，古攸蘭溪之西北為龍隐山，泉石清越，地志載鄴侯嘗築室讀書於此。代遷迹熄，僧寺履之。蘭溪之姜為著姓，則敬好脩景行，每懷清風而遡逸響。會吳興陳無逸教茲州，暇日經行，以言感，則敬會其心。故址既局於勢，不可得，則於山西麓捌龍隱精舍祠之。是公隱於是山也，其猶龍耶？於是，大德之戊申也。爰自敘其始末，請為精舍記，曰晦庵歸來館意也。使鄴侯遺迹如陶公醉石，惟斯文之以也。予既載其伻圖，然為鄴侯言，而古今人才相業，竊有感於予衷者，亦不得不語於此也。世率謂三代而下無王佐，是則然矣，抑事當論實。上而非堯、舜、禹、湯、文、武之世也，下而非三代之氏也，刑政、賦斂、兵財、調度又非井田、封建、學校之舊也，儻使禹、皋、夔、稷、伊、傅、周、召生斯世也，為斯相也，蕭、曹、丙、魏、房、杜、姚、宋者之撰，雖必有所不為，抑信可以躋典謨而儕雅頌乎？毋亦有所不行與不能也。後之論人物者，必以孔明為稱，而孔明自比管、樂，則亦揆其不能如唐、虞之際也。豈謂其資之不逮哉？時不可也。若鄴侯之遇，同於蕭、曹、房、杜，而其事難；其力倍於丙、魏、姚、宋，而其志苦。予嘗論留侯於漢，二荀於曹，鄴侯於唐，皆以才智致輔相，而就睡之辭，不待於香案之前者，賢於文若之顛沛。黃臺瓜辭之誦、延英撫背之涕，有不待於商山之狡獪。鄴侯之所立，豈不明白奇偉也哉？而世猶以好神仙少之，不其過矣乎？夫身謀非世患也。嗚呼！皋、夔當日讀何書之語，無不以斯言為然。雖然，書有善用、不善用。孰不讀書？而書之誤人、人之誤世者多矣。鄴侯善用者也。予以斯言記斯祠，鄴侯有靈，其不以予亦稍知其解乎哉？而世道槩可感矣。則敬篤學雅尚，是役也無所為而興於善，其風流志操，可傳也已。（卷十六）

元　鄧文原《巴西集》四庫全書本

丹陽書院田記

書院舊有記，建康道肅政廉訪使盧公之所作也。若郡縣之因革、儒教之廢興與書院之刱始，而承序者亦既參稽方志，咨諏故老，闡道之奧，垂訓方來。按書院肇自宋景定甲子，劉君應安嘗貢於其鄉，即別業建精舍，為學者藏修息遊之所。郡守朱公禩孫為請於朝，報可，且賜公田為畝者二百，由是教養以立，多士用勸，名登大比，烜著後先。屬王師撫定函夏，聲教所暨，朔南是鈞，章縫子息，徭寬賦殊於甿隸。劉君自長茲山，即擢文學掾溧陽郡。子輝孫繼之，亦職教海陵。歷歲滋久而書院繕治悉完，弘麗靚深。鄉邑改觀，獨賜田奪于浮屠氏，廩稍弗供，絃誦荒簡。被檄來者，居若傳舍，視廕去留。龍泉陳君潤祖至，則慨然曰：『官無崇庳，惟勿曠厥職。矧茲弊廢，其曷敢不圖，以隳前人成功？』乃諗諸慕義者，黃池典司其事，漆君榮祖為之副。首助田十畝以倡學者，提舉陳侯侗義之。卜日之吉，觴酒俎肉，燕畢而語，屬劉君洎前山長姚霖龍、學賓董文賔，闕以如漆君之志，相恊厥成。衆曰：諾。不闕月，得田數仍其舊。夫可以義動，甚轉丸哉！陳侯職在監工，乃能以庠養為務，可謂知本也已。余聞而嘆曰：古之為民者，各有分田以周事育。而暇則從鄉之長老，習孝弟忠信之道。其秀者自鄉升之司徒，有選俊造進之等。簡不帥教者，右鄉移之左，左亦如之。甚則屏之遠方，終身不齒，其道易明而教易行也。自田制壞而貧富以病，士無田至不以祭。乃出遊四方，資權謀術數以獵取聲利，去先王之道益遠。後世知遊士之不可無歸也，則為之夏屋以居，腴田以食，其意非不周渥，而闕莫誦習。乃搰搰乎詞章藝業之末，則人才之不逮古，又不在無田也。學者可以求其故矣。今夫不易之田二頃，上農夫二家之産，風畊雨耘，終歲不得息。規豆區之入以餬其口，而水旱凶荒之不時，猶或不給焉，而不敢墮也。學者羣居逸遊，歲月逾邁，而問學不充，視農夫寧不有愧哉？余既記其事，復誦所聞，與學者共勖之。潤祖字正德，世為儒宗，習聞義訓，故克有樹立，以才諧稱。是宜書，若田則詳諸碑陰云。（卷上）

元　龔璛《存悔齋稿》元至正五年鈔本

次張菊存送陳無逸澧陽教場

浮雲日東征，大江瀉秋晴。一仕四千里，公無離别情。如何我輩人，後此百年生。茫茫古人飢，種葵不盈烹。校官非要務，顧足煩經營。聊為三徑資，殆悮舉燭明。欣然便成往，分甘為窮并。腹書不及口，久矣君不驚。儒者坐常格，夫豈爭功名。亦有下祿隱，何妨卿自卿。臺閣習漢事，誰當慕黄瓊。今日南士望，我方觀顧榮。相與任時運，終期白漚盟。

明　趙琦美《趙氏鐵網珊瑚》四庫全書本

松雪墨梅

歙工擗藤瑩如水，北枝横出霜毫裏。闕如絶澗月徘徊，影落空光辨花蕋。謫仙去久羅浮村，何人楚些能招魂？王孫獨寫無聲意，猶帶蠻烟蜃雨痕。陳康祖。（卷十二）

高尚書夜山圖

君不見，謝公臨江佳興發，牛渚磯頭泛秋月。舫中乃有臨汝郎，詠史清音振林樾。又不見，王子猷夜吟《招隱》闋，開尊四望山陰雪。彷徨忽作安道思，郯邑寒光正飄瞥。江山勝踐何代無，往往因人見奇崛。錢唐信美東南會，山勢從衡紛嵂崪。李侯開軒當上方，坐駕蒼螭了吳越。是時月上三秋中，飛鏡懸空萬塵没。海門縹緲江吞天，宛在三山白銀闕。落木寒生烏鵲枝，回潮光照蛟鼉窟。西陵襟帶連山開，秦望遥岑青一髮。憑虚金氣騰星躔，白露林端灑高潔。鸘鷞裘上霑清華，鸚鵡杯中湛芳洌。參横斗轉天鷄鳴，城鼓填填角幽咽。夜來風景非人間，圖畫天開為君設。平明跨馬趨省垣，公退往就高侯説。高侯前身定摩詰，此畫此詩俱妙絶。看君寧久此淹留，乘傳行當擁三節。吳山越水尺素間，舒卷還如向西浙。吳興陳康祖。（卷十三）

明　李日華《味水軒日記》嘉業堂叢書本

蔡天啟倣米元章山水一軸

林疏秋氣早，有客夜攻書。明月印虚睡，天香飄故廬。吳興陳康祖。（卷三）

四日，方生引崑山袁姓者，以卷軸來評鑒。有劉松年畫雲中君，陳無逸題之：『長松百尺吹天風，仙人憑虚離紫宫。明月挂樹雲溶溶，牽衣獨憩流青瞳。炯若秋水涵芙蓉，玄霜未下珠露濃。桂樹偃蹇山寵嵸，煙蘿空青深太古。薜荔吹香雜蘭杜，渴飲石泉饑瓊蕊。逍遥不比巫山女，朝爲行雲暮行雨。人間回首空塵土，何如丹丘與懸圃？珊然玉珮風泠泠，羣仙夜誦蕊珠經。紫金之冠朝玉京，青幢絳節鳳凰笙。蓬萊弱水今清淺，何當從之拾瑤英，一往不死三千齡。天台陳無逸』（卷八）

明　董斯張《吳興備志》四庫本

陳存字體仁，龍泉人。太學上舍。淳祐七年第三人。文章、政事皆有聞譽，仕至兵部尚書、端明殿大學士、知慶元府、沿海制置使。《括蒼彙紀》

戴表元序陳無逸詩，稱其祖龍泉公居湖，即存也。壽昌徐文鳳從吳興陳本齋先生存受《春秋》，故其經學卓有源委。權知象山縣，以慈惠稱。本齋開閫沿海，辟入簽廳，咨决庶務，全活者尤衆。《嚴州府志》

度宗時，詔卿監以下薦人材，將作監楊文仲薦陳存、王栢等十有八人，皆名士也。《宋史》（卷十三）

明　董斯張《吳興藝文補》崇禎六年刻本

採菱渡石記

陳潤祖

監運沈君玉泉得異石於石林葉氏之廢圃，廉而不劌，聳而不屈，黝然其光，蒼然其色，若干將出匣而未加磨礪也。前後刻曰『採菱渡』，其陽字二行：『王摩詰石』、『虛用中書』，皆有印文。復刻摩詰詩於下方云：『採菱渡頭風起，策杖林中日斜。杏樹壇邊漁父，桃花源裏人家。』與集中稍異，意爲輞川舊物而立於採菱渡者，其景猶可槩見。夫物固有無脛而能走千里者，珠玉是也。蓋爲世珍貴，易於包挈也。石之爲物，盤盤囷囷，嶄嶄巍巍，非百斛之舟、數十夫之力莫能致。世之嗜好之者，不啻珠玉。

牛李之黨偏天下，交相詆毁如氷炭，品甲乙，戒子孫，嗜石如出一轍。五季之亂，委没于荒烟蔓草之中，瓦礫等耳。兹石也，踰關河，涉淮江，來止于吴。昔牛李之石，皆自太湖而西，是石乃自西而南，特爲世所愛重，豈非摩詰之風流文采照映後世，神物亦或護持使然歟？於是扣石而問之曰：『爾能決浮雲、揮黑蜧，驅旱魃而致豐年之祥乎？能斬佞臣、誅姦宄、雄三軍而爲府庫之重乎？』石不能言，乃酌酒而爲之歌曰：『秦關百二兮欝嵳峩，秋風吹渭兮水揚波。望故都兮渺何處？白雲飛兮芳草多。』載歌曰：『城郭異兮人民非，輞川千里兮何時歸？照玉泉兮安且壽，花溪之樂兮與君子而相依。』郡人陳潤祖爲之記。（卷二十八）

碧筩　　陳康祖

曲柄誰擎翠羽旍，輕篔自奏碧桃笙。直容灑酒似陶令，何用製衣如屈平？露下秋高清徹骨，江空月冷寫無聲。藕絲一斷蓮心苦，取次鷗眠夢不成。

詠草　　陳康祖

萋萋萋萋緑似雲，不分要路與閒門。宮袍若比應無色，野火曾燒尚有痕。春滿湘南悲帝子，雨餘江上憶王孫。薰蕕混跡誰能辯，總是東風造化恩。

水雲深處　　陳潤祖

魚鱗屋外水如天，桑柘青青雨後田。舴艋時從風葉過，鵁鶄秖逐浪花眠。采珠遊女遺璚珮，問字何人載酒船。不隔南湖三十里，錯教魚父覓神仙。（以上卷六十九）

明　劉沂春《（崇禎）烏程縣志》明崇禎十年刻本

元　陳潤祖東遷人，宋沿海制置使陳存之孫。延祐甲寅江浙鄉舉第一，仕至崑山同知。以道德文章開發後進，若太平尉趙彦恭、松江教諭倪子遠、徽州推官吳本立、衢州推官張安國，皆其門人。孫曰鑾、曰禮，有詩名。（卷六）

清　安岐《墨緣匯觀録》粤雅堂叢書本

書杜工部楂木詩卷

澄心堂紙本，行草書。前杜詩一首，計七行；後自題十二行。凡見蘇文忠公書，用墨太豐，此卷字畫沈着，用墨濃淡中校豐墨者别有生動之趣，亦紙之使然耳。卷首押『叡思東閣』朱文大印，下角有『東海郡圖書記』白文印，接縫處鈐『遼海王氏』朱文印，下押『賈洵』朱文印，尾有紹興連珠小璽。後跋金華胡長孺、淮陰湯炳龍、鄘川劉鉉、眉山程郇、龍泉陳象祖、廬山連璧、富春潘夢得，大德辛丑立冬日同觀於胡氏顔樂齋。又王執謙、黄玭、張翥、吳叡、鄭元祐、危素、金冕志、姚廣孝、謝理等題。（卷一法書上）

清　羅愫《(乾隆)烏程縣志》清乾隆十一年刻本

陳潤祖字德先，烏程人。十歲通《孝經》、《論語》。從牟應龍學，以博洽稱。領鄉薦第一。泰定四年成進士，為崑山州尹。又以博學宏詞薦，晉秘書少監，預修《經世大典》。書成，轉肇慶判官。告歸，搆別業曰東溪書屋，教授生徒，遠近畢至。無何，卒。兄康祖，字無逸，亦有詩名。兄子繹曾。(卷五)

清　阮元《石渠隨筆》清阮亨揚州珠湖草堂刻本

宋元遺櫝冊紙本十一幅　第六陳存書

存惶恐頓首，端拜申稟提刑節制提領顯文右司吏部台坐：　存猶是皇華造闕之時，纔得一侍符采。忽忽遂別，忽已新秋。尊仰之私，何可云喻？　存濡滯之蹤，欲告久矣。二同列既補外，存未敢遽請。自玉節之西，區區情愫，無與達者，鬱鬱負慙。此月二日候謁湖濱，典謁者辭焉。退具祠牘，擬俟原饗之畢而上之。分詣之日，忽叨禁林兼直之命，昧言嘘拂，厥有自來。第惟存本自空疎，加之衰病，豈堪此選？　陳情良苦，誤渥莫回，姑復黽勉就職。幸王紫薇既召，俟其至，可以力申丐免之請。素荷知心，尚望矜念而圖念之。雨暘以時，高下俱熟。囹圄虛而倉廩實，使事底績，入贊廟謨矣。存僭有稟悃，實齋蔣先生之子佀得闕安慶之樅陽鎮，實繼東閣祕閣之後。如聞書滿已久，亦嘗具劄申問矣。雖已得制劄，然不敢不稟遲速之命，敢與開曉，乃敢爲裝也。干聒聽崇，不勝媿悚。伏祈台照。右謹具申呈。七月日，契末朝散大夫權尚書兵部侍郎兼權直學士院兼同修國史實録院同修撰陳存劄子。

陳存，安吉人，宋末官兵部尚書，元遣使七徵不起。札内實齋蔣先生，乃蔣重珍，無錫人，以直言著。官守刑部侍郎，謚忠文。曾知安吉州，故存與其子契舊也。（卷八）

清　阮元《兩浙金石志》清道光四年李櫄刻本

元湖州路報恩光孝禪寺置田山記

古括陳存撰　古涪文及翁篆蓋　住持沙門悳鄰書并立石

報恩光孝禪寺舊為天寧，宋徽廟追嚴道場也。寺無柴山，主僧悳鄰當擾攘之後，服勤忍辱，能以供衆餘米，又捐衣資為助。或□買，或勸捨，得章氏葉氏龔氏山一千五百餘畝，山之下□□一百餘畝以瞻守山者。畫界為五，歲樵其一，周而復始。又得清塘世□三圍。久廢之田，或成買，或慕捨，得趙氏陳氏任氏董氏楊氏湯氏方氏宋氏施氏吕氏朱氏沈氏許氏田五百餘畝。三載用工，遂成其田。每畝租米一石，歲儲三百以為夏供，命耆宿掌之。以四月朔日為始，撥二十石充一寺僧衆終年淨髮，又撥五石歸選僧，□□石歸報悳寮，俱為梳髮用。冬收就莊支給，以酧刀鑷者之勞。圍内有官田二百五十畝，佃種輸粱。蓋自陵谷變更，田□皆增量倍稅，有産之家急於脫去，寺遂得而有之。柴米相資，歲歲無乏。鄰既詳其本末，刻之石，求數語示來者，俾勿壞。意此住持常事也。常事不書，此何以書？夫魔邪横流，佛不能救。住持不于其法，于其賄。見在者舐鼎而戀嫪，未來者操戈以攽攘。已乃刮骨而剝髓，而取償焉。於是寺仆而衆散矣。鄰乃能不專其有，為常住計，為大衆計，不亦賢哉？迷悟升沉，皆由一念。不□不貪，此心即佛。長□讓持，不退不轉。神通妙用，日日現前。其為快樂，無有限量，豈但賢於□渴□倒之流而已？旹至元甲申十一月日記。（卷十四）

清　嚴鳴琦《（同治）攸縣志》同治十年刻本

鳳山書院記

元陳康祖

鳳山在攸州東北，壤介吉、袁，蓋吳楚之交。崇寧中，太學博士彭天益進對，稱攸有鸞山鳳嶺，卽其地也。元貞二年，古山譚君淵以其里之士距州幾二百里，廟學瞻儀講肄之弗及，度地鳳山麓爲書院，面峙三峯，羅浮江發源其下。屬禹洞之水與攸水會而西，山水明秀，朋來宜之。乃捐田百畝，又率其親友歐陽發炳、趙宜孫、劉忠節，益田百五十畝以資廩膳。潭州總管趙公全行縣，躬爲相牒之府，以鳳山書院爲額。凡里中之士隸焉。崇門嚴嚴，燕居申申。東西序祀先賢，枕山爲堂曰明德，籩豆几席，舍庋庖湢，既具既戒。大德元年八月朔行釋奠禮，前進士黎君桂肇開講席。餘惟古聖人之制，井田學校常相需而不可闕者。在田則八家同井，在邑則八十戶同里，共巷而門，當門而塾。推其里之耆老高德者，教於閭里。晨夕坐塾，大小之學，出入有度。事教以時，其秀者自塾升於鄉學，鄉學之秀者升於庠，庠之秀者升於國學。諸侯歲貢學之秀者曰進士。秦廢井田，以詩書爲厲禁，學制遂廢。西漢而東，稍修學宮。厥後州縣莫不有學，然學校、田里判爲二塗，非復古之教養之舊。逮宋之初，居教授名天下者四書院，尚古鄉塾遺意，咸被敕額，號頒九經，文獻緜延，是開文明之運，而嶽麓之教行湖湘，禮部侍郎譚君介之忠節著靖康，謚端潔，祠於嶽麓。嘗會族來鳳山，留詠猶有傳者。今譚君以端潔世胄，早從荆溪吳公子良、益國公萬里、信國公夢鼎遊，習聞理要，公車交辟，有聲於時。晚隱田園，興學校以淑斯世。推其源委，有自來矣。卽今諸士，章甫莪莪，逢掖襜襜，其念古今設學果爲何事？德行本也，思所據之；文藝末也，思所游之。善其相勸，以擴充之；慝其自修，以决去之。知不以人而求之天，同不以俗而於其理，端身心而達之家國，天下無二本也。學其明此而已矣，多士其勉之。（卷四十九）

清　陸心源《穰梨館過眼續録》光緒吳興陸氏家塾刻本

趙文敏人騎圖卷

曹韓不可作，畫馬徒紛紛。龍眠誇獨步，魏公繼清芬。昂昂八尺龍，應是逸景孫。闊步隘九區，駿氣凌青雲。未奉瑤池駕，已空冀北羣。奚官久調伏，緩轡不動塵。人馬兩相得，爛熳見天眞。駑駘飽芻豆，騏驥甘隱淪。豈惟馬難逢，能畫數何人？果知畫中趣，伯樂定前身。陳潤祖。（卷二）

郭氏詩翰卷第五接紙，高同長一尺九寸七分

天錫山長筆精墨妙，余於士友願見不可得者。近以公事來，諸公爭致之。適高駿良新構雲蓬，愛其瀟洒，多樸被其間，醉飲劇談，終夕不寐，綽有晉人曠達風度。一日為葉秀軒戲掃壁間竹石，就題前詩。余與天錫別一年矣，客裏相逢，因次元韻。吴興陳象祖頓首再拜。

造化凝毫楮，槎牙出酒杯。高標塵外鶴，清思水邊梅。雨榻容吾對，雲蓬為客開。采芹知己少，樸被莫辭來。

歲晏西窗語，天涯酒一杯。吟身堪倚竹，衰鬓怯簪梅。絳蠟清宵短，玄雲素壁開。浪遊吾已倦，蓬島待公來。（卷十一）

清　陸心源《宋史翼》清光緒刻潛園總集本

陳存字體仁，號本齋，龍泉人，占安吉州籍舉淳祐七年進士。寶祐五年以史館校勘召試，除祕書省正字。歷祕書著作郎，仍兼景獻府教授。累遷兵部尚書、端明殿大學士，知慶元府、沿海制置使。國亡歸茗，以《春秋》經學教授生徒。元遣使七徵不起，尋遘疾，卻醫絶食，旬有四日卒。趙良淳死國，體仁挽之以詩，其末章云：『慷慨君酬國，奔逃我喪家。陸沈同一壑，淵涉渺無涯。祈死惟嫌晚，餘生只自嗟。蒿萊連雉堞，落日噪棲鴉。』詩凡三章，載《浩然齋雅談》。讀其詩，可以想見其人矣。（卷三十四）

二、生平材料

元　胡炳文《雲峰集》清文淵閣四庫全書本

題徐芝石賦陳伯孚飛白

如塵縷遊絲，如秋蟬春蝶。芝石所云，可以形容伯孚之字。如美玉在山，如懸石萬仞，伯孚所云，亦可以形容芝石之賦。詞如其翰，翰如其詞。一旦得覩此二妙，豈非大奇事？然吾聞二君所學，自有詞翰之外者。即今至前，梅開先天枝上，吾三人者，安得相與共探無極之真邪？（卷四）

元　張雨《句曲外史貞居先生詩集》四部叢刊景鈔元刻本

陳孚小拙書《二拙傳》後，陳信者古愚別号，陳孚繹曾也

大拙先生拙於官。小拙先生拙於言。拙官太常新致政，拙言文史工討論。陳信可名為大者，不能自比魯仲連。陳孚所以名為小，老死不得歸田園。（卷三）

元　王沂《伊濱集》清文淵閣四庫全書本

如在堂詩序

沛國師君具瞻準程氏式為木主，祀曾祖以下。倣朱氏儀為祠，同室異龕，以奉享嘗，署曰『如在』。國子助教陳君繹曾既為之記，且求大夫士為之詩，請沂序其端。昔有學祠於宋子車者，子車曰：『禮樂之節，牲幣之數，我何敢愛？然祠之所貴者誠，因春氣之來而怵惕焉，因秋氣之往而悽愴焉。祭之日，僾然肅然，如見所祭。』則誠之所修，在子乎，在我乎？誠者其存亡形而屬荒絶乎？噫！一氣之所感通，何如哉？是未易以有無論也。傳曰：『致愛則存，致慤則著。』顧在己者耳。雖然，君子生則敬養，死則敬享，思終身弗辱也。《詩》云『明發不寐，有懷二人』，諸公之為師君詠言者，其在斯歟？（卷十六）

元　許有壬《至正集》清文淵閣四庫全書補配清文津閣四庫全書本

薦吴炳陳繹曾

竊見處士汴梁吴炳，業專聖學，文造古人，特立不渝，真積力久。忘情軒冕，守道衡茆。勢利不足以動其心，貧窶不足以累其志。又江南陳繹曾，博學能文，懷材抱藝。挺身自拔乎流俗，立志尚友乎古人。放志山林，富貴浮雲。但人既不自鬻，恐後日或有遺賢。如於文翰之職内不次徵用，不惟攄其素藴，抑亦可以砥礪流俗。（卷七十六）

元　鄭元祐《僑吳集》清文淵閣四庫全書本

馬氏雲山祖塋圖

孔子少也孤，不知防墓地。親殯五父衢，問之鄹母氏。嗟我雲山翁，追遠心不置。祖塋在陽岡，距今已七世。松楸寫新圖，名筆為題識。國史既特書，銕史光相繼。陳繹曾編脩嘗為賦詩，楊廉夫因和韻，故云。睠兹河陽山，白雲浩無際。（卷一）

元　廼賢《金臺集》明末汲古閣刻本

益清堂

閩海憲使合魯桓穆公歸休嵩山之下，鑿池引流，列植卉木，扁其燕處之堂曰『愛蓮』。公沒，堂池逮廢。其孫國子生張閭伯高謙恭好學，思繼先志，廼復增葺而新之。國子先生陳伯敷易其名曰『益清』。伯高謂予曰：『與君世寓南陽，且支裔聯屬，不可無作。』因賦律詩十有四韻以復其命云。

嵩嶽雲峰近，高居水竹幽。築堂依別墅，甃石帶芳溝。翠荇含風弱，紅蕖著雨柔。菱歌花外發，蘭槳月中游。卷幄紅雲亂，開尊碧露浮。使君曾弭節，持斧照南州。綠野池臺莫，平泉草樹秋。吾宗多秀發，公子獨清修。屢接何蕃武，長懷賈誼憂。拾螢供夜讀，走馬散春愁。朋友頻相過，琴觴每倡酬。籍通青瑣貴，文擅冑闈優。歸思勞清夢，高情憶故丘。卜鄰端有約，歲晚共綢繆。（卷一）

明　宋濂《元史》清乾隆武英殿刻本

同時有程文、陳繹曾者，皆名士。文字以文，徽州人。仕至禮部員外郎。作文明潔而精深，集亦多稱之。繹曾字伯敷，處州人。為人雖口吃而精敏異常，諸經注疏多能成誦。文辭汪洋浩博，其氣燁如也。官至國子助教。論者謂二人皆與旅相伯仲云。（卷一百九十列傳第七十七）

明　鄭眞《滎陽外史集》清文淵閣四庫全書補配清文津閣四庫全書本

虞恭公碑

吳興陳繹曾伯敷論《虞公碑》為歐陽率更法書之一。觀其結體精密，而左右上下屈折各臻其妙，筆力剛勁，有執法面折廷爭之風，而肥不露骨，後有作者，孰得而過之哉？（卷三十六）

明　趙撝謙《六書本義》清文淵閣四庫全書本

六書今義圖考

又天地自然之圖，虙戲時龍馬負而出於滎河，八卦所由以畫者也。《易》曰：『河出圖，聖人則之』，《書》曰『河圖在東序』，是也。此圖世傳蔡元定得於蜀之隱者，祕而不傳，雖朱子亦莫之見。今得之陳伯敷氏，當熟玩之。有太極函陰陽、陰陽函八卦自然之妙，實萬世文字之本原，造化之樞紐也。烏呼，神哉！

明　楊士奇《東里集》清文淵閣四庫全書補配清文津閣四庫全書本

翰林要訣

眞書非古，鍾、王以後，上下率用之。然亦有法，昧者不能造其至。陳繹曾述此，所謂法也。得其法，苟非積功之熟，亦徒然已。曾子固言義之所能亦精力自致，非天成也。一藝之學，猶必知行兩盡，況從事古聖賢之學者哉？吾得此編不欲閟，故識此語以示來學。（《東里續集》卷二十）

明　程敏政《新安文獻志》清文淵閣四庫全書本

節婦汪夫人傳

程　文

夫人名悌，婺源下港里程文昌女也。四歲，父死于兵事，母汪以孝聞。伯父草庭先生憐之，選嫁名家子汪德裕，生一女而寡。公姑懼其不能安也，使問之，對曰：『妾不幸夫亡，尚幸公姑在，得備奉養。何忍更適人？』或勸之曰：『夫人年少無子，不以此時從良夫，後將何悔？』夫人曰：『吾聞女不事二夫。夫，天也，天一而已。夫死而遂去之，是背天也。背天不祥。』或又曰：『夫人今嫁，幸而有子，不猶愈於持孤身托冷室乎？公姑固不汝望也，何乃自苦？』夫人泣曰：『雖然，吾父蚤世，吾母守志數十年至今。吾身一為汪家婦，知死汪家而已，奚恤其他？』里之富人因媒妁具聘幣，伺間以請者數輩，夫人卒不許。家貧，紡績自給，課童奴樹藝。歲時奉祭祀，如夫在時。公姑卒，喪葬盡禮。今年七十餘矣，老猶執女工不倦，閭里姻戚稱夫人之德無間言。初，德裕從弟澤民幼，附夫人，夫人子畜之。及澤民長，乃立其子梓為德裕後，以奉夫人梓事。夫人益孝謹，如實生已。

程文曰：予從閣老著書，睹春官旌表節義事甚悉，率多京畿內郡之民，閭閻幽遠，蓋罕焉。及讀陳助教繹曾作《夏侯玉珍傳》、許汴《鄉善錄》載許伯冬妻，頗與汪夫人類，皆節義卓卓，羽翼名教。朝廷著旌表之令，以風勸天下，而有司莫之省，使至行鬱堙不顯白於世。悲夫！予弟為平江幕官，嘗言某帥妻詣官自陳，願上所受封比齊民，得再嫁。嗚呼！以禮坊民，猶有踰者若是哉？予故論著汪夫

人之事，以俟察民風者覽焉。（卷九十八《行實》）

明　楊子器《（弘治）常熟縣志》清鈔本

元

陳徽曾至元庚辰，常為慶安巡檢。時由禮部例，借官入武也。慶安即今黄泗浦。兄翰林學士陳繹曾，訪弟曾過於此。（卷三）

明　陸楫《古今説海》清文淵閣四庫全書本

東園友聞説略三十一

吴興陳伯敷翰林編修時為璋言：參政王公繼學自筮仕京師，遊宦四方，久去鄉里。及拜中書參議，歸省，逮里門，舍騎徒步，遇長者輒拜。過市，有老翁坐肆，公趨拜肆下。翁倨坐，曰：『小大，北方卑幼之稱。久不見汝，汝來奚自？』公曰：『自京師。』翁曰：『仕否？』公曰：『忝參議中書。』翁又曰：『小大，朝廷官爵不可得在意。』公逡巡拜謝，翁倨坐如故。吁！中原習俗之厚，王公謙德之隆，君子所樂道也。

明　張元諭《篷底浮談》明隆慶四年董原道刻本

《易大傳》曰：『河出圖，洛出書，聖人則之。』今所傳圖、書，分别數目，限定方位，詳密顯者，似出於人爲，故歐陽公以河圖洛書爲不足信。偶得松皐許公所傳《六書本義》，天地自然，河圖以為伏義時龍馬負而出於滎河，八卦所由以畫者也。謂國初趙氏傳於陳伯敷氏，乃蔡元定得於蜀之隱者，秘而不傳，雖朱子亦莫之見。其圖圓，以毛文順逆分陰陽。微陽白道，自下起，從左上旋漸大，至對過而極。微陰黑道，自上起，從右下旋漸大，至對過而極。陽中有陰，陰中有陽，形皆不圓而稍長，實有自然之妙理。許公謂此圖太極兩儀四象八卦之數目，方位大小長短之義，宛然備具，渾然仆然，而含蓄無窮，始微漸著，一屈一伸，陰中有陽，陽中有陰，自分坎離，左右之位，往來相函，循還無端，實具神妙之象。誠如馬背旋毛之文，但靈瑞異常，不與凡馬同耳。凡物天成者圓，人爲者方，因疑此圓圖爲神馬自然之象，世所傳方圖似是伏義，則圓圖之象以立數定位，而畫卦之本，亦一奇論也。予謂指圓圖爲神馬之圖，方圖爲義聖之圖，未必盡然。而圓圖不假安排，象數咸具。趙氏國初名儒，其傳必有所自，恐非後人所能撰也。（卷二）

明　栗祁《（萬曆）湖州府志》明萬曆刻本

陳繹曾，歸安人，任翰林編修。博學多識，尤善真、草、篆書。（卷六）

明　熊子臣《（萬曆）括蒼彙紀》明萬曆七年刻本

陳繹曾　為人口吃而精敏異常，諸經注疏多能記誦。文詞汪洋浩博，其氣燁如。論者謂與莆田陳旅相伯仲。官至國子助教。（卷十二）

明　徐象梅《兩浙名賢錄》明天啓刻本

陳繹曾，括蒼之龍丘人。生而口吃，喜讀書，精敏異常，諸經注疏多能成誦。文辭汪洋浩博，其氣燁如。論者謂與莆田陳旅相伯仲。官至國子助教。（卷四十六《文苑》）

明　董斯張《（崇禎）吳興備志》清文淵閣四庫全書本

陳繹曾字伯敷，康祖子。為人雖口吃而精敏異常，諸經注疏皆能成誦。文詞汪洋浩博，其氣藹如也。與脩《遼史》，官至國子助教。論者謂與陳旅相伯仲云。《元史》，參《研北雜志》、歐陽圭齋、戴剡源兩集。（卷十二）

清　胡渭《易圖明辨》清守山閣叢書本

陳繹曾，學識優博，眞艸篆隸俱通習之，各得其法。（卷二十五）

天地自然之圖

趙氏撝謙《六書本義》曰：天地自然之圖，虙戲氏龍馬負圖，出於滎河，八卦所由以畫也。《易》曰：『河出圖，聖人則之』，《書》曰：『河圖在東序』，是也。此圖世傳蔡元定得於蜀之隱者，祕而不傳，雖朱子亦莫之見。今得之陳伯敷氏，嘗熟玩之，有太極函陰陽、陰陽函八卦之妙。撝謙字古則，餘姚人，宋宗室，別號老古先生。《名山藏》作趙謙，云洪武初聘修《正韻》。（卷三）

清　吳升《大觀錄》民國九年武進李氏聖譯廔本

助教陳繹曾

公字伯敷，處州人。爲人雖口吃而精敏異常，諸經注疏皆能成誦。文詞浩博，其氣充溢。官國子助教。與同時陳旅、程文俱爲館閣諸公推轂。書法篆隸真草，體參衆妙。（元賢詩翰姓氏卷十）

清　李佐賢《石泉書屋類稿》清同治十年刻本

跋錢舜舉石勒問道圖卷

晉咸和五年，石勒稱天王，奉佛圖澄彌加敬，號曰『大和尚』，見《居易錄》。又按，《書畫譜》載《石勒問道圖》，石勒拱而問，佛圖澄踞石坐，以手支頤而寐，背後作一石壁，盤石松其上，無侍從。石勒背後乃有侍從數人。描是鐵線兼蘭葉，色則輕著青綠。雖秀勁乃致不高古，黄溍、陳繹曾跋以爲唐人，非也，當是趙千里云云。此卷布置與所載略同，惟佛圖澄背後無石壁，乃舜舉摹千里筆而微有變化者。其運筆之清潔，設色之雅靜，則有目所共賞也。（卷六書畫題跋）

清　周廣業《過夏雜錄》清種松書塾鈔本

張洽春秋集注

元世經義取士，《四書》用朱氏《章句集注》，《詩》主朱氏，《書》主蔡氏，《易》主程、朱，兼用古注疏，《春秋》用三傳及胡傳，《禮》用古注疏。明洪武三年詔開科舉，其制略同。惟《詩》、《書》俱兼古注疏，《春秋》胡傳外用張洽傳為異。陳繹曾《文說》論科舉之文，云《禮》雖主古疏，制度當訂以朱子《經傳通解》。又勉齋、楊復並有《經傳集解》，三書皆具，然後可考也。又論讀《春秋》，云朱子本說皆在張洽注。今科舉偶不及此，盖事寔在《左傳》，論辨在《公》、《穀》，斷以胡氏，而取朱子《語錄》及張洽之説，折衷之可也。觀此，知當時定制，雖諸經各有所主，仍聽作者旁參博採。張洽所著名《春秋集注》，汪克寬《胡氏纂疏》多錄其說，以元儒甚尊信之，故明初遂用以取士也。乃其後止用胡傳，不特張書高閣，并三傳亦不復用。《易》專取朱義，《禮記》改用雲莊《集說》，而科舉之文日益淺陋矣。洽字元德，號主一，清江人。

清　吳世熊《（同治）徐州府志》清同治十三年刻本

陳繹曾字伯敷，湖州歸安人。登進士。口吃而精敏，諸經注疏多能記誦，文詞汪洋浩博，官至國子助教。嘗往來兗、揚、徐、冀間，晚年遂家於沛。所著有《行文小譜》傳於世。《沛縣志》（卷二十二下之下）

民國　于書雲《（民國）沛縣志》民國九年鉛印本

陳繹曾字伯敷，湖州歸安人，登進士。口吃而精諸經，注疏多能記誦。文詞汪洋浩博，其氣燁如。論者謂其於莆田陳旅相伯仲。官至國子助教。常往來兗、揚、徐、冀間，晚年遂家於沛。所著有《行文小譜》行於世。（卷十三下）

三、書目著録

明　朱睦㮮《萬卷堂書目》清光緒至民國間觀古堂書目叢刊本

文章歐冶一卷　陳繹曾

文筌一卷　陳繹曾（卷四）

明　董斯張《（崇禎）吳興備志》清康熙抄本

陳繹曾古文矜式二卷

衢按，繹曾又有《輪林要訣》，見弇州《法書苑》。（卷二十二）

清　顧復《平生壯觀》清鈔本

陳繹曾

札與叔方，黄箋，行草甚佳。（卷四）

清　錢謙益《絳雲樓書目》清嘉慶鈔本

陳繹曾文筌詩譜（卷三）

清　倪燦《補遼金元藝文志》清光緒刻廣雅書局叢書本

陳繹曾翰林要訣

陳繹曾古文矜式二卷　文説一卷　文筌八卷　文譜一卷字伯敷，處州人。

清　黄虞稷《千頃堂書目》清文淵閣四庫全書本

陳繹曾古文矜式二卷字伯敷，處州人，國子助教。

又文説一卷

又文筌八卷

又文譜一卷（卷三十一）

清　毛扆《汲古閣珍藏秘本書目》士禮居叢書景明鈔本

翰林要訣一本陳繹曾，紅格舊抄，三錢。

清　嵇曾筠《（雍正）浙江通志》清文淵閣四庫全書本

詩小譜二卷陳繹曾《文筌序》：亡友石桓彦威，嘗共為《詩小譜》。

文筌八卷《古括遺芳》：助教陳繹曾著，麗水人。按繹曾又有《古文矜式》二卷。（卷二一五二）

清　嵇璜《續通志》清文淵閣四庫全書本

文説一卷元陳繹曾撰。

文筌八卷附詩小譜二卷元陳繹曾撰。（卷一百六十三《藝文略》）

清　嵇璜《續文獻通考》　清文淵閣四庫全書本

陳繹曾文説一卷　文筌八卷附詩小譜二卷

繹曾字伯敷，處州人，寓居吳興。至順中官國子監助教。

臣等謹案，《文説》因延祐復行科舉，為程試之式而作。考《經籍志》載繹曾《古今文式》二卷，盖即此編。今本據四庫全書著録。《文筌》體例繁碎，殊無精理。《詩小譜》據繹曾自序，稱亡友石桓彦威所撰。石桓里貫無考。（卷一百九十八《經籍考》）

清　錢大昕《元史藝文志》清潛研堂全書本

陳繹曾翰林要訣（卷三）

陳繹曾科舉天階

陳繹曾文説一卷　文筌八卷　古文矜式二卷字伯敷，處州人，國子助教。（卷四）

清　畢沅《山左金石志》清嘉慶刻本

北海縣青潤行祠碑

後至元三年十月立，正書，碑高五尺三寸，廣二尺三寸。在濰縣。右碑篆額未拓，文二十二行，字徑八分。陳繹曾撰，王貴書并篆。案今之濰縣在元時爲北海縣，與昌邑同屬於濰州，而隸於益都，故碑題稱北海而結銜有濰州諸官也。碑上角空處有洪武三年正統五年重立字。

錦州同知李之英墓誌銘

後至元五年二月立，行書，篆額。碑高七尺三寸，廣三尺五分，在鄒縣西北山墓上。

右碑額題錦州同知李君墓誌銘，三行，字徑三寸二分。文三十行，字徑八分。陳繹曾撰，孔之威書，張恒篆。陳繹曾，《元史》有傳，稱其官至國子助教，而不詳何年。以此碑結銜及至元七年《修學碑》銜名考之，則先爲助教，後爲國史院編修。史云官至國子助教者，非也。李之英以元統元年九月賜進士出身，是年賜及第者爲李齊，稽之《順帝本紀》，竟不書御殿策士之事。且甲科爲右榜，乙科爲左榜，亦《選舉志》所不詳，是皆可以補史也。

尼山書院碑

後至元五年五月立，并陰俱正書，篆額。碑高一丈一尺六寸，廣三尺五寸，在鄒縣尼山書院。右碑額題尼山書院碑銘，二行，字徑四寸。文二十八行，字徑九分。末銜名四行，字徑五分。陳繹曾撰，任擇善篆，李彦博書。碑陰上下兩層，官吏姓名凡九十四人。

鄒縣修學碑

後至元七年二月立，正書，篆額。碑高八尺二寸，廣二尺九寸，在鄒縣學。

右碑額題鄒縣修學之記，二行，字徑三寸四分。文二十五行，字徑一寸。陳繹曾撰，張起巖書，王士熙篆。案史，繹曾字伯敷，處州人，官至國子助教，而不詳其嘗官翰林院國史編修官，可據此碑以補史也。至正改元在辛巳年正月己酉朔，此碑立于二月，而猶云至元七年者，豈改元之詔其時尚未頒至耶？

致奠曲阜孔廟碑

至正二年十二月立，正書，篆額。碑高六尺五寸，廣二尺二寸，在曲阜縣孔廟。

右碑額題大元致奠孔子廟碑，四行，字徑三寸。文二十行，字徑一寸。郭孝基撰，陳繹曾書，王士熙篆。（以上卷二十四）

清　永瑢《四庫全書總目》清乾隆武英殿刻本

書法正傳十卷兩淮鹽政採進本

國朝馮武撰。武號簡緣，常熟人，馮班之從子。班以書法名一時，武受其學。年八十一時館於蘇州繆曰芑家，爲述此書，專論正書之法。首陳繹曾《翰林要訣》一卷，次周伯琦所傳《書法三昧》一卷，次李溥光《永字八法》一卷，以三家論書獨得微旨故也。其語意有未顯者，則武為補注以明之。次明李淳所進《大字結構八十四法》一卷，次《纂言》三卷，則歷代書家之微論，次《書家小傳》、《名蹟源流》各一

卷，而以班所著《鈍吟書要》一卷終焉。每卷之中，武亦各為附論，時有精語。蓋武於書學頗有淵源故也。（卷一百十三子部二十三）

殘本諸儒奧論策學統宗二十卷浙江巡撫採進本

元譚金孫編。金孫字叔金，號存理，自稱古雲人，不知古雲為何地也。是編雜選宋人議論之文，分類編輯以備程試之用。凡後集八卷、續集七卷、別集五卷而闕其前集，蓋不完之本。原本又以陳繹曾《文筌》、石桓《詩小譜》冠於卷首，而總題曰『新刊諸儒奧論策學統宗增入文筌詩譜』，文理冗贅，殆麻沙庸陋書賈所爲。今析《文筌》、《詩譜》別入詩文評類，而此書亦復其本名，庶不相淆焉。（卷一百九十二集部四十四）

文說一卷永樂大典本

元陳繹曾撰。繹曾字伯敷，《元史》附見《儒學傳》，作處州人。而《吳興續志》亦載其名，蓋家本括蒼而僑居苕水者也。至順中官至國子監助教。嘗從學於戴表元，而與陳旅友善，師友淵源具有所自，故所學頗見根柢。是書乃因延祐復行科舉，為程試之式而作。書中分列八條，論行文之法。時五經皆以宋儒傳注為主，懸為功令，莫敢異趨，故是書大旨皆折衷於朱子。《吳興續志》稱繹曾嘗著《文筌譜論》、《科舉天階》，使學者知所向方，人爭傳錄。焦竑《經籍志》又載繹曾《古今文矜式》二卷。今考繹曾所著《文筌》八卷附《詩小譜》二卷，元時麻沙坊刻，附列於《策學統宗》之首，今尚有傳本，其文與此編迥殊。惟《科舉天階》與《古今文矜式》今未之見，疑此編卽二書之一，但名目錯互，莫能證定。今姑仍《永樂大典》舊題，以《文說》著錄，用闕所疑。卷首所稱『陳文靖公』，蓋卽元翰林學士東平陳儼，亦

以文名。至其自稱『先尚書』者，則已失其世系，無可考矣。（卷一百九十六集部四十九）

文筌八卷附詩小譜二卷浙江巡撫採進本

元陳繹曾撰。繹曾有《文說》，已著録。此編凡分《古文小譜》、《四六附說》、《楚賦小譜》、《漢賦小譜》、《唐賦附說》五類，體例繁碎。大抵妄生分別，强立名目，殊無精理。《詩小譜》二卷，據至順壬申繹曾自序，稱爲亡友石桓彦威所撰，因以附後，是此編本與《詩譜》合刻，元時麻沙坊本乃移冠《策學統宗》之首，頗爲不倫。今仍析之，各著於録。繹曾處州人，僑居湖州，而序末自稱『汶陽左客』，豈又嘗流寓齊魯間，偶以自號歟？

四六金鍼一卷編修程晉芳家藏本

國朝陳維崧撰。維崧有《兩晉南北集珍》，已著録。此書載《學海類編》中，取元陳繹曾《文說》中所論四六之法割剝成編，頗爲淺陋，必非維崧之筆。殆以維崧工於四六，故假其名，猶《木天禁語》之託言范梈、《詩法家數》之託言楊載耳。（以上卷一百九十七集部五十）

清　孫星衍《寰宇訪碑録》清嘉慶七年刻本

鄒縣修學碑陳繹曾。張起巖正書。後至元七年二月。　山東鄒縣。

致奠曲阜孔廟碑郭孝基撰，陳繹曾正書。至正二年十二月。　山東曲阜。（卷十二）

清　阮元《四庫未收書提要》清刻揅經室外集本

书經補遺五卷提要

元吕宗傑輯，事蹟未詳。其自序云在錢唐購得唐太宗御製《王右軍執筆圖》，乃東陽陳及時父希元先生授同里趙文淑之家藏者，遂輯成此書。卷中有陳及時跋，稱其先人諱夢魁，字希元，登咸淳甲戌進士科。大德末典教嵊庠，則希元亦元時人矣。第一卷為《執筆圖》；第二卷《法書本象》，國子助教汶上陳繹曾著；第三卷《書法總論》；第四、第五卷《博古體篆釋》，乃宗傑自著之書，采輯張懷瓘《書斷》諸書中如大梵玉字、各體書，頗為詳贍，亦臨池家之一助也。（卷四）

清　魏源《元史新編》清光緒三十一年邵陽魏氏愼微堂刻本

陳繹曾翰林要訣（卷九十三志十之三）

陳繹曾科舉天階

陳繹曾文說一卷　文筌八卷　古文矜式二卷字伯敷，處州人，國子助教。（卷九十四志十之四）

清　繆荃孫《藝風堂文續集》清宣統二年刻民國二年印本

文說一卷元陳繹曾。（卷四）

清　曾廉《元書》清宣統三年刻本

陳繹曾文說一卷　文筌八卷　古文矜式二卷　翰林要訣字伯敷，處州人，國子助教。（卷二十三）

清 丁仁《八千卷樓書目》民國本

文說一卷元陳繹曾撰，活字板本。（卷二十集部）